박태원

윳역

三國志

박태원 완역

아! 적벽대전(赤壁大戰)

三國志

나관중 지음

5

박태원 삼국지 5
아! 적벽대전(赤壁大戰)

1판 1쇄 인쇄   2008년 4월 25일
1판 1쇄 발행   2008년 4월 29일

지은이   나관중
옮긴이   박태원
발행인   박현숙
펴낸곳   도서출판 깊은샘

출 력   으뜸애드래픽
인 쇄   (주)신화프린팅코아퍼레이션

등 록   1980년 2월6일 제2-69
주 소   서울시 종로구 낙원동 58-1 종로오피스텔 606호 우편번호 110-320
전 화   764-3018, 764-3019
팩 스   764-3011

ⓒ 박태원 2008

ISBN 978-89-7416-195-8 04810
ISBN 978-89-7416-190-3(전10권)

제갈량(諸葛亮)*

자는 공명(孔明). 삼고의 예로써 유비가 그를 찾았을 때 천하삼분지계를 설파하면서 유비의 군사
가 되었다. 손권과 유비의 동맹을 성사시키고 적벽대전에서 조조의 군대를 크게 무찔렀다. 유비가
촉한의 황위에 오른 뒤 승상이 되었다. 유비가 병으로 죽자 후주 유선을 받들어 촉나라를 다스리는
데 전념했다. 남만의 수령 맹획을 일곱 번 잡아 일곱 번 놓아주어 맹획의 충성을 서약받기도 했다.
위나라를 정벌하기 위해 후주 유선에게 올린 출사표는 천하의 명문장이다. 오장원에서 병을 얻어
죽었다.

관우(關羽)*

자는 운장(雲長). 촉한의 오호대장. 유비, 장비와 더불어 의형제를 맺고 평생토록 그 의를 저버리지 않았
다. 조조에게 패하고 사로잡혔을 때 조조가 함께 하기를 종용했으나 원소의 부하 안량과 문추를 베어 조
조의 후대에 보답한 다음 오관을 돌파하여 유비에게로 돌아갔다. 유비의 익주 공략 때에는 형주에 머무
르면서 보인 위풍은 조조와 손권을 두렵게 하였다. 여몽의 계략에 사로잡혀 죽었다.

장비(張飛)*

자는 익덕(翼德). 촉한의 오호대장. 유비, 관우와 함께 의형제를 맺고 평생 그 의를 저버리지 않았다. 수
많은 전투에서 절세의 용맹을 떨쳤다. 특히 형주에 있던 유비가 조조의 대군에 쫓겨 형세가 아주 급박하
게 되었을 때 장판교 위에서 일갈하여 위나라 군대를 물리침으로 해서 그 이름을 날렸다. 관우가 죽은 후
관우의 복수를 위하여 오를 치려는 와중에 부하에게 암살되었다.

유비(劉備)*

촉한의 초대 황제. 자는 현덕(玄德). 관우, 장비와 의형제를 맺었다. 황건적의 난이 일어나자 동생들과
토벌에 참전 하였다. 원소, 조조의 관도대전에서는 원소와 동맹하고, 이에 패하자 형주의 유표에게로 갔
다. 세력이 미약하여 이곳저곳을 의탁하다 삼고초려해서 제갈량을 맞고 본격적인 기반을 다지기 시작했
다. 이후 촉으로 세력을 확장하여 국호를 촉한이라고 황제의 위에 올랐다. 관우의 죽음에 복수하기 위
해 오를 공격했으나 실패하고 병으로 죽었다.

황충(黃忠)*

자는 한승(漢升). 촉한의 오호대장. 유표 휘하에서 장사를 지키고 있었으나, 적벽대전 이후 유비에
게로 가서 토로장군이 되었다. 유비가 서촉으로 갈 때 큰 공을 세웠고 한중을 공격할 때는 정군산
에서 조조의 장수 하후연을 죽여 이름을 드높였다. 같은 해 유비가 한중왕이 되자 후장군이 되었
다. 오나라와의 이릉전투에서 75세의 나이로 죽었다.

마초(馬超)*

자는 맹기(孟起). 촉한의 오호대장. 서량태수 마등의 아들로 장비와 우열을 가릴 수 없을 정도로
용명을 날렸다. 아버지 마등이 조조에 의해 죽자 양주에 근거하여 독립적인 세력을 구축하고 조조
에 항거했으나 동관에서 대패하고 공명의 계책에 의해 촉의 장수가 되었다. 이후 촉에 혁혁한 공을
세우면서 이름을 크게 날렸다.

조운(趙雲)*

자는 자룡(子龍). 촉한의 오호대장. 처음에는 공손찬 휘하에 있다가 나중에 유비의 신하가 되어 용맹을
떨쳤다. 유비가 장판에서 유비의 아들 선을 필마단기로 조조의 대군들 사이에서 구출하여 용명을 떨쳤
다. 이후 많은 전투에서 승전고를 울렸다. 유비 사후에도 공명을 보좌하며 촉한의 노장군으로서 선봉에
서서 뒤따르는 많은 장수의 큰 귀감이 되었고 많은 전공을 올렸다.

조조(曹操)*

위나라 건립. 자는 맹덕(孟德). 황건적 난 평정에 공을 세우고 두각을 나타내어 마침내 헌제를 옹립하고 종
횡으로 무략을 휘두르게 되었다. 화북을 거의 평정하고 이어서 남하를 꾀했는데, 적벽에서 손권과 유비의
연합군에 대패한 이후로 세력이 강남에는 넘지 못하고 북방의 안정을 꾀했다. 그는 실권은 잡았으나 스스
로는 제위에 오르지 않았다. 인재를 사랑하여 그의 휘하에는 용맹한 장수와 지혜로운 모사가 많이 모였다.

주창(周倉)

관우 휘하의 장군. 장보의 부하였으나 그가 죽은 뒤 와우산에 웅거하여 산적질을 하다가 관우를 만나 그
림자처럼 따라다니며 충성을 다하였다. 관우와 최후까지 행동을 같이하고 죽었다.

《 등장인물 》

허저(許楮)*
자는 중강(仲康). 용모가 우람하고 의연하며 무예와 완력이 아주 뛰어났다. 허저가 조조 밑으로 들어가자 그의 용감함에 감탄하여 곧바로 도위에 임명했다. 호랑이와 같은 힘이 있었으나 평소에는 조금 멍한 상태였기 때문에 군사들에게 '호치(虎癡)'라는 별명으로 불렸다.

손권(孫權)
오의 대제(大帝). 자는 중모(仲謀). 손견의 둘째 아들로 형 손책이 죽자 그 뒤를 이어 주유 등의 보좌를 받아 강남의 경영에 힘썼다. 유비와 연합하여 남하한 조조의 대군을 적벽에서 격파함으로써 강남에서의 그의 지위는 확립되었다. 그 후 형주의 귀속 문제를 둘러싸고 유비와 대립하다가 219년 관우를 죽이고 형주를 점령했다. 그 결과 위, 오, 촉 3국의 영토가 거의 확정되었다.

손부인(孫夫人)*
선주 유비의 부인. 손권의 누이로 자색도 있고 무예를 즐겨 대장부도 따르지 못할 기상이 있었다. 유비와 동거한 지 몇 해 만에 유비의 부재를 틈타 손권의 모략으로 본국에 돌아가 있었다. 나중에 유비가 패하였을 때 죽었다는 소문을 듣고 강에 몸을 던져 죽었다.

황개(黃蓋)
오의 장수. 자는 공복(公覆). 손견 때부터 충성스런 대장으로 많은 공을 세웠다. 적벽대전을 앞두고 스스로 주유를 찾아 고육계를 쓸 것을 헌책. 항복하는 문서를 조조에게 보내 적벽전 승리의 계기를 만들었다.

노숙(魯肅)
오의 명장. 자는 자경(子敬). 많은 재산을 가진 호족으로서 주유의 천거로 손권과 회견하여 천하 통일의 대계를 개진함으로써 그의 신뢰를 얻어 그의 오른팔이 되었다. 제갈량, 주유와 함께 적벽대전에서 조조군을 물리친 주역의 한 사람이다.

장송(張松)
유비의 신하. 사정을 기민하게 살피는 데 능했고 기억력이 비상했으며 박학다식했다. 유비가 최대한의 예로서 대한 결과, 장송은 감격하여 협력 하였다. 형 장숙의 고변으로 유장에게 죽음을 당했다.

《 삼국지 일러두기 》

1. 이 책은 1959년~1964년 평양 국립문학예술서적출판사와 조선문학예술총동맹출판사
   에서 간행된 박태원 역 『삼국연의(전 6권)』를 저본으로 삼았다.

2. 저본의 용어나 표현은 모두 그대로 살렸으나, 두음법칙에 따라 그리고 우리말 맞춤법
   에 따라 일부 용어를 바꾸었다. 예) 령도→영도, 렬혈→열혈

3. 저본에는 한자가 병기되어 있으나, 이 책에서는 맨 처음에 나올 때는 한자를 병기하고
   이후에는 생략했다.

4. 저본의 주는 가능하면 유지하였으나 독자의 편의를 위해 약간의 수정을 가하였다.

5. 저본에 충실하게 하는 것을 원칙으로 하였으나 매회 끝에 반복해 나오는 "하회를 분해
   하라"와 같은 말은 삭제했다.

6. 본서에 이용된 삽화는 청대초기 모종강 본에 나오는 등장 인물도를 썼으며 인물에 대
   한 한시 해석은 한성대학교 국문과 정후수 교수의 도움을 받았다.

흉노

고구려

황하

양주
揚州

유주幽州

기주冀州

병주
并州

위魏

청주青州

연주

사주司州

서주徐州

장안長安

낙양洛陽

옹주雍州

허도許都

한중漢中

형주荊州

예주豫州

양주

성도成都

장강

익주益州

무창武昌

촉蜀

오吳

복주
福州

교주交州

삼국정립도

장강에서 잔치 하며 조조는 시를 읊고
전선을 연쇄하여 북군은 무력을 쓰다

| 48 |

이때 방통이 그 말을 듣고 소스라치게 놀라서 급히 돌아다보니, 그는 다른 사람이 아니라 바로 서서다. 방통은 옛 친구를 알아보고 놀란 가슴이 비로소 진정되었다.

좌우를 둘러보니 마침 아무도 보는 사람이 없어서, 방통은 서서를 향하여

"공이 만약 내 계책을 깨뜨려 놓으면 강남 팔십일주 백성은 공이 다 죽이는 셈이 되오."

하고 말하니, 서서가

"그럼 이곳 팔십삼만 인마의 목숨은 어떻게 하리오."

하고 웃는다.

"그래 원직은 정말 내 계책을 깨뜨리고 말 작정이오."

하고 방통이 다그쳐서 묻자, 서서는

"내가 유황숙의 후은을 받고 마음에 감격해서 일찍이 보답하기를 잊은 적이 없을뿐더러 또 조조가 우리 어머님을 돌아가시게 해서 내가 몸이 맞는 그날까지 한 가지 꾀도 내어 주지 않겠다고 이미 말까지 한 터에 어찌 형의 좋은 계책을 깨뜨릴 리가 있으리까. 그러나 다만 나도 종군해서 이곳에 와 있으니 군사가 패한 뒤에는 옥석이 구분될 것이라 무슨 수로 그 화를 면해 보겠소. 공이 내게 탈신할 계교만 일러 주면 나는 즉시 입을 봉하고 멀리 몸을 피해 버릴 작정이오."

하고 말한다.

방통이 웃으며

"원직의 고매한 식견으로 그만 일이 뭬 어려워서 그러오."

하니, 서서가

"그러지 말고 선생은 어서 좀 가르쳐 주오."

하여, 방통은 마침내 서서의 귀에다 입을 대고 무엇이라 두어 마디 소곤거렸다. 서서가 듣고 크게 기뻐하여 그에게 사례하니 방통은 서서와 작별하고 배에 올라 강동으로 돌아갔다.

한편 서서는 그날 밤으로 자기 좌우에 있는 사람을 시켜서 각 영채로 다니며 가만히 요언을 퍼뜨리게 하였다. 이튿날이 되자 각 영채에서 사람들이 삼삼오오 모여 앉아 서로 소곤소곤 이야기들을 하느니 모두가 그 말이다.

세작이 이것을 알아다가 바로 조조에게 고해바치되

"군중에 지금 말들이 떠도는데 서량주의 한수와 마등이 모반해서 허도로 쳐들어오고 있다 합니다."

하니, 조조는 크게 놀라서 급히 모사들을 모아 놓고

"내가 이번에 군사를 거느리고 남으로 내려오면서도 종시 마음에 근심하는 것이 곧 한수와 마등이오. 군중에 떠도는 말을 그대로 준신할 것은 못 된다 하더라도 불가불 방비는 해야만 되지 않겠소."

하고 의논하였다.

그의 말이 미처 끝나기 전에 서서가 선뜻 나서며

"이 사람이 승상께 돌아온 뒤로 아무 공도 세운 것이 없어서 한이외다. 이제 삼천 인마만 내게 주시면 밤도와 산관(散關)으로 가서 애구를 지키겠는데 만일에 긴급한 일이 있으면 다시 고하도록 하오리다."

하고 말하니, 조조는 기뻐하여

"만약에 원직이 가 준다면 내가 마음을 놓겠소. 산관에도 군사들이 있으니 공이 다 거느리도록 하시오. 이제 내 마보군 삼천을 내고 장패로 선봉을 삼아 줄 것이매 지체 말고 곧 밤을 도와서 떠나도록 하오."

하고 영을 내렸다.

이리하여 서서는 조조를 하직하고 장패와 함께 즉시 그곳을 떠나가니 이것이 바로 방통이 서서를 구하는 계교였다.

후세 사람이 지은 시가 있다.

마등·한수가 틈을 타서 엄습할까
조조가 남정하며 근심이 이것이라.
봉추가 서서에게 일러 준 한마디 말

하마 죽을 물고기가 낚시를 벗어나다.

　조조는 서서를 떠나보낸 뒤에 마음이 적이 편안해서 드디어 말을 타고 먼저 강가의 한채부터 둘러보고 다시 수채를 돌아본 다음에 한 척 큰 배에 올라 중앙에다가 수자기(帥字旗)를 세워 놓고 양옆 수채 선상에는 궁노수 천 명을 깔아 놓고서 자기는 그 위에 좌정하였다.

　때는 바로 건안 십삼년 동짓달 보름날. 천기는 청명하며 바람은 자고 물결은 잔잔한데 조조는 영을 내려

　"대선 위에 연석을 배설하고 풍악을 준비하도록 하라. 내 오늘밤 여러 장수들로 더불어 한자리에 모이려 한다."

하였다.

　날이 저물자 동녘 산 위에 달이 떠오르니 밝기가 곧 대낮 같아서 장강 일대가 마치 흰 깁을 가로 펼쳐 놓은 것 같다.

　조조가 큰 배 위에 나와서 좌정하니 좌우에 모시는 자 수백 명이 모두 비단 옷과 수놓은 도포를 입고서 손에 과(戈)를 들고 극(戟)을 잡아 벌려 서고 문무 중관은 각기 관등을 따라서 자리 잡고 앉았다.

　조조는 남병산색(南屛山色)이 그림 같은 것을 보고 다시 눈을 들어 사면을 둘러보니 동편은 시상 지경이요 서쪽은 하구의 강이요 남으로는 번산(樊山)이 바라다 보이고 북방은 오림(烏林)이라 사면이 광활하다.

　그는 마음에 은근히 기뻐 여러 관원들을 돌아보고

　"내가 의병을 일으킨 뒤로 나라를 위해서 흉포한 무리를 초멸

해 오되 사해를 소청하고 천하를 평안히 하기로 맹세하였소. 아직 얻지 못한 것은 강남이나 이제 내 백만의 대병을 거느렸고 또한 제공의 힘을 믿으니 어찌 공을 이루지 못할까 근심하겠소. 강남을 항복받은 뒤에 천하가 무사하거든 내 한 번 제공으로 더불어 부귀를 누리고 태평을 즐겨 볼까 하오."

하고 말하였다.

문관 무장이 모두 일어나서

"부디 빨리 개가를 올리고 저희들이 모두 종신토록 승상의 은택을 입고 싶습니다."

하고 치사한다. 조조는 크게 기뻐하여 좌우에 명해서 술잔을 돌리게 하였다.

야반에 이르러 조조는 술이 취하자, 손을 들어 멀리 남쪽 언덕을 가리키며

"주유와 노숙이 천시를 모르는구나. 이제 다행히 투항하는 사람이 있어서 저의 심복지환이 되었으니 이는 하늘이 나를 도우시는 것이다."

하고 말하니, 순유가 있다가

"승상은 그런 말씀을 마십시오. 누설될까 두렵소이다."

하고 일러 주자,

"좌상의 제공과 좌우의 군사들이 모두 내 심복지인인데 말을 하기로 구애할 것이 무어요."

하고 크게 웃었다.

조조는 다시 하구 쪽을 손가락으로 가리키며

"유비 · 제갈량아. 너희가 개미 떼 같은 힘으로 감히 태산을 흔

들어 보려고 하니 어찌하여 그처럼들 어리석으냐."

하고 한마디 비웃고 나서, 여러 장수들을 돌아보며

"내 나이 올에 쉰네 살이오. 내 만약에 강남을 얻는다면 은근히 기쁜 일이 하나 있소. 전일에 교공이 나와 친교가 있어서 그의 두 딸이 다 국색임을 내 잘 아는 터인데 뒤에 뜻밖에도 각각 손책과 주유에게로 시집들을 가 버렸소그려. 그러나 내 이제 장하 가에 다 새로이 동작대를 세워 놓았으니 만약 강남을 얻는 날에 이교를 데려다가 대상에 두어 두고 내 만년을 즐길 수가 있다면 내 소원은 그것으로 족하리라."

하고 말을 마치며 크게 웃었다.

당나라 시인 두목지(杜牧之)가 지은 시가 있다.

백사장에 부러진 창 한 자루 비에 씻기고 바람에 갈린 채
지금에 쇠는 남아 옛날을 말하누나.
만약에 주랑을 위해 동풍 아니 불었다면
봄 깊은 동작대에 이교는 갇혔으리.

조조가 이렇듯이 웃으며 이야기하고 있을 때 문득 들으니 까마귀가 남쪽을 바라고 울며 날아간다.

"저 까마귀가 무슨 일로 밤에 우노."

하고 조조가 물으니, 좌우가

"달이 환한 것을 보고 까마귀가 날이 밝았는가 해서 나무를 떠나 우는 것이올시다."

하고 대답한다. 조조는 또 한 번 크게 웃었다.

이때 그는 이미 술이 어지간히 취했다. 삭(槊)을 들어다 뱃머리에 세워 놓고 강물에 술을 뿌린 다음에 다시 잔에 술을 가득 부어 석 잔을 연거푸 마시고서 삭을 비껴 잡고 여러 장수들을 대하여

"내가 이 창을 가지고서 황건적을 깨뜨리고 여포를 사로잡고 원술을 멸하고 원소를 거두고 깊이 새북(塞北)에 들어가고 바로 요동에 이르러 천하를 횡행하였으니 이만했으면 가히 대장부의 뜻을 폈다고 하리다. 이제 이 경치를 대하매 마음에 느끼는 바가 있어 내 노래를 지어서 부를 터이니 제공은 이에 화답하도록 하오."
하고 노래를 지어 부르니 그 노래는 이러하다.

> 술 두고 노래한다, 인생이 그 얼마인고
> 비유하면 아침 이슬 괴로움도 많을시고.
> 마음이 강개하여 시름 잊기 어려워라
> 무엇으로 시름 풀고 다만 술이로다.
> 푸르른 그대 옷깃 유유할쏜 이 내 마음
> 내 오직 그대로 인해 이제도록 침음하네.
> 들에 우는 저 사슴아 서로 불러 마름 먹나
> 반가운 손님 모셔 비파 타고 생황 부네.
> 교교한 저기 저 달 따 볼 날이 어느 때냐
> 시름도 그와 같아 끊을 길이 없네.
> 이 길 저 길로 손님들이 오시누나
> 오랜만에 서로 모여 옛 은정을 생각한다.
> 달은 밝고 별 드문데 남으로 나는 까막까치
> 남을 세 번 둘러봐도 저 의지할 가지 없네.
> 산은 높다 싫어 않고 물은 깊다 마다 않네
> 주공(周公)[1]이 밥을 넘기니 천하가 돌아왔네.

조조가 노래를 부르고 나자 여러 사람들이 화답하며 모두들 웃고 즐길 때 문득 좌중의 한 사람이 나서서

"지금 바야흐로 대군이 상지하여 장수와 군사들이 영을 기다리는 때에 승상께서는 어찌하여 그처럼 불길한 말씀을 하십니까."

하고 말한다.

조조가 보니 그는 곧 양주자사로 있는 패국 상(相) 사람으로 성은 유(劉)요 이름은 복(馥)이요 자는 원영(元穎)이다. 원래 유복이 합비에서 몸을 일으켜 주치(州治)를 창립하고 이산한 백성을 모아서 학교를 세우며 둔전을 넓히고 치교(治敎)를 일으켜서 오랫동안 조조를 섬겨 오는 동안에 공적을 세운 것이 적지 않았다.

이때 조조가 한 손에 삭을 비껴 잡고

"내 말에 무슨 불길한 것이 있다고 그러오."

하고 한마디 물으니, 유복이

"'달은 밝고 별 드문데 남으로 나는 까막까치, 남을 세 번 둘러 봐도 저 의지할 가지 없네'라고 하신 것이 곧 불길한 말씀입니다."

하고 대답한다.

조조는 발끈 노해서

"네가 어찌 감히 내 흥을 깨뜨리느냐."

하고 한마디 꾸짖으며 어느 결에 삭을 들고 손을 번쩍 놀려 유복을 찔러 죽였다. 좌중이 모두 소스라쳐 놀라 드디어 자리는 깨어

---

1) 주 문왕의 아들이요 무왕의 아우로서, 어린 조카 성왕을 보좌하여 천하를 잘 다스렸는데 행여나 인재를 한 사람이라도 놓칠까 두려워하여 자기를 만나러 온 사람이 있으면 머리를 감다가도 세 번씩 머리를 걷어 올렸고(一沐三握髮), 밥을 먹다가도 세 번씩 입에 문 밥을 뱉어(一飯三吐哺) 마침내 천하가 다 그에게 심복하였다고 한다.

지고 말았다.

그 이튿날 조조가 술이 깨어 후회하기를 마지않는데 유복의 아들 유희(劉熙)가 들어와서 아비의 시체를 거두어 가지고 돌아가 장사를 지내게 해 달라 청한다.

조조는 울면서

"내가 어제 취중에 잘못 너희 부친을 상해 놓고 후회막급이다. 삼공의 예로써 후히 장사지내도록 해라."

하고 군사를 내서 영구를 호송하여 그날로 돌아가 장사지내게 하였다.

그 다음 날이다. 수군 도독 모개와 우금이 장하에 엎드려서

"대소 선척을 이미 모두 배합해서 연쇄해 놓았삽고 정기와 병장기들도 일일이 갖추어 놓았사오니 승상께서는 영을 내리셔서 곧 진병하도록 하십시오."

하고 아뢰었다.

조조는 수군 중앙 대전선 위에 좌정하고 여러 장수들을 모아서 각각 청령(聽令)하게 하는데, 수륙 양군을 다 각각 오색 기호로 나누니 수군은 중앙 황기는 모개와 우금이요, 전군 홍기는 장합이요, 후군 흑기는 여건이요, 좌군 청기는 문빙이요, 우군 백기는 여통이며, 마보군은 전군 홍기는 서황이요, 후군 흑기는 이전이요, 좌군 청기는 악진이요, 우군 백기는 하후연이며, 수륙로도접응사(水陸路都接應使)는 하후돈·조홍이요, 호위왕래감전사(護衛往來監戰使)는 허저와 장료요, 그 밖의 장수들은 각각 대오에다 넣었다.

영을 내리는 것이 끝나자 수군 채중에서 북소리가 세 번 울리

며 각 대오의 전선들이 문을 나누어서 나왔다. 이날 서북풍이 갑자기 일어났으나 각 전선은 돛들을 높이 달고 거센 파도를 헤치면서 나아가는데 편안하기가 마치 평지를 가는 것 같았다. 군사들이 선상에서 기가 나서 뛰며 용맹을 뽐내어 창으로 찌르고 칼로 치되 전후좌우 각 군의 기호들이 서로 뒤섞이지 않고, 또 작은 배 오십여 척이 그 사이로 왕래하며 일변 경계하고 일변 싸움을 재촉한다.

조조는 장대 위에 서서 조련하는 것을 바라보고 마음에 크게 기뻐하여, 반드시 이길 방도라고 믿으며 영을 내려 돛들을 내리고 차서를 따라서 각 채로 돌아가게 하였다.

그리고 그는 장상에 올라 여러 모사들을 보고

"만약에 하늘이 나를 도우시는 것이 아니라면, 어떻게 봉추의 묘계를 얻었겠소. 철쇄로 배들을 연해 놓으니 과연 강 건너는 것이 평지로 다니는 것처럼 수월하오그려."

하고 말하였다.

이때 정욱이 있다가

"배를 모두 연쇄해 놓으니 참으로 평온하기는 합니다마는 다만 저희가 만일에 화공을 쓰기라도 한다면 피하기가 용이치 않으니 불가불 방비를 하셔야 하겠습니다."

하고 말하였다.

조조는 크게 웃으면서

"정중덕이 비록 원려(遠慮)는 있지마는 실상 생각이 좀 미치지 못한 데가 있소."

하니, 순유가 곁에서

"중덕의 말씀이 옳은데 승상은 어째서 웃으십니까."

하고 한마디 하니, 조조가 하는 말이

"대저 화공을 쓰려면 반드시 풍력을 빌려야만 하는데 지금 이 깊은 겨울에 다만 서풍·북풍이 있을 뿐이지 어찌 동풍·남풍이 있겠소. 우리는 서북쪽에 있고 저희 군사는 다들 남쪽 언덕에 있으니 저희가 만약에 불을 쓴다면 도리어 저희 편 군사들만 태워 버리게 될 텐데 내가 무엇이 두렵겠소. 이것이 만약에 시월 소춘(小春) 시절이기나 하다면 내가 벌써 방비를 했을 것이오."

한다.

여러 장수들은 모두 배복하여

"승상의 고견은 여러 사람들의 미칠 바가 아닙니다."

하고 칭송하였다.

조조가 장수들을 돌아보며

"청주·서주와 연·대의 무리들이 배 타는데 익숙하지가 못하니 이제 이 계책이 아니면 무슨 수로 이 험한 대강을 건너 보겠소."

하고 말하는데, 이때 반열 가운데서 두 장수가 앞으로 썩 나서며

"소장들도 유연(幽燕) 지방 출신이기는 합니다마는 또한 배 타는 데 능하오니 이제 순선(巡船) 이십 척만 저희를 주시면 바로 북강 어구에 가서 적군의 기와 북을 뺏어 가지고 돌아와 우리 북군도 배 타는 데 능하다는 것을 한 번 보여 줄까 합니다."

하고 아뢴다. 조조가 보니 바로 원소의 수하 구장 초촉과 장남 이다.

"그대들이 다 북방 생장이라 아무래도 배 타는 것이 뜻 같지 않을 테고 강남 군사들은 물 위를 왕래하는 데 숙련이 되었으니 경

솔하게 목숨을 가지고 아이 장난처럼 할 일이 아니야."
하고 조조가 타일렀으나, 초촉과 장남은 듣지 않고
　"만약 이기지 못한다면 달갑게 군법을 받겠소이다."
하고 큰 소리로 외친다.
　"전선은 모조리 다 연쇄해 놓았고 다만 작은 배들이 있을 뿐인데 한 배에 이십 명밖에는 못 탈 것이니 그걸 가지고야 어떻게 접전을 하나."
하니, 그래도 초촉은
　"만약 대선을 가지고 싸운다면야 뭐 기이할 것이 있겠습니까. 작은 배 이십여 척만 내주시면 제가 장남과 반씩 거느리고 오늘 바로 강남 수채에 가서 기를 뺏고 장수를 베어 가지고 돌아오겠습니다."
하고 흰소리를 친다.
　조조는 마침내
　"내 그럼 그대들에게 배 이십 척과 정예군 오백 명에 모두 긴 창과 센 쇠뇌를 내어 줄 것이매 내일 새벽에 나가도록 하되, 내 대체의 배들을 강상에다 내어 놓아 멀리서 형세를 돕고 또 문빙으로 순선 삼십 척을 거느리고 있다가 그대들이 돌아올 때 나가서 접응하게 해 주지."
하고 허락하였다. 초촉과 장남은 심히 기뻐서 물러갔다.
　이튿날 사경에 밥을 지어 먹고 오경에는 결속이 이미 끝났는데 이때 수채 안에서 북소리·징소리가 요란하게 들렸다. 전선들이 모두 수채에서 나가 물 위에 분포하니 장강 일대에 청홍 기호가 한데 뒤섞인다. 초촉·장남은 순선 이십 척을 거느리고 수채를

26

뚫고 나와서 강남을 바라고 나아갔다.

한편 남쪽 언덕에서는 전날 밤 북소리가 진동하는 것을 듣고 멀리 바라보니 조조가 수군을 조련하고 있어서 세작은 이것을 주유에게 보하였다. 그러나 주유가 산마루로 올라가서 보았을 때는 조조의 군사가 이미 전선을 수습해서 돌아간 뒤다.

그러자 이튿날 홀지에 또 북소리가 하늘을 진동하는 것을 듣고 군사가 급히 높은 데 올라가서 바라보니 작은 배들이 물결을 헤치며 이편으로 오고 있다. 그는 나는 듯이 중군에다 보하였다.

주유가 장하에다 대고

"뉘 감히 먼저 나갈꼬."

하고 물으니, 한당·주태 두 사람이 일시에 나서며

"저희가 임시 선봉이 되어 적을 깨뜨리겠습니다."

한다.

주유는 기뻐하여 각 채에 영을 전해서 더욱 엄하게 수비하며 경망되게 동하지 못하게 하였다. 한당과 주태는 각기 순선 다섯 척씩 거느리고 좌우로 나뉘어 나갔다.

이때 초촉과 장남이 한갓 저의 용맹만 믿고 작은 배를 급히 몰아오는데, 한당이 홀로 엄심갑을 입고 손에 장창을 들고 뱃머리에 서 있으니 초촉의 배가 앞을 서 들어오며 바로 군사들에게 명해서 한당의 배 위를 바라고 어지러이 화살을 쏘게 한다.

한당이 방패를 들어 화살을 막는 중에 초촉이 장창을 꼬나 잡고 한당에게로 달려들었다. 그러나 서로 창끝을 어우르자 한당이 곧 한 창에 초촉을 찔러 죽이니 장남이 뒤에서 크게 부르짖으며 쫓아 들어온다.

이때 곁에서 주태의 배가 앞으로 나왔다. 장남이 창을 꼬나들고 뱃머리에가 서서 양편의 사수들을 시켜 화살을 어지러이 쏘게 하는데 주태는 한 손에 방패를 들고 또 한 손에 칼을 들고 서 있다가 두 배의 상거가 칠팔 척쯤 되었을 때 몸을 한 번 날려서 바로 장남의 배로 건너뛰자 번개같이 칼을 놀려서 장남을 찍어 물속에다 처박고 그 배에 탄 군사들을 닥치는 대로 쳐 죽였다.

모든 배가 노질을 부지런히 해서 급히 돌아간다. 한당과 주태가 배를 재촉해서 그 뒤를 쫓는 중에 강 한복판에 이르자 마침 문빙의 배가 마주 나와서 양쪽에서는 배들을 벌려 놓고 한바탕 어우러져 싸웠다.

이때 주유가 여러 장수들을 데리고 산마루에 서서 강북의 수면을 멀리 바라보니 몽동전선이 강 위에 벌려 섰는데 기치호대(旗幟號帶)가 모두 차서가 있고, 머리를 돌려보니 문빙이 한당·주태와 상지하다가 한당·주태가 힘을 다해서 들이치자 문빙이 당해 내지 못하고 배를 돌려서 달아나는데 한당·주태 두 사람이 급히 배를 재촉해서 뒤를 쫓는다. 주유는 두 사람이 중지(重地)로 깊이 들어갈까 두려워 곧 흰 기를 휘둘러서 부르며 군사들을 시켜 징을 치게 하였다. 두 사람이 곧 뱃머리를 돌려 노를 저어 돌아온다.

주유는 그대로 산마루에 서서 강 건너 전선들이 모조리 수채로 들어가는 것을 바라보다가 여러 장수들을 돌아보고

"강북 전선이 마치 갈대같이 빽빽하고 조조가 또 꾀가 많으니 무슨 계책을 써서 깨뜨려야 하노."

하고 물었다.

여러 사람이 미처 대답을 하기 전에 문득 보니 조조의 수채 중앙에 세워 놓은 황기가 바람에 부러져서 강 위에가 떨어진다.

"이것은 상서롭지 못한 조짐이야."

하고 주유는 크게 소리 내어 웃으며 그대로 바라보고 있을 즈음에 홀지에 광풍이 크게 일어나서 강 속의 파도가 언덕에 부딪치더니 깃발이 바람에 휘날려서 주유의 얼굴을 때린다.

이때 주유는 언뜻 한 가지 일이 마음에 떠올라서 한 소리 크게 부르짖고 그대로 나가자빠지며 입으로 피를 토했다. 여러 장수들은 급히 달려들어 그를 구호하였으나 이때 주유는 이미 인사불성이 되었다.

금방 웃다가 문득 또 소리 지르니
북군을 깨뜨리기가 과연 졸연치 않구나.

필경 주유의 목숨이 어찌 되려는고.

칠성단에서 공명은 바람을 빌고
삼강구에서 주유는 불을 놓다

49

　이때 주유가 산마루에 서서 한동안 바라보다가 홀지에 뒤로 나
가자빠지며 입으로 피를 토하고 인사불성이 되니 좌우는 그를 구
호하여 장중으로 돌아갔다.

　여러 장수들이 모두 문병하러 와서는 다들 악연히 놀라 서로
돌아보며

　"강북의 백만 대병이 범처럼 도사리고 앉아서 동오를 삼키려
하는 판에 이제 도독이 이러하시니 만약에 조조 군사가 한 번 이
르는 날에는 대체 어찌한단 말인고."

하고 황망히 사람을 보내서, 오후에게 이 일을 알리고 일변으로
의원을 청해다가 병을 보게 하였다.

　이때 노숙이 주유가 병으로 누운 것을 보고서 마음에 근심이
가득하여 공명을 찾아보고 주유가 급병으로 누운 일을 이야기하

니, 공명이 있다가

"공은 어떻게 생각하십니까."

하고 묻는다.

"이는 바로 조조의 복이요 강동의 화지요."

하고 노숙이 대답하자, 공명은 웃으면서

"공근의 병은 량도 고칠 수가 있습니다."

하고 말하였다. 노숙은

"진실로 그렇다면 나라에 이만 다행이 없겠습니다."

하고 즉시 공명에게 청해서 함께 병을 보러 갔다.

　노숙이 먼저 들어가서 주유를 보니 주유가 머리 위까지 이불을 들쓰고 누워 있다.

"도독의 병세가 좀 어떠하십니까."

하고 노숙은 물었다.

"가슴과 배가 쥐어뜯는 것처럼 아프고 때때로 정신이 혼미하외다."

하고 주유가 대답한다.

"무슨 약을 써 보셨나요."

"구역이 나서 약을 도무지 삼킬 수가 없소그려."

"바로 지금 공명을 가 보았더니 그의 말이 자기가 능히 도독의 병환을 고쳐 놓을 수 있다고 합니다. 지금 밖에 와 있는데 청해 들여다가 한 번 보이시는 것이 어떨까요."

　노숙이 말하자 주유는 청해 들이라고 이른 다음에 좌우에 명하여 붙들어 일으키라고 해서 그를 자리 위에 일어나 앉혔다. 공명이 들어와서 그를 보고

"그간 여러 날 뵙지 못하였는데 이처럼 귀체가 불안하실 줄은 몰랐습니다그려."

하고 인사말을 해서, 주유가

"사람에게는 조석으로 화복이 있다고 하니 어찌 능히 보전할 수가 있겠습니까."

하고 한마디 하니, 공명이 웃으면서

"하늘에는 불측한 풍운이 있다고 하니 사람이 또한 어찌 헤아릴 수 있겠습니까."

하고 대꾸한다.

그 말을 듣자 주유는 금시에 낯빛을 변하고 신음하는 소리를 내었다.

"도독은 가슴 속이 답답하지나 않으십니까."

"답답합니다."

"그러면 서늘한 약을 써서 풀어야 합니다."

"서늘한 약은 이미 써 보았습니다마는 전연 효험이 없습니다."

"그러면 먼저 기운을 다스려야 합니다. 기운만 순하게 되고 보면 곧 절로 낫습니다."

주유는 공명이 필시 그 뜻을 알고 있으리라 짐작하고 마침내 한마디 건네어 보았다.

"기운을 순하게 하려면 어떤 약을 먹어야 할까요."

공명이 웃으면서

"량에게 한 방문이 있으니 도독의 기운을 곧 순하게 해 드릴 수 있습니다."

하고 말한다.

"바라건대 선생은 가르침을 내리십시오."
하고 주유가 청하자 공명은 곧 종이와 붓을 달라고 한 다음에 좌우를 물리치고 남모르게 종이에다 글자 열여섯 개 글자를 썼다.

조공을 깨치려면	欲破曹公
화공을 써야 하리	宜用火攻
만사가 구비하되	萬事具備
동풍이 빠졌구나.	只欠東風

다 쓰고 나자 그는 종이를 주유에게 내어 주며
"이것이 곧 도독의 병 근원이외다."
하고 말하였다.

주유는 보고 나서 크게 놀라 '공명은 참으로 신령 같은 사람이다. 제가 내 마음속을 벌써 환히 알고 있구나. 이렇게 된 바에는 실정을 고하고 청할밖에 없다'라고 속으로 생각하고, 마침내 웃으면서

"선생이 이미 내 병의 근원을 알고 계시니 장차 무슨 약을 써서 고쳐 놓으시렵니까. 사세가 위급하니 곧 가르쳐 주셔야만 하겠습니다."
하고 청하였다.

공명이 대답한다.

"량이 비록 재주는 없으나 일찍이 이인을 만나서 기문둔갑천서(奇門遁甲天書)를 전수받아 능히 바람을 불게 하며 비를 내리게 하는 터입니다. 도독이 만일에 동남풍을 쓰시겠다면 남병산에다 단

을 하나 모으되 이름은 칠성단(七星壇)이니 높이가 구 척이요 모두 삼층이라 군사 일백이십 명을 내어서 저마다 기를 들고 단을 둘러싸게 한 다음, 량이 단상에 올라가 술법을 써서 삼일삼야의 동남풍을 빌어다가 도독이 군사를 쓰시는 데 도움을 드릴까 하는데 어떻습니까."

"삼일삼야도 그만두고 단지 하룻밤만 바람이 크게 불어 주어도 대사를 가히 이룰 수 있습니다. 그러나 다만 일이 바로 목전에 있으니 늦어서는 아니 되겠습니다."

"십일월 이십 갑자일(甲子日)에 바람을 빌어서 이십이 병인일(丙寅日)에 그치게 하면 어떻겠습니까."

그 말을 듣자 주유는 크게 기뻐서 벌떡 자리에서 일어나며 즉시 영을 전하여 정병 오백 명을 남병산으로 보내서 단을 모으게 하고 또 일백이십 명을 내어 기를 들고 단을 지키며 영을 듣게 하였다.

공명이 주유를 하직하고 밖으로 나와 노숙과 함께 말을 타고 남병산으로 가서 지세를 살펴본 다음에 군사들을 시켜서 동남방의 붉은 흙을 파다가 단을 모으게 하는데 단의 주위가 이십사 장이요 매 층의 높이가 삼 척이니 모두가 구 척이다.

제일층에는 이십팔수(二十八宿)[1] 기를 세우니 동방의 칠면 청기는 각·항·저·방·심·미·기를 응해서 청룡(青龍)의 형상으로 벌려 세우고, 북방의 칠면 흑기는 두·우·여·허·위·실·벽을 응해서 현무(玄武)의 형세를 만들고, 서방의 칠면 백기는 규·누·위·묘·필·자·삼을 응해서 백호(白虎)의 위엄을 보이고, 남방

---

1) 고대 천문학에서 천체의 성좌를 분류한 이름.

의 칠면 홍기는 정·귀·유·성·장·익·진을 응해서 주작(朱雀)의 모양을 이루었으며, 제이층에는 주위에 황기 육십사 개를 세우되 육십사 괘(卦)를 응해서 여덟 방위로 나누어 세우고, 제삼층에는 네 사람을 쓰되 각 사람이 속발관을 쓰고 조라포(皂羅袍)를 입고 봉황 무늬가 있는 옷에 넓은 띠를 띠고 모가 난 치마에 붉은 신을 신은 차림으로, 앞쪽 왼편에 선 사람은 손에 긴 장대를 들었으니 장대 끝에는 닭의 깃을 달아 바람의 방향을 잡게 하고, 앞쪽 오른편에 선 사람도 손에 긴 장대를 들었으니 장대 위에는 북두 칠성을 그린 신호 띠를 매달아 바람의 형세를 표시하게 하고, 뒤쪽 왼편에 선 사람은 손에 보검을 받들고, 뒤쪽 오른편에 선 사람은 손에 향로를 받들며, 단 아래 있는 스물네 명은 각기 장목 정기(旌旗)와 보개(寶蓋)와 큰 민늘창[大戟]과 긴 창[長矛]과 누른 도끼[黃鉞]와 흰 쇠꼬리 기[白鉞]와 붉은 기[朱旛]와 검은 둑 기[皂纛]를 들고 사면으로 둘러서게 하였다.

공명이 동짓달 스무날 갑자 길일에 목욕재계한 다음, 몸에 도의(道衣)를 입고 발 벗고 머리 풀고 칠성단 앞에 이르러 노숙을 보고

"자경은 군중에 돌아가서 공근이 군사 분별하는 것을 도우시되 혹시 량의 비는 바가 응험이 없더라도 괴이하게 아시지는 마십시오."

하니, 노숙은 그와 작별하고 돌아갔다.

공명은 단을 지키는 군사들을 돌아보고

"함부로 제자리를 떠나지 말며, 서로 머리를 맞대고 속살거리지 말며, 함부로 지껄이거나 무엄한 소리를 말며, 아닌 일에 공연히들 놀라지 말라. 만일에 영을 어기는 자 있으면 참하리라."

하고 영을 내렸다. 모든 군사가 다 그의 영에 복종한다.

공명은 천천히 걸어서 단 위로 올라가자 방위를 살펴보고 나서 향로에 향을 피우고 바리에 물을 붓고 하늘을 우러러 속으로 가만히 축원하였다. 그러고 나서 단을 내려와 장중으로 들어가서 잠시 쉬며 군사들로 하여금 번갈아 밥을 먹게 하였다.

이렇듯 공명은 하루에 단에 오르기를 세 번 하고 단에서 내리기를 세 번 하였는데 동남풍은 졸연히 일어나지 않았다.

한편 주유는 정보와 노숙 이하로 관군들을 장중으로 불러들여서 동남풍이 일어나는 대로 곧 군사들을 분별하기로 하고 일변 손권에게 보해서 접응하기를 청하였다.

이때 황개는 이미 불 지를 화선(火船) 이십 척을 준비해서 뱃머리에 큰 못을 빽빽하게 박아 놓고 배 안에는 갈대와 마른 섶을 가뜩 싣되 두루 생선기름을 뿌리고 위에다 유황과 염초 등 불 댕길 물건들을 얹어 놓은 다음에 청포와 유지로 그 위를 푹 덮어씌우고, 이물에는 청룡아기를 꽂고 고물에는 각각 쾌선을 매어 놓고서 장하에 대령하여 오직 주유의 호령이 내리기만 기다린다.

또한 감녕과 감택은 채화·채중을 수채 안에다 붙들어 놓고서 매일 함께 술을 마시며 단 한 명의 군사도 육지에 오르지 못하게 하니 주위가 모두 동오 군마라 물 한 방울 새나갈 틈이 없게 하여 놓고는 오직 장상에서 호령이 내리기만 기다렸다.

주유가 바야흐로 장중에 앉아서 일을 의논하고 있는데, 문득 세작이 들어와서

"오후의 선척이 수채에서 팔십오 리 떨어진 곳에 닻을 내리고

오직 도독에게서 좋은 소식이 있으시기만 기다리고 계시답니다."
하고 보하였다.

주유는 곧 노숙을 시켜서 각 부하 관원과 장병들에게 두루 알리게 하되

"모두들 선척과 병장기와 돛과 노 따위를 다 수습해 놓고 호령이 한 번 떨어지는 대로 시각을 어기지 말게 하라. 만약에 어기는 자가 있으면 곧 군법으로 다스리리라."
하였다.

모든 군사와 장수들이 영을 듣자 저마다 주먹을 어루만지고 손바닥을 비비며 적과 싸울 준비들을 하는데 어느덧 날이 저물고 밤이 되었다. 그러나 하늘은 맑게 개고 미풍조차 불지 않는다.

주유는 노숙을 보고 한마디 하였다.

"공명의 말이 거짓이오. 이 깊은 겨울에 어떻게 동남풍을 얻어보겠단 말이오."

그러나 노숙이

"내 생각에는 공명이 결코 거짓말은 아니 할 것 같소이다."
하고 말하는데, 삼경 때가 가까웠을 때 홀지에 바람소리가 들리며 깃발이 휘날렸다. 주유가 장막에서 나가 보니 깃발이 펄펄 날려 서북편을 가리키며 삽시간에 동남풍이 크게 일어난다.

주유는 깜짝 놀라

"이 사람이 천지의 조화를 뺏는 법과 귀신도 헤아리지 못할 도술을 가지고 있으니 만일에 이 사람을 남겨 두었다가는 동오의 화근이 될 것이다. 한시바삐 죽여서 후일의 근심을 없애도록 해야겠다."

아! 적벽대전

하고, 급히 장전의 호군교위 정봉·시성 두 장수를 불러서 영을 내리기를

"너희들은 각기 일백 군씩 거느리고 서성은 수로로 가고 정봉은 육로로 가되 둘이 다 남병산 칠성단 앞으로 가서 불문곡직하고 제갈량을 잡아 그 즉시 목을 벤 다음에 수급을 가지고 와서 상을 청하도록 하라."

하였다.

두 장수가 명령을 받자 서성은 배에 올라 일백 도부수를 데리고 노질해 나가고, 정봉은 말 타고 일백 궁노수들도 다들 말께 올라 남병산을 바라고 달려가는데, 도중에서 동남풍이 크게 불었다.

후세 사람이 지은 시가 있다.

> 남병산 칠성단에 와룡이 올라서니
> 하룻밤 새 동풍이 불어 장강에 물결이 높다.
> 만약 공명의 묘계가 아니었다면
> 주랑이 무슨 수로 재주를 펴 보았으랴.

정봉의 마군이 먼저 당도해서 보니 단상의 기 잡은 군사가 바람 속에 서 있다. 정봉은 칼을 들고 말에서 내려 단 위로 올라갔다. 그러나 공명이 보이지 않는다.

황망히 단 지키는 군사에게 물어보니

"바로 조금 전에 단에서 내려가셨소이다."

하고 대답한다.

정봉이 황망히 단에서 내려와 찾아볼 때 서성의 배가 들어왔

다. 두 사람이 강변에 함께 모였는데 한 군사가 있다가

"간밤에 쾌선 한 척이 요 앞 여울에 와서 닻을 내리고 있었는데 바로 조금 아까 공명이 머리를 푼 채 내려와서 배에 오르자 그 배는 곧 상류를 바라고 떠났소이다."

하고 아뢴다. 정봉과 서성은 그 즉시 수륙 양로로 나뉘어서 그 뒤를 쫓아갔다.

서성이 돛을 높이 달게 하고 순풍을 타고 나가며 바라보니 앞의 배가 과히 멀지 않다. 서성은 뱃머리에가 서서 목청을 높여

"군사는 가시지 마십시오. 도독께서 청하십니다."

하고 크게 불렀다.

그러자 앞 배 고물에 공명이 나와 서더니 크게 웃으며

"돌아가서 도독께, 부디 용병이나 잘 하십사, 제갈량은 잠시 하구로 돌아가니 후일에나 다시 뵙겠다고 말씀을 올려 주시오."

하고 말한다.

서성이 다시

"잠깐만 거기 계십시오. 꼭 여쭐 말씀이 있소이다."

하고 청하니, 공명이

"나는 벌써 도독이 나를 결코 용납하지 못하고 반드시 해치러 올 줄을 짐작했기 때문에 미리 조자룡더러 맞으러 오라고 일러두었던 것이니 장군은 부질없이 뒤를 쫓으려고 마오."

하고 말하는데 서성은 앞 배에 돛이 없는 것을 보고 그대로 부지런히 뒤를 쫓았다.

이리하여 차츰차츰 가까이 쫓아 들어가는 판인데 이때 문득 조운이 활에 살을 먹여 들고 선뜻 고물에 나와 서더니 큰 소리로

아! 적벽대전

"나는 상산 조자룡이다. 내가 특히 영을 받들고 군사를 모시러 온 길인데 너희들이 어딜 감히 뒤를 쫓으려 든단 말이냐. 본래 같으면 한 살에 너를 쏘아 죽일 것이로되 다만 두 집 사이의 화기를 상할 것이 두려워서 잠깐 내 수단만 보이는 것이다."

하고 말이 끝나며 바로 화살이 날아오더니 서성이 타고 있는 배의 용천 줄을 탁 끊어 놓아 그만 돛이 물 위에 뚝 떨어지며 배는 한 옆으로 기울어 버렸다.

조운은 곧 자기 배에 돛을 순풍을 타자 배는 마치 나는 듯 달려가 쫓아가 본댔자 잡지를 못하겠다.

이때 언덕 위에서 보고 있던 정봉이 서성의 배를 가까이 오라고 불러서

"제갈량의 신기묘산은 참으로 사람이 미칠 바가 아닐세. 거기다 또 조운이 만부부당지용을 가지고 있지 않은가. 그 사람의 당양 장판파 때의 일은 자네도 들어서 알고 있겠지. 우리들은 그저 이대로 가서 회보나 하는 것이 좋을 걸세."

하고 말하였다.

이리하여 두 사람이 주유를 돌아가 보고, 공명이 미리 약조를 해 놓아서 조운이 그를 영접해 가지고 돌아갔다는 말을 하니 주유가 크게 놀라서

"이 사람이 이렇듯 꾀가 많으니 내가 자나 깨나 불안해서 어떻게 지내나."

하였다.

그러나 노숙이

"우선 조조나 깨뜨린 뒤에 다시 도모하도록 하시지요."

周瑜　주유

美哉公瑾	아름답구나, 공근이여!
百世而生	백년에 한 번 태어나
於吳定覇	오나라에서 패권을 정하고
與魏爭衡	위나라와 더불어 천하를 겨루었네
烏林破敵	오림에서 적을 깨뜨리고
赤壁陳兵	적벽에서 군대를 전개하니
所以玄德	현덕이 말하는 바
謂瑜世英	주유는 당대의 영웅이라네

하고 권해서 그는 그의 말을 좇았다.

　주유는 장수들을 다 불러 놓고 영을 내렸다. 먼저 감녕을 불러서 채중과 항복한 군사들을 데리고 남쪽 언덕을 따라서 가되

　"북군의 기호를 달고 곧장 오림 지방으로 가라. 그곳이 바로 조조가 군량을 쌓아 놓은 곳이니 깊이 군중에 들어가서 불을 들어 군호를 삼고, 다만 채화 한 사람만은 장하에 남겨 두면 내가 쓸 곳이 따로 있다."

하고 말을 이르고, 둘째 번으로 태사자를 불러서

　"너는 삼천 병 거느리고 바로 황주 지경으로 달려가서 조조의 합비로부터 접응하러 오는 군사의 앞길을 끊고 조조 군사에게로 달려들어 불을 놓아 군호를 삼되 다만 홍기를 보거든 곧 오후의 접응병이 이른 줄을 알라."

하고 분부하며 감녕과 태사자 양대 군사는 길이 가장 먼 까닭에 먼저 떠나가게 하고, 셋째 번으로 여몽을 불러서 삼천 병 거느리고 오림으로 가서 감녕을 접응하여 조조의 채책을 불살라 버리라 분부하고, 넷째 번으로 능통을 불러서 삼천 병 거느리고 바로 이릉 경계를 끊어 놓고서 오림에 불이 일어나는 것을 보는 대로 군사를 휘몰아 응하라 이르고, 다섯째 번으로 동습을 불러서 삼천 병 거느리고 바로 한양을 취하되 한천으로부터 조조의 채중으로 짓쳐 들어가되 백기를 보아 접응하라 하고, 여섯째 번으로 반장을 불러 삼천 병 거느리고서 모조리 백기를 달고 한양으로 가서 동습을 접응하라 하여 여섯 대의 선척들은 각자 길을 나누어서 떠나고, 다음에 황개로 하여금 화선을 정돈하며 군사를 시켜 조

조에게 글을 보내서 오늘 밤에 항복하러 가겠노라 약속하게 하고, 일변 전선 네 척을 내어 황개의 뒤를 따라 접응하게 하되 제일대의 영병군관(領兵軍官)은 한당이요, 제이대의 영병군관은 주태요, 제삼대의 영병군관은 장흠이요, 제사대의 영병군관은 진무니, 네 대가 각각 전선 삼백 척을 거느리고서 전면에는 각각 화선 이십 척을 배열하게 한 뒤, 주유는 스스로 정보와 함께 대몽동(大艨艟) 위에서 싸움을 독려하기로 하되 서성·정봉으로 좌우 호위를 삼고, 노숙은 남겨 두어 감택과 함께 여러 모사들로 더불어 대채를 지키게 하니, 정보는 주유의 군사 분별하는 것이 법도가 있는 것을 보고 심히 경복하였다.

이때 손권에게서 사자가 병부를 가지고 와서 하는 말이, 이미 오후가 육손으로 선봉을 삼아서 바로 기(蘄)·황(黃) 지방으로 진병하게 하였고 오후 자신은 후응을 하기로 하였다 한다.

주유는 또 사람을 보내서 서산에서는 화포를 놓고 남병산에서는 기호를 들게 하고, 각각 준비를 다 해 놓고 오직 황혼이 되기를 기다려서 거동하기로 하였다.

이야기는 두 머리로 나뉜다.

한편 유현덕은 하구에서 오로지 공명이 돌아오기만 고대하고 있는데 문득 한 떼의 선척이 들어오니 이는 곧 공자 유기가 몸소 소식을 알려 온 것이다.

현덕이 그를 적루 위로 청해 올려 좌정하고 나서

"동남풍이 불 때 자룡이 공명을 데리러 갔는데 이제 이르도록 오지를 않아 내 마음이 불안하이."

하고 바야흐로 이야기를 하는 중에, 군사 하나가 손을 들어 멀리 번구 포구 쪽을 가리키면서

"저기서 순풍에 돛을 달고 들어오는 일엽편주가 틀림없이 군사께서 타신 배올시다."

하고 아뢰었다.

현덕은 공명을 영접하러 유기와 함께 적루에서 내려갔다. 얼마 기다릴 것도 없이 배가 들어오며 공명과 자룡이 언덕에 내려서 현덕은 크게 기뻐하였다.

피차 인사를 나누고 나자마자 공명은 곧 현덕을 향하여

"지금은 다른 일을 말씀할 겨를이 없습니다. 제가 전자에 여쭈어 둔 군마와 전선들은 다 준비가 되어 있습니까."

하고 묻고, 현덕이

"벌써 수습을 다 해 놓고 오직 군사가 쓰시기만 기다리고 있는 길이외다."

하고 대답하자, 공명은 바로 현덕과 유기로 더불어 장상에 올라가서 좌정하고 먼저 조운을 불러서

"자룡은 삼천 군마를 거느리고 강을 건너 곧장 오림 소로로 가서 나무와 갈대가 빽빽하게 들어찬 장소를 가려서 군사를 매복해 놓고 있으면 오늘 사경이 지난 뒤에 조조가 반드시 그 길로 해서 도망하여 올 것이니 저들의 군마가 반쯤 지나가기를 기다려 중간에서 불을 지르고 내달으라. 비록 조조 군사를 모조리 죽이지는 못하더라도 절반은 무찌를 수 있으리라."

하고 말하였다.

조운이 한마디 묻는다.

"오림에는 길이 둘이 있어서 하나는 남군으로 통하는 길이요 또 하나는 형주로 가는 길인데 저희가 대체 어느 길로 올는지를 모르겠습니다."

공명이

"남군 쪽은 형세가 촉박해서 조조가 감히 가지 못하고 반드시 형주 쪽으로 와서 그 다음에 대군이 허창으로 갈 것이야."

하고 일러 주고, 조운이 영을 받고 나가자 다시 장비를 불러서

"익덕은 삼천 병을 거느리고 강을 건너가서 이릉 길을 끊고 호로곡 어구에 군사를 매복하라. 조조가 제 감히 남이릉으로 가지 못하고 북이릉으로 오려니와 내일 비가 한 차례 내린 뒤에 제가 반드시 그리로 와서 솥을 걸고 밥을 지을 것이니 연기가 일어나는 것을 보는 길로 즉시 산기슭에다 불을 놓으면 조조는 잡지 못하더라도 익덕의 이번 공로가 작지는 아니 하리라."

한다.

장비가 계책을 받아 가지고 나가자 이번에는 미축과 미방과 유봉 세 사람을 불러서

"너희들은 각자 배들을 타고 강을 돌면서 패병들을 사로잡고 병장기들을 뺏도록 하라."

하고 일렀다.

세 사람이 분부를 받고 떠난 뒤에 공명은 자리에서 일어나며 공자 유기를 대하여

"무창으로 말하면 빤히 바라다 보이는 데라 가장 요긴한 곳이니 공자는 이 길로 곧 돌아가셔서 수하 군사들을 영솔하시고 강안을 지키도록 하십시오. 조조가 한 번 패하고 보면 반드시 그리

로 도망해 오는 자들이 있을 것이니 사로잡도록 하시되 결코 경홀하게 성을 떠나셔서는 아니 되오리다."

유기가 그 즉시 현덕과 공명을 하직하고 떠나가자, 공명은 현덕을 보고서

"주공께서는 번구에다 군사를 둔쳐 놓으신 다음에 높은 데 앉으셔서 오늘밤에 주랑이 큰 공을 세우는 것이나 한 번 구경하시지요."

하고 말하였다.

이때에 운장은 바로 곁에 있었으나 공명이 전혀 못 본 체하고 있으니 참다못하여 마침내 언성을 높여서

"관모가 형님을 뫼시고 전쟁에 나가기를 여러 해포 하여 오되, 일찍이 한 번이라 남에게 뒤떨어진 적이 없는 터에 오늘 모처럼 대적을 만나는 마당에 군사는 도리어 나를 쓰려고 하지 않으시니 이것은 대체 웬 까닭입니까."

하고 물었다.

공명이 웃으면서

"운장은 행여 괴이쩍게 알지를 마오. 내가 본래 족하를 가장 긴요한 애구에 보내려 하면서도 다만 마음에 걸리는 것이 있어서 감히 가라고 못하는 것이오."

하고 말하니, 운장이 다시

"무슨 구애하시는 것이 있어서 그러십니까. 아주 터놓고 말씀을 해 주셨으면 좋겠습니다."

하고 묻는다.

공명은 말을 해 준다.

"전일에 조조가 족하를 심히 후하게 대접해 주었으니 마땅히 족하는 이것을 갚아야만 할 것이오. 조조가 오늘 싸움에 패하고 보면 반드시 화용도(華容道)로 달아날 터인데 만일에 족하더러 가라고 하면 필시 조조를 놓아 보내고 말 것이라 이로 인해서 내가 감히 가라고 못하는 것이외다."

들고 나자 운장이

"군사는 참으로 다심하시기도 하십니다. 그 당시에 과연 조조가 관모를 후대하여 주었다고는 하지만 내가 이미 안량을 베고 문추를 죽여 백마의 에움을 풀어서 저의 은혜를 갚아 준 터에 오늘날 만나서 관모가 어찌 홀홀히 놓아 보낼 법이 있겠습니까."

한다.

공명이 정색을 하고서

"만일에 놓아 보내는 일이 있으면 어찌하겠소."

하고 따지니, 운장은 선선히

"군법대로 처분을 받겠소이다."

하고 나선다.

"그러면 문서를 들여 놓으시오."

운장은 즉시 군령장을 들여 놓은 다음에

"그런데 만약에 조조가 그 길로 오지 않는 때에는 어찌하시렵니까."

하니, 공명이

"그럼 나도 족하에게다 군령장을 놓겠소."

하여 운장이 크게 기뻐하는데, 공명이 다시

"운장은 화용도 소로 높은 봉에다가 마른 풀을 쌓아 놓고 불을 질러서 연기를 일으켜 조조를 그곳으로 유인하도록 하오.”

하고 계교를 일러 주었다.

그 말에 운장이

“조조가 만약 연기가 나는 것을 바라보면 매복이 있는 줄을 알 터인데 제가 어찌 그리로 오려 들겠습니까.”

하고 한마디 물으니, 공명은 웃으면서

“병법의 ‘허허실실지론(虛虛實實之論)’도 들어보지 못하셨소. 조조가 비록 용병에 능하다고는 하지만 다만 이 계교에는 제가 속고 말 것이오. 연기가 일어나는 것을 보면 제가 허장성세하는 것이라 하고 반드시 그 길로 해서 들어올 것이니, 장군은 결코 그에게 사정을 두어서는 아니 되오.”

하고 말하였다. 운장은 장령을 받자 관평·주창과 오백 교도수(校刀手)를 거느리고 화용도로 매복하러 떠나갔다.

현덕이 있다가

“내 아우가 의기가 심중해서 만약 조조가 화용도로 오는 때에는 필경 놓아 보내고 말지나 않을까요.”

라고 한마디 하니, 공명의 대답이

“량이 간밤에 천문을 보니 조적이 아직 죽을 수가 아닙니다. 그래 운장에게 한 번 인정이나 쓰게 한 것이니 이것도 역시 아름다운 일이겠지요.”

한다.

“선생의 신기묘산은 세상에 짝이 없을까 합니다.”

하고 현덕은 탄복하였다.

공명은 드디어 현덕과 번구로 가서 주유의 용병하는 양을 보기로 하고 손건과 간옹을 남겨 두어 성을 지키게 하였다.

한편 조조는 대채 안에서 여러 장수들과 일을 의논하며 오직 황개에게서 소식이 있기만 기다리는데 이날 동남풍이 심하게 분다.

정욱이 들어와서 조조를 보고

"오늘 동남풍이 부니 미리 방비하시는 것이 좋을까 보이다."

하고 일깨워 주었으나, 조조는 웃으면서

"동지일양생(冬至一陽生)[2]이라 다시 돌아올 때에 어찌 동남풍이 없겠소. 괴이하게 여길 일이 아니오."

하고 말할 뿐이었다.

그러자 군사가 홀연 보하되

"강동에서 작은 배 한 척이 들어 왔사온데 황개의 밀서를 가지고 왔다 하옵니다."

한다. 조조는 급히 불러 들였다.

그 사람이 글을 갖다 바치는데 그 글의 사연은 대강 이러하였다.

……주유의 방비가 심히 엄해서 이로 인하여 탈신할 도리가 없더니 이제 파양호로부터 새로이 운반해 오는 군량이 있어서 주유가 저를 보고 순초하라 하여 이미 방편을 얻었으므로 강동의 명장을 죽이고 그 수급을 가져다 항복을 드리려 하옵거니와 오늘밤 이경에 배 위에 청룡아기를 꽂고 가는 것이 바로 군량 실은 배인 줄로 아옵소서……

---

2) 동지에 이르면 양기가 비로소 생긴다는 뜻.

글월을 보고 조조는 크게 기뻐하여 마침내 여러 장수들과 함께 수채 안의 큰 전선 위로 나가 앉아서 오직 황개의 배가 이르기만 고대하였다.

이때 강동에서는 어느덧 날이 저물자 주유는 채화를 불러 낸 다음에 군사에게 영을 내려서 그를 잡아 묶게 하였다.

채화가

"저는 아무 죄도 없습니다."

하고 소리를 지르자 주유는 곧 꾸짖었다.

"네가 대체 어떤 사람이건대 감히 내게 와서 거짓 항복을 한단 말이냐. 내가 지금 기에다 제사를 지내려고 하나 다만 제물이 없어서 그러니 아무래도 네 머리를 좀 빌려야만 하겠다."

채화는 아무리 아니라고 잡아떼도 안 되니까 마침내 소리를 버럭 질러

"너희 편의 감택과 감녕도 다들 나하고 함께 모반하기로 했다."

하고 외쳤다.

그러나 주유는

"그것은 다 내가 시켜서 한 일이다."

하고 말할 뿐이다. 채화는 후회하였으나 아무짝에 소용이 없었다.

주유는 강변에 세운 기 아래로 채화를 끌어내어다 놓고 술을 올리며 소지를 사른 다음에 한 칼에 그의 목을 베어 그 피로 기를 제지내고 나서 곧 행선하라고 영을 내렸다.

황개는 셋째 화선 위에 홀로 몸에 엄심갑을 입고 손에 날이 시퍼런 칼을 들고 기 위에는 '선봉 황개'라고 대서하고 순풍을 좇아

50

서 적벽을 바라고 나아갔다. 이때 동풍이 대작해서 파도가 자못 흉용(洶湧)하였다.

조조가 중군에서 멀리 강 건너를 바라보노라니까 이윽고 달이 떠올라서 강물을 훤히 비추어 마치 일만 마리 황금 뱀이 물결을 희롱하는 것 같다. 조조는 바람을 받고 앉아서 크게 웃으며 바로 양양자득해하였다.

그러자 문득 한 군사가 손을 들어 가리키며

"강 남쪽에서 은은히 한 떼의 범선이 바람을 타고 이편으로 옵니다."

하고 말한다.

조조가 높은 데 앉아서 바라보는데 다시 아뢰는 말이

"모두 청룡아기를 꽂고 있사온데 그중의 큰 기에는 선봉 황개의 명자가 크게 씌어 있소이다."

한다.

조조는 웃으며

"공복이 항복해 오니 이는 하늘이 나를 도우시는 것이다."

하였다.

오는 배가 점점 가까워지는데 이때까지 한동안 유심히 지켜보고 있던 정욱이 조조를 향하여

"오는 배가 조금 수상하니 수채 가까이 들어오지는 못하게 하십시오."

하고 말하였다.

"무엇으로 아오."

하고 조조가 묻자, 정욱이

"선중에 군량을 실었으면 배가 반드시 무거울 터인데 이제 오는 배를 보매 거뿐하니 물 위에 떴고 또 겸해서 오늘밤에 동남풍이 크게 부니 만약에 적에게 간사한 계교라도 있다면 무엇으로 막겠습니까."

하고 자기 소견을 말하였다.

조조가 그제야 깨닫고 즉시

"누가 가서 멈추어 놀꼬."

하고 물으니, 문빙이 나서며

"제가 물에 매우 익으니 한 번 가 보겠습니다."

하고 말을 마치자, 작은 배로 뛰어내리며 손으로 한 번 가리키니 순선 십여 척이 문빙의 탄 배를 따라서 나온다. 문빙은 뱃머리에 가 우뚝 서서

"승상의 분부시니 남쪽 배는 수채로 가까이 들지 말고 강심에다 닻을 던져라."

하고 큰 소리로 외쳤다.

수하 군사들이 또 일제히

"빨리 돛을 내려라."

하고 부르는데, 그 말이 미처 끝나기 전에 시위 소리 울리는 곳에 문빙은 왼편 팔에 화살을 맞고 배 가운데 쓰러졌다. 배 안이 벌컥 뒤집혀서 각자 도망해 돌아온다.

남쪽 배는 조조의 수채에서 겨우 두 마장 떨어진 곳까지 들어오자 황개가 칼을 한 번 휘두르니 앞의 배에 일제히 불이 일어나서, 불은 바람의 위엄을 쫓고 바람은 불의 형세를 도우며 배는 쏜살같이 내닫고 연기와 불꽃은 하늘을 덮는다.

이십 척 화선이 수채 안으로 몰려 들어오자 조조 채중의 선척에 일시에 불이 붙는데 쇠고리로 모든 배가 연결되어 있어서 어디로 피할 곳이 없다.

이때 강 건너서 포성이 크게 울리며 사면에서 화선들이 일제히 몰려들어 삼강구 물 위에 불길은 뒤를 쫓고 바람은 몰아쳐서 온 천지가 시뻘거니 모두 불빛이다.

조조가 언덕 위의 한채를 돌아보니 여러 곳에서 연기가 나고 불길이 오르는데 이때 황개는 작은 배로 뛰어내려 배후에 사오 명으로 배를 젓게 하고 연기를 무릅쓰고 불 속을 뚫고서 조조를 잡으러 왔다.

조조가 사세 위급한 것을 보고 바야흐로 언덕으로 뛰어오르려 할 때 홀연 장료가 작은 배를 타고 와서 조조를 붙들어 내렸다. 이때 아슬아슬하게 큰 배에는 이미 불이 붙었다. 장료는 십여 인과 더불어 조조를 보호해서 언덕을 바라고 배를 몰았다.

황개는 강홍포(絳紅袍)를 입은 자가 작은 배로 옮겨 타는 것을 바라보자 그가 곧 조조임을 짐작하고 즉시 배를 재촉하여 급히 나오며 손에 날카로운 칼을 들고 목청을 높여

"조적은 달아나지 말라. 황개가 예 있다."

하고 크게 외쳤다.

조조가 연달아 비명을 올릴 때 장료는 활에 살을 먹여 들고 황개가 좀 더 가까이 들어오기를 기다려서 깍짓손을 뚝 떼었다. 이때 바람소리가 대단하니 황개가 화광 속에서 무슨 수로 시위 소리를 가려들을 것이랴. 그는 바로 어깻죽지에 살을 맞자 뒤재주쳐서 물속에 떨어지고 말았다.

불의 재앙 성한 때에 물의 재앙을 또 만나고
봉창(棒瘡)이 겨우 낫자 금창(金瘡)을 또 앓는구나.

황개의 목숨이 어찌 되려는고.

공명은 꾀도 많아서 화용도로 조조를 꾀어 들이고
관운장은 의기도 장해서 잡은 조조를 놓아 보내다

| 50 |

그날 밤 장료가 황개를 한 살에 쏘아 맞히며 물에 떨어뜨리고 조조를 구하여 언덕으로 올라가자 말을 구하여 타고 달아나는데 이때 군중은 이미 큰 혼란에 빠져 있었다.

한당이 연기를 무릅쓰고 불 속을 뚫고 들어와서 수채를 들이치려니까 홀연 군사가

"고물 키 위에서 웬 사람이 큰 소리로 장군의 표자(表字)를 부르고 있소이다."

하고 아뢴다.

한당이 가만히 들어 보니 과연

"공의는 나 좀 구해 다우."

하고 부르는 소리가 들린다. 한당은

"저게 황공복이야."

하고 급히 배로 끌어 올려서 보니 황개가 화살을 어깻죽지에 꽂힌 채 허리를 접고 있다. 곧 달려들어 살대를 입으로 물어 뽑는데 살촉은 그대로 살 속에 박혀서 나오지 않았다.

한당은 급히 젖은 옷을 벗기고 칼끝으로 살을 도려서 살촉을 끄집어내고 나서 기를 찢어 상처를 싸매고, 자기의 전포를 벗어 입힌 다음에 황개를 다른 배에 태워 먼저 대채로 돌려보내 치료를 받게 하였다. 원래 황개가 수성(水性)을 깊이 알고 있었던 까닭에 그 추운 때 갑옷을 입은 채 강물에 빠졌으면서도 죽지 않고 살아날 수가 있었던 것이다.

이날 강을 덮어 불길이 일고 함성은 천지를 진동하는 가운데 좌편으로는 한당과 장흠의 양군이 적벽 서편으로부터 몰아 나오고, 우편으로는 주태와 진무의 양군이 적벽 동편으로부터 몰아 나오며 한가운데로는 주유·정보·서성·정봉의 대대 선척이 모두 나오매, 불은 군사의 형세에 응하고 군사는 불의 위엄을 의지하니 이것이 바로 삼강의 수전(水戰)이요 적벽의 오병(鏖兵)이라는 것이다. 조조의 군사들로서 창에 찔리고 화살에 맞고 불에 타고 물에 빠져 죽은 자가 이루 그 수효를 셀 수 없었다.

후세 사람이 지은 시가 있다.

위나라 오나라가 자웅을 결하니
적벽강을 덮은 전선 한 번 쓸어 자취 없다.
열화(烈火)가 활활 일어 운해를 비출 적에
주랑이 바로 예서 조공을 깨쳤다네.

56

또 칠언 절구 한 수가 있다.

　산이 높으매 달은 작고 강은 넓어 가이 없는데
　그 옛날의 군웅할거를 생각하고 탄식한다.
　남방 선비 무심해서 위 무제를 맞지 않고
　동풍은 유의하여 주랑 편을 들었구나.

　강 속에서 벌어진 격전에 대해서는 그만 이야기하기로 하고, 한
편 감녕은 채중을 앞세우고 조조의 영채 가운데로 깊이 들어가자
곧 채중을 한 칼에 베어 말 아래 거꾸러뜨리고 마초 더미에다 불
을 지르니, 여몽이 멀리서 중군에 불이 일어나는 것을 보고 저도
십여 곳에다 불을 놓고 감녕을 접응하며 반장과 동습도 길을 나
누어 와서 불 놓고 고함지르니 사면에서 북소리가 크게 진동한다.
　조조가 장료와 더불어 백여 기를 거느리고 불 속을 뚫고 달아나
는데 전면에 어디라 한 군데 불이 붙지 않은 곳이 없다. 한창 달
리는 중에 모개가 문빙을 구호하여 십여 기를 거느리고 이르렀다.
　조조가 군사를 시켜서 길을 찾게 하는데 장료가 손으로 가리
키며
　"오림이 길이 광활해서 갈 만합니다."
하고 말해서 조조는 바로 오림으로 말을 달렸다.
　한창 달리는 중에 등 뒤에서 한 떼의 군사가 쫓아오며
　"조적은 달아나지 마라."
하고 큰 소리로 외치는데 화광 속에 여몽의 기호가 보인다.
　조조는 군마를 재촉해서 앞으로 나아가며 장료를 뒤에 남겨 여

몽을 대적하게 하였는데 이때 전면에 횃불이 또 오르며 산골짜기에서 한 떼의 군사가 나오더니

"능통이 여기 있다."

하고 크게 외친다.

조조의 간담이 다 찢어지는가 할 때 홀연 한편으로부터 일표군이 내달으며

"승상은 놀라지 마십시오. 서황이 여기 있습니다."

하고 큰 소리로 외치고, 능통과 서로 어우러져 한바탕 혼전하다가 길을 뺏어 북쪽을 바라고 달아났다.

그러자 문득 보니 산언덕 아래 한 떼의 군마가 둔치고 있다. 서황이 나가서 물어보니 그는 바로 원소 수하의 항장 마연·장개로서 북방 군마 삼천을 거느리고 그곳에 영채를 세우고 있었는데 이날 밤 온 하늘이 시뻘겋게 불이 일어나는 것을 보고도 감히 자리를 옮기지 못하고 있는 중에 마침 이처럼 조조를 맞게 된 것이었다.

조조는 두 장수로 하여금 일천 군마를 거느리고 앞장을 서서 나가게 하고 나머지 군사들은 다 남겨 두어 자기 신변을 호위하게 하였다. 조조는 많지는 않으나마 생력군마(生力軍馬)를 얻고 적이 마음이 놓였다.

마연·장개 두 장수가 앞에 서서 말을 달려 나가는데 십 리를 미처 못 다 가서 함성이 일어나더니 일표군이 몰려나오며

"나는 동오의 감흥패다."

하고 호통 친다.

마연은 곧 그와 싸우려고 달려들었다. 그러나 어느 결에 감녕

58

은 한 칼에 그를 베어 말 아래 떨어뜨렸다. 장개가 또 창을 꼬나 잡고 나가서 그를 맞았다. 그러나 감녕이 한 번 벽력같이 호통 치자 장개는 미처 손도 놀려 볼 사이 없이 감녕의 칼을 몸에 맞고 뒤재주쳐서 말 아래 떨어지고 말았다. 후군은 이것을 나는 듯이 달려와 조조에게 보하였다.

조조는 이때 합비에서 자기 군사가 구응하러 오기를 은근히 바라고 있었다. 그러나 누가 알았으랴. 손권이 합비 갈림길에 있다가 강중의 화광을 멀리서 바라보고 자기편 군사가 이긴 것을 알자 즉시 육손을 시켜서 불을 들어 군호를 삼게 하니 태사자가 이것을 보고 육손과 군사를 한 곳에 모아 가지고 일제히 짓쳐 들어왔던 것이다. 조조는 하는 수 없이 오직 이릉을 바라고 달아날 뿐이었는데 노상에서 우연히 장합을 만나서 조조는 그로 하여금 뒤를 끊게 하였다.

조조는 닫는 말에 채찍질을 부지런히 하여 줄곧 달렸다. 오경에 이르러 머리를 돌려보니 화광이 점점 멀어진다.

조조는 그제야 놀란 가슴을 진정하고

"예가 어디냐."

하고 물었다.

좌우가 이에 대답하여

"여기가 오림 서편이요 의도 북쪽이올시다."

하고 아뢴다.

조조는 그곳에 수목들이 울창하고 산천이 험준한 것을 보자 마침내 하늘을 우러러 크게 웃기를 마지않았다.

이것을 보고 여러 장수들이

"승상께서는 어찌하여 이처럼 웃으십니까."

하고 물으니, 조조가

"내 다른 사람을 웃는 것이 아니라 다만 주유가 꾀가 없고 제갈량이 지혜가 적은 것을 웃을 따름이야. 만약에 나더러 용병을 하라고 했다면 이곳에다가 미리 일지군을 매복해 두었을 것이니 그러면 천하에 조조라도 달리 살아날 도리가 없었을 게 아닌가."

하고 말하는데, 그 말이 미처 끝나기 전에 양편에서 북소리가 크게 진동하며 화광이 하늘을 찔러 일어난다.

조조는 너무나 크게 놀라서 하마터면 말에서 떨어질 뻔하였는데, 이때 한 옆에서 일표군이 짓쳐 나오며,

"나는 상산 조자룡이다. 군사의 장령을 받들고 내가 여기 와서 너희들을 기다린 지 오래다."

하고 큰 소리로 외친다.

조조는 서황과 장합으로 하여금 둘이 쌍으로 나서서 조운을 대적하게 한 다음에 자기는 연기를 무릅쓰고 불 속을 뚫으며 달아났다. 이때 자룡이 그의 뒤를 쫓으려고 하지 않고 다만 기치만 뺏어가서 조조는 그곳을 벗어날 수가 있었던 것이다.

그로써 날이 훤히 밝아 올 무렵에 검은 구름이 땅을 덮어 누르고 동남풍이 그대로 부는데 홀연 큰 비가 억수로 퍼부어서 옷과 갑옷들이 다 젖었다.

조조가 군사들과 함께 퍼붓는 비를 무릅쓰고 가는데 모든 사람의 얼굴에 주린 빛이 짙어서 조조는 군사들로 하여금 촌락에 들어가 양식을 겁략하고 불씨를 얻어 오게 하여 바야흐로 밥을 짓게 하는 판에 뒤에서 한 떼 군사가 들이닥쳤다. 조조는 마음이 심

히 황황하였다. 그러나 이는 이전과 허저가 여러 모사들을 보호해 가지고 뒤를 쫓아온 것이었다.

조조는 크게 기뻐하여 군마로 하여금 다시 앞으로 나아가게 하며

"저 앞은 어디냐."

하고 물었다.

군사가 있다가

"한편은 남이릉으로 가는 큰 길이옵고 또 한편은 북이릉으로 통하는 산길이올시다."

하고 아뢴다.

"어느 길로 가야 남군·강릉이 가까우냐."

"남이릉길로 해서 호로구로 가는 것이 가장 가깝습니다."

조조는 남이릉길을 취해서 나가게 하였는데 호로구에 이르니 군사들이 모두 지나치게 허기가 져서 걷지들을 못하고 말도 지쳐서 길에 쓰러지는 놈이 많았다. 조조는 앞에서 잠시 쉬라고 일렀다.

마상에 노구를 싣고 온 자들이 있고 또 촌중에서 겁략해 온 양미가 있어서 산기슭에 마른자리를 가려 솥을 걸게 하고 말고기를 구워서 먹게 하는데 모두들 젖은 옷을 벗어서 바람맞이에 널어 말리며 말들은 다 안장을 벗기고 들에다 풀어 놓아 풀뿌리를 뜯게 하였다.

이때 조조가 듬성듬성 나무가 서 있는 아래 앉아 있다가 얼굴을 쳐들고 한바탕 크게 웃었다.

여러 관원들이

"아까 승상께서 주유와 제갈량을 비웃으시다가 조자룡을 끌어

내서 허다한 인마를 죽이게 하시더니 이젠 무엇 때문에 또 웃으시는 겁니까."

하고 물으니, 조조가

"제갈량과 주유가 아무래도 지모가 부족한 것을 내 웃는 게요. 만약 날더러 용병을 하라 했으면 이런 곳에다가 일표 군마를 매복해 놓고 편안히 앉아서 지친 군사들을 기다렸을 것이니 우리가 설사 목숨은 건진다 하더라도 역시 중상은 면하지 못할 터인데 저희 소견이 여기 미치지 못하니 내 그래서 웃는 것이오."

하고 이야기를 하고 있을 때 앞뒤에서 일제히 함성이 일어난다.

조조는 깜짝 놀라서 갑옷도 못 입고 말에 뛰어오르고 군사들도 미처 말을 거두지 못한 자가 많은데, 이때 사면에서 불이 일어나 연기가 자욱한 속에 한 떼 군사가 산턱에 벌려 서며 앞을 막아 선 연인 장익덕이 창을 비껴 잡고 말을 세우고서

"조적은 어디로 가느냐."

하고 벽력같이 호통을 친다.

모든 군사와 장수들이 장비를 보고 다들 떠는데, 허저가 안장 없는 말을 타고 내달아 장비와 싸우니 장료와 서황 두 장수가 또한 말을 몰고 나가서 협공한다.

양편 군사는 한데 뒤섞여서 한바탕 혼전하였다. 이 틈에 조조는 먼저 말을 달려 도망을 하고 여러 장수들도 각자 몸을 빼쳐 달아나는데 장비가 뒤에서 쫓아온다. 조조는 그대로 말을 놓아 달아났다. 차차 추병이 멀어진다. 좌우를 돌아보니 장수들 가운데 상처를 입은 사람이 많았다.

한창 가노라니까 군사가

"앞에 길이 둘이 있사온데 승상께서는 어느 길로 가라십니까."

하고 품한다.

조조는 물었다.

"어느 길이 가까우냐."

군사가 아뢴다.

"대로는 좀 평탄하기는 하오나 오십여 리나 돌게 되고 소로로 해서 화용도로 가오면 오십여 리는 얻지마는 다만 길이 좁고 험하여 행군하기가 힘이 들 겁니다."

조조가 사람을 시켜서 산에 올라가 살펴보게 하니, 돌아와서 보하는 말이

"소로 산변에는 두어 곳에서 연기가 일어나옵고 대로에는 아무 동정이 없소이다."

한다.

조조는 곧 전군에 영을 내려서 화용도 소로로 나가게 하였다.

여러 장수들이

"연기가 일어나는 곳에는 반드시 군마가 있는 법인데 어째서 도리어 이 길로 가라십니까."

하고 묻자, 조조는

"병서에 '허즉실실즉허(虛則實實則虛)'라는 말도 듣지 못하였느냐. 제갈량이 꾀가 많은지라 일부러 사람을 시켜 산속 후미진 곳에 연기를 내게 해서 우리로 하여금 감히 이 산길로 못 들어오게 한 다음에 저희는 도리어 대로변에다가 군사를 깔아 놓고 기다리자는 것이나, 내가 이미 제 속을 환히 들여다보고 있는 바에야 제 계교에 속아 넘어갈 까닭이 어디 있겠느냐."

하고 말하였다.

　장수들은 모두

　"승상의 신기묘산은 사람들의 미칠 바가 아니올시다."

하고 드디어 군사들을 몰아 화용도로 들어갔다.

　이때 사람들은 저마다 허기들이 져서 쓰러질 지경이요 말들도
다 지쳐서 허덕허덕하였다. 불에 머리가 끄슬리고 이마를 덴 자
들이 지팡이를 짚고 걸으며 화살에 맞고 창에 찔린 자들이 마지
못해 억지로 길을 가는 판인데, 갑옷들은 흠뻑 비에 젖어서 낱낱
이 온전하지 못하고 병장기와 기들은 분분하니 제대로 갖추지를
못했다.

　그 태반이 이릉 노상에서 불시에 엄습을 받고 혼쭐이 나게 도
망치느라 안장도 없는 말들을 겨우 잡아타고서 안장이며 재갈이
며 옷들은 모조리 내버리고 온 터이니 이 삼동 추운 때에 그 고생
이야 어찌 이루 말할 수가 있겠느냐.

　그러자 조조는 앞을 선 군사들이 말들을 세워 놓은 채 나가지
않고 있는 것을 보고 어찌된 연고인가 알아보게 하였다.

　돌아와서 보하는 말이

　"요 앞 산벽소로가 새벽에 온 비로 해서 큰 웅덩이 안에 온통 물
이 차서 수렁이라 말굽이 빠져 앞으로 나갈 수가 없다고 합니다."

한다.

　조조는 크게 노하여

　"본래 군사란 산을 만나면 길을 열고 물을 만나면 다리를 놓는
법인데 어찌 수렁이라고 해서 가지 못한다는 법이 있단 말이냐."

하며 꾸짖고 즉시 영을 전해서, 늙고 허약한 자들과 몸에 상처를

입은 군사들은 뒤에서 천천히 오게 하고 기력이 좋은 자들은 저마다 흙을 지고 섶을 묶으며 풀과 갈대를 날라다가 웅덩이를 메우게 하되

"즉시들 행동하라. 만약에 영을 어기는 자는 참하리라."
하였다.

군사들이 하는 수 없이 모두들 말에서 내려 길가에 서 있는 대와 나무들을 베어다가 산길을 메우는데 조조는 혹시나 추병이 쫓아올까 겁이 나서 장료·허저·서황으로 하여금 일백 기를 거느리고서 각기 손에 칼들을 들고 일을 서두르는데, 조금이라도 태만하는 자는 용서 없이 베어 버리게 하였다.

이때 군사들이 굶주리고 지쳐서 모두들 땅에가 척척 쓰러지는데 조조가 호령하여 그 위를 그대로 짓밟고 나가게 하니 죽는 자들이 그 수효를 모르겠다.

울부짖는 소리가 길 위에 끊이지 않으매 조조는 노해서

"죽고 사는 것이 모두 제 명에 달렸는데 무슨 울 일이 있단 말이냐. 만약에 다시 우는 자가 있으면 그 자리에서 참해 버리겠다."
하고 호령하였다.

전체 인마에서 삼분의 일이 뒤에 떨어지고 삼분의 일이 수렁을 메우고 나머지 삼분의 일이 조조를 앞으로 나아 따라서 가는데 험준한 곳을 지나자 길이 좀 평탄해진다. 조조가 돌아다보니 삼백여 기가 뒤를 따를 뿐인데 제대로 옷을 입고 갑옷을 갖춘 자가 거의 없었다.

조조가 빨리 가자고 재촉하자 여러 장수들이

"말들이 모두 지쳐서 걸음을 못하니 좀 쉬어 갔으면 좋을까

보이다.”

하고 말한다.

　그러나 조조는

　“형주까지 아주 가서 쉬더라도 늦을 것은 없겠지.”

하고 그대로 가는데, 그로서 몇 리를 못 가서 그는 마상에서 채찍을 들고 또 껄껄 웃었다.

　“승상은 왜 또 그처럼 웃으십니까.”

하고 여러 장수들이 묻자, 조조는

　“사람들이 모두 주유와 제갈량을 지모가 넉넉하다고 이르지만 내가 보기에는 결국 무능한 무리들이거든. 만약에 이곳에다 일지군을 깔아만 놓았다면 우리가 다 꼼짝 없이 결박을 당했을 게 아닌가.”

하고 말하는데, 그 말이 떨어지기 무섭게 포성이 한 번 울리며 양편으로 오백 교도수가 나와서 벌려 서니 앞을 선 대장은 관운장이라 청룡도를 들고 적토마에 높이 앉아 갈 길을 막는다. 조조 군사들은 이를 보자 혼은 날고 담은 떨어져서 오직 입을 벌린 채 면면상고할 뿐이다.

　조조가

　“이미 여기 이른 바에는 한 번 죽기로써 싸워 보는 수밖에 없지 않은가.”

하고 말하였으나, 장수들이 모두

　“사람은 설사 겁을 안 낸다손 치더라도 말이 지쳐서 허덕허덕 하니 무슨 수로 다시 싸워 보겠습니까.”

하는데, 정욱이 있다가

"운장이 윗사람에게는 오만해도 아랫사람에게는 차마 그리 못하고 강한 자는 업신여겨도 약한 자는 능모하지 않으며 은원이 분명하고 신의를 중히 여기는 것을 제가 잘 알고 있습니다. 전일에 승상께서 그에게 은혜를 베푸신 것이 있으니 이제 친히 한 번 말씀을 해 보시면 가히 이 환난을 면하실 수 있사오리다."
하고 권한다.

조조는 그의 말을 좇아서 즉시 말을 앞으로 내어 운장을 보고 몸을 굽신한 다음에
"장군은 그간 평안하셨습니까."
하고 인사를 한다.

이것을 보고 운장이 또한 답례하며
"관모가 군사의 장령을 받들고서 이곳에 나와 승상을 기다린 지 오래외다."
하고 말한다.

조조는 빌었다.
"조조가 싸움에 패하고 위태한 형세가 이곳에 이르러 길이 끊겼으니 바라건대 장군은 전일의 정의를 중히 여겨 주십시오."

그러나 운장은 듣지 않는다.
"전일에 관모가 비록 승상의 두터운 은혜를 입었다 하나 이미 안량을 베고 문추를 죽여 백마의 위태로움을 풀어서 보답한 터에 오늘 어찌 사사로운 정의로 해서 감히 공사를 폐하리까."

조조는 다시 한마디 한다.
"오관 참장하시던 때 일을 기억하고 계십니까. 대장부는 신의를 중히 여겨야 합니다. 장군은 춘추(春秋)[1]에 밝으시면서 어찌 유

공지사(庚公之斯)가 자탁유자(子濯孺子)를 쫓던 일²⁾을 모르신단 말씀입니까."

운장은 본래 의기가 중하기 태산 같은 사람이다. 전일 허창에 있을 때 조조에게서 받은 허다한 은혜며 그 뒤의 오관 참장하던 일을 생각하매 어찌 마음이 동하지 않겠느냐.

게다가 조조의 군사들이 모두 황황해하며 모두들 가망을 하고 있는 것을 보자 더더욱 모진 마음이 사라져 운장은 말머리를 돌리며 군사들을 향하여

"사산패개(四散擺開) 하여라."³⁾

하고 호령하였다.

이는 분명히 조조를 놓아 보낼 의사라 조조는 운장이 말을 돌리는 것을 보자 곧 수하 장수들과 함께 일제히 말을 몰아서 그곳을 지나갔다.

운장이 몸을 돌이켜 보니 조조가 이미 여러 장수들과 저만치나 달아나고 있다. 운장은 저도 모르게 한마디 크게 호통 쳤다. 여러 사람들이 모두 말에서 내려 땅에가 엎드려 절들을 하며 울부짖는다.

운장이 더욱 마음에 측은한 생각이 들어서 잠깐 주저하고 있을 때 마침 장료가 말을 달려서 그곳에 이르렀다. 그를 보자 운장은 또 옛 친구에 대한 정이 동해서 마침내 땅이 꺼지게 한숨을 한 번

---

1) 공자가 저술한 역사책. 관운장이 이 책을 애독하였다고 전한다.
2) 춘추시대의 고사. 유공지사가 자탁유자를 쫓는데 자탁유자가 병으로 활을 쏘지 못하는 것을 보자 유공지사는 차마 그를 쏘아 죽일 수 없어 살촉을 뽑고 쏘았다 한다.
3) 사산패개는 쫙 흩어지라는 군사 호령.

쉬고는 그대로 모두 놓아 보내고 말았다.

　후세 사람이 지은 시가 있다.

　　　관공이 화용도에 복병하고 기다리니
　　　세궁력진 조아만이 벗어날 길 있으랴만
　　　그 옛날에 받은 은의 저버릴 길이 없어
　　　관공은 금쇄(金鎖)를 열어 교룡(蛟龍)을 놓아 주다.

　조조가 화용도의 환난을 간신히 벗어나서 산골 어귀에 이르러 뒤를 돌아보니 따르는 군사가 단지 이십칠 기뿐이다. 날이 어둘녘에 거지반 남군을 다 왔는데 이때 횃불이 일제히 환하게 비추며 일표 인마가 나서서 길을 막는다.

　조조가 깜짝 놀라

　"내가 이젠 죽었구나."

하는데, 막상 한 떼의 초마(哨馬)가 들이닥치는 것을 보니 바로 조인의 군마라 조조는 겨우 마음을 놓았다.

　조인이 그를 영접하며

　"비록 우리 군사가 패한 줄은 알고 있었습니다마는 감히 멀리 떠날 수가 없어서 겨우 여기 나와서 영접합니다."

하고 말한다.

　조조는

　"하마터면 너를 다시 못 볼 뻔했다."

하고 여러 사람을 데리고 남군으로 들어가서 편히 쉬는데 뒤쫓아 장료가 또 와서 운장의 덕을 이야기한다.

조조가 장교들을 점고해 보니 상처를 입은 자가 극히 많았다. 조조는 다들 쉬라고 일렀다.

조인은 조조를 위해서 술자리를 차려 놓고 시름을 덜게 하였다. 이때 여러 모사들이 다 자리에들 있었는데 조조는 문득 하늘을 우러러 대성통곡을 하였다.

여러 모사들이 의아하여

"승상께서 저 범의 굴속에서 난을 피해 오실 때도 전혀 겁을 내신 일이 없으시면서, 이제 성중에 들어와 사람들은 밥을 먹고 말들은 꼴을 먹어 바야흐로 군마를 정돈해 가지고 원수를 갚을 수 있게 된 터에 어째서 도리어 통곡을 하십니까."

하고 물으니, 조조가

"나는 곽봉효를 생각하고 우는 거요. 만약에 봉효만 있었더라면 결단코 나로 하여금 이처럼 낭패를 하게는 아니 했을 것이오."

하고, 드디어 주먹으로 가슴을 꽝꽝 치면서

"애달프다 봉효야. 슬프다 봉효야. 아깝구나 봉효야."

하고 목을 놓아 울었다. 여러 모사들은 다들 말이 없이 못내 참괴해하였다.

이튿날 조조는 조인을 불러서 말을 일렀다.

"내 이제 잠시 허도로 돌아가서 군마를 수습해 가지고 반드시 원수를 갚으러 올 것이매 너는 남군을 잘 보전하고 있거라. 내가 밀계 하나를 여기다 두고 갈 터이니 급하지 않거든 펴 보지 말고 급하거든 펴 보되 그 계교대로만 행하면 동오에서 감히 남군을 넘보지 못할 것이다."

"합비와 양양은 누가 지킵니까."

70

하고, 조인이 물으니

"형주는 네가 맡아서 거느리고 양양은 내 이미 하후돈을 보내서 지키게 하였는데 합비는 가장 긴요한 곳이라 내가 장료로 주장을 삼고 악진과 이전으로 부장을 삼아서 지키게 하겠다. 언제고 급한 일이 있거든 곧 보하도록 해라."
한다.

조조는 분별을 다 하고 나자 드디어 말에 올라 여러 사람을 데리고 허창으로 돌아갔는데 형주에서 원래 항복한 문관과 무장들도 전례대로 다 관원으로 등용해서 쓰려고 허창으로 데리고 갔다. 조인은 조홍을 이릉으로 보내서 지키게 하고 저는 남군을 지켜 주유를 방비하기로 하였다.

한편 관운장은 조조를 놓아 보내고 나서 군사를 거느리고 돌아갔다.

이때 여러 곳에 나갔던 군마들이 모두 마필 · 기계 · 전량 등을 노획해 가지고 이미 하구에들 돌아와 있었는데 홀로 운장은 일인일기도 얻은 것이 없이 빈 몸으로 돌아와서 현덕을 보게 된 것이다.

이때 공명은 현덕과 함께 승진을 하례하고 있던 중에 문득 운장이 돌아왔다는 말을 듣자 황망히 자리를 떠나 술잔을 손에 잡고 맞으면서

"장군이 이처럼 세상에 없는 큰 공을 세워 천하를 위해서 큰 해를 덜어 놓았으니 우리가 마땅히 멀리 나가서 영접해 드리고 하례를 했어야 할 일이외다."

하고 말하였다.

그러나 운장은 묵연히 말이 없다.

"장군은 우리가 멀리 나가 맞지 않았대서 심사가 좋지 않으신 거나 아니오."

하고, 공명이 좌우를 돌아보며

"너희들은 어째서 먼저 와 보하지 않았느냐."

하니, 운장이

"관모는 특히 죽음을 청하러 왔습니다."

하고 말하였다.

"조조가 화용도로 오지 않은 것이나 아니오."

"그리로 오기는 하였으되 관모가 무능해서 놓치고 말았소이다."

"그럼 장수나 군사를 잡아 온 것이 있소."

"다 잡지 못했습니다."

운장의 말이 떨어지자 공명은

"이것은 운장이 조조의 옛날 은혜를 생각해서 고의로 놓아 준 것이라, 이미 군령장이 여기 있으니 부득불 군법으로 다스리지 않을 수 없소이다."

하고 드디어 무사를 꾸짖어 끌어내어다 목을 베게 하였다.

한 번 죽어서 지기(知己)에 보답하리
의로운 그 이름이 천추유전하리로다.

운장의 목숨이 어찌 되려는고.

조인은 동오 군사와 크게 싸우고
공명은 주공근의 기를 한 번 돋우다

| *51* |

이때 공명은 운장을 참하려 하였으나, 현덕이 있다가

"예전에 우리 세 사람이 도원에서 결의할 때 생사를 같이하기로
맹세하였소이다. 이제 운장이 비록 죄를 범하기는 하였으나 전에
한 맹세를 차마 어길 수가 없소. 바라건대 아직 기과(記過)[1]해 두셨
다가 장공속죄(將功贖罪)[2]하게 하여 주시기 바라오."
하고 청해서 공명은 비로소 그를 용서해 주었다.

한편 주유는 적벽 싸움에 크게 이기자, 군사를 거두고 장수들
을 점고하여 각각 공을 기록해서 오후에게 보하고, 항복받은 군
사들은 모조리 보내서 강을 건너게 하고 삼군을 크게 호상한 다

---

1) 죄과를 기록해 두는 것. 일종의 견책처분.
2) 공을 세워서 자기의 지은 죄를 속하는 것.

음에 드디어 군사를 거느리고 남군을 치러 나섰다.

전군이 강을 임해서 하채하고 앞뒤로 나누어서 영채 다섯을 세운 다음에 주유는 가운데 채에 자리를 잡았다. 그가 바야흐로 여러 장수들과 진병할 계책을 의논하고 있을 때 홀연 보하되

"유현덕의 명을 받고 손건이 도독께 치하하러 왔습니다."

한다. 주유는 청해 들이라고 분부하였다.

손건이 예를 베풀고 나서

"저의 주공께서 특히 저더러 도독의 크신 덕을 사례하고 아울러 박한 예물을 바치고 오라고 말씀이 계셨습니다."

하고 말한다.

주유는 물었다.

"현덕이 어디 계시오."

"지금 군사를 옮겨서 유강구(油江口)에 계십니다."

주유가 놀라서

"공명도 유강에 계시오."

하고 묻는다.

"공명도 주공과 함께 유강에 계십니다."

주유는

"그럼 족하는 먼저 돌아가오. 내가 몸소 가서 현덕께 답례를 올리리다."

하고 주유가 현덕이 보낸 예물을 받은 다음에 손건을 먼저 돌려보냈다.

노숙이 있다가

"아까 도독은 왜 놀라셨습니까."

하고 물으니, 주유가 대답하는 말이

"유비가 지금 유강에 군사를 둔치고 있는 것은 필시 남군을 취할 뜻이 있기 때문이오. 우리가 허다한 군마를 쓰고 허다한 전량을 허비한 끝에 이제 바야흐로 남군을 손쉽게 수중에 넣게 된 때에 저희가 불인(不仁)한 마음을 품고 차지하려 드니, 내 어찌 놀라지 않겠소."

한다.

듣고 나자 노숙은 다시 묻는다.

"무슨 계책으로 물리치시렵니까."

주유가 말한다.

"내가 몸소 가서 저와 이야기를 해 보아서 말이 온당하게 나오면 좋고, 그렇지 않을 때는 제가 남군을 취하게 두어 둘 것 없이 먼저 유비부터 없애 버릴 생각이오."

"나도 같이 가 보겠습니다."

이리하여 주유는 노숙과 함께 경기 삼천을 거느리고 바로 유강구로 향하였다.

이보다 앞서 손건이 돌아가서 현덕을 보고 주유가 친히 회사(回謝)하러 오겠노라 하더라고 이야기하자 현덕은 곧 공명에게 물었다.

"제가 오는 뜻이 무엇일까요."

공명이 웃으며 말한다.

"그까짓 박한 예물을 받았다고 사례하러 올 일이 무엇이겠습니까. 제가 남군 때문에 오는 것이지요."

현덕이 다시

"제가 만약 군사를 거느리고 오면 어떻게 대해야 합니까."

하고 묻자, 공명은

"제가 오거든 이러이러하게 응답하십시오."

하고 말한 다음, 드디어 유강구에다 전선들을 늘어세우고 강변에 다가는 군마를 벌려 놓았다.

그러자 사람이 보하되

"주유와 노숙이 군사를 거느리고 당도하였소이다."

한다. 공명은 조운으로 하여금 사오 기를 거느리고 나가서 그들을 영접하게 하였다.

주유는 군세가 웅장한 것을 보고 마음에 심히 불안해하였다. 이윽고 영문 밖에 이르니 현덕과 공명이 그들을 장중으로 맞아들여서 피차 인사를 나누고 나자 연석을 배설하고 대접하는데, 현덕은 술잔을 들어 이번 싸움에 적병을 무찌른 일을 치하하였다.

술이 두어 순 돌자 주유는 한마디 물었다.

"예주께서 군사를 이리로 옮겨 오신 것이 남군을 취할 의향이 있으시기 때문이나 아닙니까."

이에 현덕이 대답한다.

"도독께서 남군을 취하려 하신다는 말을 들었기로 도와 드릴까 해서 왔습니다마는 만약에 도독이 취하시지 않는다면 유비가 꼭 취할 생각이외다."

주유가 웃으며

"우리 동오에서 한강을 병탄하려 생각해 온 지가 오랩니다. 이제 남군이 이미 장중에 있는 터에 어찌 취하지 않을 법이 있겠습니까."

하니, 현덕이

"그러나 승부란 미리 정할 수 없는 것이외다. 조조가 돌아갈 때에 조인더러 남군 등지를 지키라 일렀으니 필연 기이한 계책이 있을 것이요, 또한 겸하여 조인의 용맹을 당하기 어려우니 도독께서 취하시기가 졸연치 않을까 보이다."

하니, 주유는

"내가 만약 취하지 못하면 그때는 공이 취하시게 하겠습니다."

한다.

현덕이 곧

"자경과 공명이 증인이 되실 테니 도독은 후회하지 마십시오."

하고 다지자, 노숙은 마음에 떠름해서 대답을 못하는데 주유가 선뜻

"대장부가 한 번 말을 낸 바에 어찌 후회할 법이 있으리까."

하고 말하였다. 공명이 말 참예를 한다.

"도독의 그 말씀이 심히 공변(公辨)된 의논입니다. 먼저 동오에 사양해 보고 만일 취하지 못할 때 주공께서 취하신다면 무엇이 불가할 게 있겠습니까."

주유가 노숙과 함께 현덕·공명을 하직하고 말에 올라 돌아간 뒤에 현덕은 공명을 보고 물었다.

"아까 선생이 유비더러 그처럼 대답을 하라고 하시기에 그대로 말은 했으나, 곰곰 생각해 보니 이치가 그렇지 않은 것이 내가 지금 일신이 고단해서 발붙일 곳이 없으매 남군이나 얻어서 임시 용신해 보자던 것인데, 이제 주유더러 먼저 취하라고 해 놓았으니 성지가 동오에 속해 버린 뒤에야 무슨 수로 얻어 들겠습니까."

아! 적벽대전

공명이 껄껄 웃고

"당초에 량이 주공께 형주를 취하시라고 권했건만 주공께서 듣지 않으시고 이제 와서 탐을 내십니까."

한다.

"전에는 경승의 땅이니까 차마 취하지 못했지만 지금이야 조조의 땅이니 이치가 마땅히 취해야 하지요."

"주공께서는 조금도 근심하실 것이 없습니다. 주유더러는 제 힘껏 싸우라고 해 두고 조만간 주공을 모셔다가 남군 성중에 높이 앉으시게 하겠습니다."

공명의 말에 현덕이

"어떤 계책이 있습니까."

하고 묻자,

"다만 이러이러하게 하면 될 일입니다."

하고 공명은 말한다.

현덕은 크게 기뻐하여 그대로 유강구에 군사를 머물러 둔 채 동하지 않았다.

한편 주유와 노숙은 영채로 돌아갔는데, 노숙이 있다가

"도독은 어째서 현덕에게 남군을 취하라고 허락하셨습니까."

하고 물으니, 주유는

"내가 눈 깜짝할 사이에 남군을 얻을 수 있으니 필경은 인정을 한 번 팔아 본 것이오."

하고, 즉시 장하에 있는 장수들에게

"뉘 감히 먼저 가서 남군을 취할꼬."

하고 물었다. 소리에 응해서 한 사람이 나서니 그는 장흠이다.

주유는 그에게 영을 내리되

"너는 선봉이 되고 서성·정봉으로 부장을 삼아 정예 군마 오천을 영솔하고 먼저 강을 건너면 내 곧 뒤따라 군사를 거느리고 접응하리라."

하였다.

이때 조인이 남군에 있어 조홍더러 이릉을 지키라 분부하여 의각지세를 삼고 있었는데 문득

"동오 군사가 이미 한강을 건넜소이다."

하고 보도가 들어왔다.

조인이

"굳게 지키고 싸우지 않는 것이 상책이다."

하고 있으려니까, 효기 우금(牛金)이 분연히 나서며

"적병이 성 아래 임했는데 나가서 싸우지 않는다면 이는 겁내는 것입니다. 하물며 우리 군사가 갓 패한 터이니 다시 한 번 예기를 떨쳐야만 하지 않겠습니까. 내게 정병 오백만 빌려 주시면 한 번 죽기로써 싸워 보겠습니다."

하고 말한다. 조인은 그의 말을 좇아서 우금으로 하여금 오백 군을 거느리고 나가서 싸우게 하였다.

정봉이 말을 달려 나와서 그를 맞아 사오 합쯤 싸우다가 거짓 패해서 달아나니 우금이 군사를 휘몰아 그 뒤를 쫓아서 진중으로 뛰어든다. 정봉은 곧 군사들을 지휘해서 우금을 진중에 에워싸고 말았다. 우금은 좌충우돌하여 보았으나 벗어날 수가 없었다.

이때 조인이 성 위에서 바라보니 우금이 적의 포위 속에 들어서 형세가 위급하다. 그는 드디어 갑옷 입고 말에 올라 휘하 장사 수백 기를 거느리고 성에서 나가자 힘을 떨쳐 칼을 휘두르며 동오 진중으로 짓쳐 들어갔다.

서성이 그를 맞아서 싸웠으나 능히 당해 내지를 못했다. 조인은 포위 속을 뚫고 들어가서 우금을 구해 가지고 나왔다. 그러나 돌아보니 아직도 수십 기가 적진 속에서 나오지 못하고 있다. 조인은 드디어 다시 몸을 돌쳐 안으로 뛰어 들어가서 그들마저 구해 가지고 겹겹이 둘린 포위를 뚫고 밖으로 나왔다.

이때 마침 장흠이 내달아서 길을 막는다. 조인이 우금과 함께 힘을 다해서 들이치는데 조인의 아우 조순(曹純)이 또 군사를 거느리고 와서 접응하여 한바탕 혼전 끝에 동오 군사가 패주해서 조인은 승전하고 돌아왔다.

장흠이 싸움에 패하고 돌아가서 주유를 보자 주유는 노해서 그를 참하려 하였다. 그러나 여러 장수들이 빌어서 용서하였다.

주유가 즉시로 군사를 점고하여 친히 나가서 조인과 승패를 결하려고 하자 감녕이 나서서

"도독은 그처럼 서두르실 일이 아닙니다. 이제 조인이 조홍으로 하여금 이릉을 지키게 해서 의각지세를 삼고 있으니 내게 정병 삼천만 주시면 가서 바로 이릉을 취할 테니 도독은 그 뒤에 남군을 취하시도록 하는 것이 좋겠습니다."

하고 계책을 드린다. 주유는 그 말을 옳게 듣고 먼저 감녕을 시켜 삼천 군을 거느리고 가서 이릉을 치게 하였다.

어느 틈에 세작이 이것을 알아다가 조인에게 보해서 조인이 진

교와 의논하니, 진교가

"이릉을 잃고 보면 남군도 지킬 수가 없습니다. 속히 구하도록 하시지요."

하고 말한다.

조인이 드디어 조순과 우금으로 하여금 가만히 군사를 거느리고 가서 조홍을 구하게 하니, 조순은 먼저 사람을 보내서 이 일을 조홍에게 알리고 그러 성에서 나가 적을 유인하라고 일렀다.

감녕이 군사를 거느리고 이릉에 이르자 조홍은 나와서 감녕과 싸웠다. 서로 싸워 이십여 합에 이르자 조홍이 패해서 달아나 감녕은 이릉을 뺏어 들었는데 황혼녘에 이르러 조순과 우금의 군사가 당도하자 양편에서 합세하여 이릉을 에워싸 버렸다.

탐마가 나는 듯이 주유에게 고하였다.

"감녕이 이릉 성중에 갇혀 있소이다."

주유가 크게 놀라는데, 정보가

"급히 군사를 나누어서 구하도록 해야지요."

하고 말해서, 주유가

"이곳이 바로 요충지인데 만약 군사를 나누어 구하러 갔다가 조인이 군사를 거느리고 와서 엄습하면 어찌하겠소"

하니, 여몽이 있다가

"감흥패로 말하면 강동 대장인데 어찌 구하지 않을 법이 있습니까."

하고 말한다.

"내가 친히 구하러 가고 싶으나 다만 누구를 남겨 두어 내 소임을 대신하게 해야 할지 모르겠소."

주유의 말에 여몽이

"능공속을 남겨 두어 대판(代辦)하게 하시고 몽은 선봉이 되고 도독은 뒤를 끊기로 하시면 열흘이 못 가서 반드시 개가를 올릴 수 있을 것입니다."

하고 말해서, 주유가 능통을 보고

"그럼 능공속이 내 소임을 잠시 대행해 주시겠소."

하고 물으니, 능통이

"만약 열흘 기한이면 맡겠습니다마는 열흘이 넘는다면 소임을 감당 못하겠습니다."

하고 대답한다. 주유는 크게 기뻐하여 드디어 군사 만여 명을 떼어서 능통에게 주고 그날로 대군을 거느리고 이릉을 바라고 갔다.

이때 여몽이 주유를 보고

"이릉 남쪽에 있는 소로가 남군으로 가려면 가장 편한 길이니 오백 군만 보내셔서 나무를 찍어 이 길을 막아 놓게 하시지요. 저희 군사가 만약 패하면 반드시 이 길로 달아날 텐데 말이 갈 수가 없으면 반드시 말들을 버리고 달아날 것이니 우리는 그 말들을 얻을 수가 있지 않습니까."

하고 말해서, 주유는 그 말을 좇아 그리로 군사를 보냈다.

대군이 이릉 가까이 이르자 주유는 물었다.

"누가 에움을 뚫고 들어가서 감녕을 구할꼬."

주태가 가겠다고 자원해 나서서 즉시 칼을 꼬나 잡고 말을 몰아 조군 가운데로 뛰어들자 바로 성 아래로 갔다. 감녕은 주태가 온 것을 바라보고 몸소 성에서 나가 맞아들였다.

주태가

"도독이 몸소 군사를 거느리고 오셨소."

하고 일러 주자 감녕은 영을 전해서 군사들로 하여금 든든히들 차리고 배부르게들 먹어 내응할 준비를 하게 하였다.

한편 조홍·조순·우금은 주유의 군사가 온다는 말을 듣자 먼저 사람을 남군에 보내서 조인에게 알리고 일변 군사를 나누어 적을 막을 준비를 하였다.

이윽고 동오 군사가 들이닥쳐서 조군은 이것을 맞아 바야흐로 어우러져 싸우려 할 때 감녕과 주태가 두 길로 나누어 성에서 짓쳐 나와 조군은 큰 혼란에 빠지고 말았다.

동오 군사가 사면에서 몰아치니 조홍·조순·우금이 과연 소로로 해서 달아나는데 가다가 길에 나무가 어지러이 쌓여서 말이 못 가게 되자 다들 말을 버리고 달아나서 동오 군사는 말 오백여 필을 얻었다.

주유는 군사를 휘몰고 밤을 도와 남군으로 쫓아오는데 마침 조인의 군사가 이릉을 구하러 오는 것과 마주쳐서 양군이 맞붙어 한바탕 혼전을 하는 중에 날이 꼬박 저물어서 각자 군사를 거두어 버렸다.

조인이 성중으로 돌아가서 여러 사람과 의논하니, 조홍이 있다가

"지금 이릉을 잃어 형세가 이미 위급한 터에 어째서 승상이 두고 가신 밀계를 꺼내 보고 이 위급을 풀어 보려 아니 하십니까."

하고 말한다.

조인은

"네 말이 바로 내 뜻과 같다."

하고 드디어 글을 펴 보고 크게 기뻐하여 즉시 영을 전해서, 오경에 밥 지어 먹고 해 뜰 무렵에 대소 군마가 모조리 성을 나서게 하는데 성 위에 두루 기를 꽂아 놓고 허장성세하고 전군이 세 문으로 나뉘어 나왔다.

한편 주유는 감녕을 구해 낸 다음에 군사를 남군 성 밖에 벌려 놓고 있었는데 조인의 군사가 세 문으로 나뉘어 나오는 것을 보고 장대 위로 올라가서 살펴보니, 여장 가에 두루 기들만 건성 꽂혀 있을 뿐이지 아무도 지키는 사람은 없고, 또 보니 군사들이 저마다 허리에 보따리를 차고 있다.

주유는 속으로 '조인이 도망할 길부터 먼저 준비하고 있는 것이 틀림없구나' 짐작하고 드디어 장대에서 내려와 호령하되, 양군을 벌려 놓아 좌우익을 삼고 만일 전군이 이기는 때에는 그대로 앞으로 내달아서 적의 뒤를 좇다가 징이 울리거든 비로소 물러나라 이르고, 정보에게 명해서 후군을 통솔하게 한 다음 자기는 몸소 군사를 영솔하고 성을 취하러 나섰다.

맞은편 진에서 북소리가 크게 울리더니 조홍이 나와서 싸움을 돋운다. 주유는 친히 문기 아래로 나서서 한당으로 하여금 나가서 조홍과 싸우게 하였다.

두 사람이 싸워서 삼십여 합에 이르자 조홍이 패해서 달아나니 조인이 몸소 싸우러 나선다. 이것을 보고 주태가 말을 달려 나가서 그를 맞았다. 그러나 서로 싸우기 십여 합에 조인이 또 패해서 달아나니 진세가 뒤섞여서 어지러워진다.

주유는 양익군을 휘몰아 들이쳤다. 조군은 대패하였다. 주유가 몸소 군마를 거느리고 뒤를 좇아 남군 성 아래 이르니 조군이 다들 성으로 들어가지 않고 서북편을 바라고 달아나서 한당과 주태는 전부병을 끌고서 힘을 다해 그 뒤를 쫓았다.

주유가 보니 성문은 크게 열려 있고 성 위에는 또 사람이 없다. 그는 드디어 군중에 영을 내려 성을 뺏어 들라 하고, 수십 기가 앞을 서서 들어가는 뒤를 따라 주유 자기도 닫는 말에 채찍질을 해서 곧장 옹성으로 들어갔다.

이때 진교는 적루 위에 있다가 주유가 친히 성으로 들어오는 것을 바라보자 '승상의 묘책이 귀신같구나' 속으로 갈채하며 한 번 크게 목탁을 치니, 양편의 궁노가 일시에 발동을 해서 그 형세가 사뭇 퍼붓는 소낙비다. 앞을 다투어 성으로 들어온 자들은 모조리 함갱(陷坑) 속에 빠지고 말았다.

이것을 보고 주유는 급히 말머리를 돌렸다. 그러나 이때 노전(弩箭) 한 개가 바로 그의 왼편 갈비에 들어맞아 그는 뒤재주쳐 말에서 떨어졌다. 우금이 성에서 달려 나와 그를 잡으려 든다. 서성과 정봉 두 사람은 목숨을 내놓고 달려들어서 주유를 구해 내었다.

이때 성중의 조군이 뛰어 나오니 동오 군사들이 저희끼리 서로 짓밟으며 함갱 속에 떨어져서 죽는 자가 무수하다.

정보가 급히 군사를 수습할 때 조홍과 조인이 군사를 나누어서 두 길로 돌아 들어오며 몰아쳐서 동오 군사는 크게 패하였는데 요행 능통이 일지군을 거느리고 한 옆으로부터 짓쳐 들어와서 겨우 조군을 막아 내었다. 조인은 승전한 군사를 영솔하고 성으로 들어가고 정보는 패군을 수습하여 영채로 돌아갔다.

정봉 · 서성 두 장수가 주유를 구호해 가지고 장중으로 돌아와서 곧 행군 의사를 불러다가 쇠 집게로 살촉을 뽑아내고 상처에다 금창약을 붙이기는 하였는데 그 아프기가 이를 데 없어서 주유는 식음을 전폐하고 말았다.

의원이 말하기를

"이 살촉에 독이 있어서 졸연히 평복되기가 어려운 데다가 만일에 노기가 충격하고 보면 금창이 재발하고 맙니다."

하고 말하였다. 정보는 삼군에 영을 내려서 각 채를 굳게 지키고 함부로 나가지 못하게 명하였다.

그로써 사흘이 지나 우금이 군사를 거느리고 와서 싸움을 돋우었다. 그러나 정보가 군사들을 단속하고 조금도 동하지 않아서 우금은 한나절 욕설을 퍼붓다가 날이 저물녘에야 돌아갔다.

이튿날 그는 또 와서 욕을 하며 싸움을 돋우었다. 그러나 정보는 주유가 알면 노기가 충격할까 두려워서 감히 이것을 알리지도 못하였다.

셋째 날이 되어 우금이 바로 영채 문 밖에까지 와서 욕질하고 소리치는데 말마다 주유를 사로잡겠다는 소리다. 정보는 여러 사람과 의논하고 일시 퇴군하여 오후를 돌아가 보고 다시 좋을 도리를 차리는 것이 좋겠다고 작정하였다.

이때 주유는 비록 상처로 해서 누워 앓기는 하나 속에는 저대로 주장이 있어서, 조군이 매양 영채 앞에 와서 욕하고 꾸짖는 줄 알고 있건만 장수들이 품하러 오는 것을 보지 못했다.

그러자 하루는 조인이 몸소 대군을 거느리고 북 치고 고함지르며 앞으로 와서 싸움을 돋우는데 정보가 장수들을 단속해서 나가지 못하게 하였더니, 주유는 여러 장수들을 장중으로 불러 들여

"어디서 이처럼 요란스럽게 북을 치며 고함을 지르는 거요."

라고 묻고, 여러 장수들이

"군중에서 병졸들을 조련하고 있소이다."

하고 대답하자, 그는 노하여

"어째서 나를 속이는 거요. 내 이미 조군이 매양 우리 영채 앞에 와서 욕지거리하는 줄을 알고 있는데 정덕모는 대체 나와 함께 병권을 잡고 있으면서 왜 앉아서 보고만 있다오."

하고, 드디어 사람을 시켜서 정보를 장중으로 청해 들여다가 물었다.

정보가

"공근이 금창을 앓으시고 의원 말은 촉노(觸怒)하시게 말라 하기에 감히 보하지 못했소이다."

하고 말하니, 주유는 다시

"공 등이 싸우지 않으시면 어찌하실 의향이십니까."

하고 물었다.

"여러 장수들이 모두 군사를 거두어 가지고 잠시 강동으로 돌아갔다가 공의 금창이 평복되기를 기다려서 다시 좋을 도리를 차려 보자고들 합니다."

정보의 말을 듣고 나자 주유는 분연히 침상 위에 벌떡 일어나 앉으며

"대장부가 이미 인군의 녹을 먹었으니 싸움터에서 죽어 말가죽으로 시체를 말아서 돌아간다면 다행한 일이외다. 어찌 나 한 사람으로 해서 국가대사를 폐하리까."

하고 말을 마치자 곧 갑옷을 입고 말에 오르니, 삼군의 모든 장수들이 다들 해연(駭然)해 한다.

주유는 드디어 수백 기를 거느리고 영채 앞으로 나갔다. 바라보니 조군은 이미 진을 쳐 놓고 있었고 조인이 친히 문기 아래 말을 세우고서 채찍을 들어

"주유 어린 자식이 필시 횡사를 해서 다시는 우리 군사를 바로 보지 못하는 게다."

하고 꾸짖는데, 욕설이 채 끝나기 전에 주유는 여러 사람들 틈에서 와락 앞으로 나서며

"조인 필부야. 네가 주랑을 보느냐."

하고 외쳤다. 조군이 이를 보고 모두들 깜짝 놀라는데, 조인이 여러 장수들을 돌아보며

"한바탕 욕을 해 주어라."

하고 일러서 군사들이 모두 소리를 가다듬어 욕설을 퍼부었다.

주유는 대로하여 반장을 시켜서 나가 싸우게 하였다. 그러나 미처 싸움이 어우러지기 전에 주유는 홀지에 외마디 소리를 버럭 지르고는 입에서 피를 뿜으며 말에서 뚝 떨어졌다.

조군이 쳐들어왔다. 여러 장수들은 앞으로 내달아 그들을 막고 일장 혼전 끝에 주유를 구해 가지고 장중으로 돌아왔다.

정보가

"도독의 귀체가 어떠하십니까."

하고 묻자, 주유는 가만히 그를 보고

"이것은 내 계책이외다."

하고 대답하였다.

"어떻게 하실 생각이십니까."

하고 정보가 다시 물으니,

"내가 본래 그리 아픈 곳이 없건만 이렇게 한 것은 조군으로 하여금 내 병이 위중하다는 것을 알게 해서 우리를 우습게보도록 하자는 것이니, 이제 심복 군사를 시켜서 성중에 들어가 거짓 항복하고 내가 이미 죽었다고 말을 하게 하면 오늘밤 조인이 필연 겁채하러 올 것이니 우리가 사면에 매복을 해 놓았다가 응한다면 가히 한 번 북쳐서 조인을 사로잡을 수 있으리다."

하고 주유가 계책을 말한다.

정보는

"그 계책이 참으로 묘하외다."

하고 그 길로 장하에서 곡성을 올리게 하니 군중이 크게 놀라서 저마다 도독이 금창이 대발해서 돌아갔다고 말들을 전하며 각 채가 모조리 복을 입었다.

한편 조인이 성중에서 여러 사람을 모아 놓고 앉아, 주유가 노기가 충천해서 금창이 도져 입으로 피를 뿜고 말에서 거꾸로 박혔으니 필시 멀지 않아 죽을 것이라고 이야기들을 하고 있노라니까 홀연 보하되

"동오 영채에서 군사 십여 명이 항복해 왔사온데 그중의 두 명은 본시 우리 편 군사로서 사로잡혀 갔던 자들이올시다."

한다.

조인이 황망히 불러 들여서 물어보자, 군사들은

"오늘 주유가 진전에서 금창이 도져 영채로 돌아오자 바로 죽어서 지금 군중이 모두 복을 입고 발상을 했사온데 저희들은 모두 정보에게 욕을 본 놈들이라 특히 와서 항복을 드리며 이 소식을 보하는 것이올시다."

하고 아뢰었다.

조인이 크게 기뻐하여 즉시로 의논을 하되 오늘밤에 바로 가서 겁채하고 주유의 시체를 빼앗아 그 수급을 베어다가 허도로 보내자고 하니, 진교가

"이 계책은 속히 행해야지 시기를 놓쳐서는 아니 되오리다."

하고 말한다.

조인은 드디어 우금으로 선봉을 삼고 자기는 스스로 중군이 되고 조홍과 조순으로는 후군을 삼고 다만 진교를 남겨 두어 약간의 군사를 데리고서 성을 지키게 한 다음, 나머지 군사들을 모조리 거느리고 초경 후에 성을 나서서 바로 주유의 대채를 바라고 나갔다.

그러나 그가 막상 채문 앞에 이르러 보니 사람은 하나도 구경할 수가 없고 다만 기와 창들을 건성 꽂아 놓았을 뿐이다.

적의 계책에 떨어진 것을 깨닫고 조인이 급히 퇴군하는데 사면에서 포성이 일제히 일어나며 동편에서는 한당과 장흠이 짓쳐 들어오고 서편에서는 주태와 반장이 짓쳐 들어오며 남편에서는 서성과 정봉이 짓쳐 들어오고 북편에서는 진무와 여몽이 짓쳐 들어온다.

조군은 크게 패하여 삼로 군마가 모두 뿔뿔이 헤어져서 머리와 꼬리가 서로 구하지를 못하는 형편이다. 조인은 십여 기를 데리고 겹겹이 둘린 포위 속을 뚫고 나가다가 마침 조홍을 만나서 드디어 패잔군을 거느리고 함께 달아났다.

오경에 이르러 이제는 남군이 멀지 않았는데 북소리가 한 번 크게 울리며 능통이 또 일지군을 거느리고 내달아서 앞길을 가로

90

막고 한바탕 몰아친다. 조인은 군사를 끌고 한 옆으로 빠져서 달 아나다가 또 감녕을 만나서 다시 한바탕 곡경을 치렀다.

이리하여 조인은 감히 남군으로 돌아가지 못하고 바로 양양 대로를 바라고 나갔다. 동오 군사는 그 뒤를 한동안 쫓다가 돌아갔다.

주유와 정보는 군사를 다 수습해 놓은 다음에 마침내 남군성 아래로 갔다. 보니 성에는 정기가 두루 꽂혀 있는데 적루 위에 한 장수가 나서서

"도독은 과히 허물하지 마시오. 내가 군사의 장령을 받들어 이미 이 성을 취했소이다. 나는 상산 조자룡이오."
하고 말한다. 주유는 대로해서 곧 성을 들이치려 하였으나 성 위에서는 화살을 어지러이 내려 쏘았다.

주유는 영을 내려 우선 돌아가서 의논하자 하고, 감녕으로 수천 군마를 거느리고 형주를 취하게 하며 능통으로 수천 군마를 거느리고 양양을 취하게 하고 남군은 그 뒤에 다시 와서 뺏더라도 늦지 않으리라 하여 막 군사들을 나누어 보내려는 판에 홀연 탐마가 뛰어들며

"제갈량이 남군을 얻자 드디어 병부(兵符)를 써서 그 밤으로 '곧 남군을 구원하러 오라'고 형주성을 지키고 있는 군사들을 불러내놓고는 뒤로 장비를 보내서 형주를 뺏어 버렸다고 합니다."
하고 보하고, 뒤미처 또 탐마 하나가 달려와서 보하는 말이

"하후돈이 양양을 지키고 있었는데 제갈량이 사람을 시켜 병부를 가지고 가서 거짓 조인이 구원을 청한다 해 놓고 하후돈이 군

사를 거느리고 나온 틈에 운장을 보내서 양양을 뺏게 해서 두 곳 성지가 반 푼의 힘도 안 들이고 다 유현덕의 장중에 들어가 버렸소이다."
한다.

"제갈량이 어떻게 병부는 얻었단 말인고."

주유가 의아해하자, 정보가

"진교를 잡았으면 병부는 자연 다 수중에 들어갔을 것이외다."
하고 말한다.

일장 신고(辛苦)가 모두 누구를 위해서 한 노릇이더냐. 필경 제갈량의 공을 이루어 준 것에 지나지 않았다고 깨달았을 때 주유는 한 소리 크게 부르짖으며 금창이 그대로 다시 터져 버린다.

　　　몇 고을 성지들이 내 분복은 아닌 것을
　　　우습다 일장 신고 남 좋은 일만 하단 말가.

　그의 목숨이 어찌 되려는고.

92

제갈량은 교묘하게 노숙을 물리치고
조자룡은 계교를 써서 계양을 취하다

| 52 |

　이때 주유는 공명이 남군을 뺏어 든 것을 당장 제 눈으로 본 데
다가 또 그가 형주와 양양까지 엄습했다는 소식을 들었으니 어찌
기가 막히지 않겠느냐. 그만 노기가 상처를 터뜨려서 그는 그대
로 까무러쳤다가 한동안이 지나서야 겨우 다시 깨어났다.

　여러 장수들이 재삼 좋은 말로 권하였으나 주유는 노기가 풀리
지 않았다.

　"제갈 촌놈을 죽이지 않고서야 무슨 수로 내 분을 풀어 보겠소?
정덕모는 부디 나와 함께 남군을 쳐서 성지를 도로 뺏어 오도록
해 주시오."

　한창 이렇듯 이야기하고 있는 중에 노숙이 왔다. 주유는 또 그
를 보고

　"내가 군사를 일으켜 가지고 유비 · 제갈량과 더불어 자웅을 결

한 다음에 다시 성지를 뺏어 오려 하니 자경은 부디 나를 도와주시오."

하고 청하였다.

노숙이 듣고

"그래서는 아니 됩니다. 방금 우리가 조조와 상지해서 아직 승패를 가르지 못하였고 또한 주공께서 지금 합비를 치고 계시나 아직 함락하지 못한 형편에 우리끼리 서로 다투다가 만일에 조조가 그 허한 틈을 타서 다시 쳐들어온다면 형세가 위태로울 것입니다. 하물며 유현덕이 본래 조조와 교분이 두터운 터에 만일 사세가 정 급하고 보면 성지를 그대로 조조에게 바쳐 버리고 함께 동오를 치러 들 것이니 그렇게 되면 그 노릇을 대체 어찌하겠습니까."

하고 간한다.

주유는 다시 말하였다.

"우리가 계책을 쓰고 군사를 없애고 전량을 축내서 다 해 놓은 일을 저희가 가로채 버렸으니 어찌 분하지 않단 말이오."

그러나 노숙이

"공근은 아직 꾹 참고 계십시오. 내가 친히 가서 현덕을 만나보고 한 번 순리로 따져 보겠소이다. 그래서 만일에 그것이 통하지 않거든 그때 가서 군사를 동하더라도 결코 늦지는 않을까 보이다."

하고 만류한다.

여러 장수들도

"자경의 말씀이 심히 좋습니다."

하고 찬동하였다.

이리하여 노숙은 종자를 데리고 바로 남군을 바라고 왔다. 성 아래 이르러 그가 문을 열라고 외치니 조운이 나와서 묻는다.

노숙은 말하였다.

"내가 유현덕을 뵙고 드릴 말씀이 있어서 왔소."

조운이 대답한다.

"우리 주공께서는 군사와 함께 형주성에 계십니다."

노숙은 드디어 남군에는 들어가지 않고 형주로 갔다. 당도하여 보니 기들이 정제하게 늘어 서 있고 군대의 위세가 심히 장하다. '공명은 참으로 비상한 사람이로구나' 하고 노숙은 속으로 은근히 그의 재주를 부러워하였다.

"노자경이 찾아오셨습니다."

하고 군사가 성내에다 보하자 공명은 곧 성문을 크게 열게 하고 노숙을 관아로 맞아들였다.

손과 주인이 인사를 마치고 자리를 나누어 앉아서 차가 끝나자, 노숙이 입을 열어

"우리 주인 오후와 도독 공근이 부디 황숙께 말씀을 잘 올려 달라고 당부가 계셔서 왔습니다. 전자에 조조가 백만 대병을 거느리고 왔을 때 비록 명목은 강남을 친다고 하였으나 실상은 황숙을 도모하려 했던 것이니 다행히 동오에서 조조의 군사를 쳐 물리치고 황숙을 구해 드렸은즉 형주 구군은 마땅히 동오 차지가 다 되어야만 할 것입니다. 그런데 이제 황숙이 교묘한 수단으로 형양을 빼앗아 들어 그만 강동으로 하여금 부질없이 전량과 군마만 허비하게 하고 황숙은 편안히 앉아서 이를 보셨으니 이것은 아무

래도 정당한 일이라고는 못할까 보이다."

하고 따지니, 공명이 있다가

"자경은 고명하신 선비로서 어떻게 그처럼 말씀을 하십니까. 상 말에도 '물건은 반드시 임자에게로 돌아간다' 했습니다. 형양 구 군으로 말하면 본래 동오 땅이 아니라 곧 유경승의 기업이요 우리 주인으로 말씀하면 바로 경승의 아우님이십니다. 경승은 비록 세 상을 떠나셨으나 그 자제가 계신 터이니 그래 아저씨가 조카를 도 와서 형주를 취하신 것이 대체 뭬 불가하다는 말씀입니까."

하고 응수한다.

그 말에 노숙이 다시

"만일에 공자 유기가 점거하였다면 오히려 온당한 일이라 하겠 지만 지금 공자는 강하에 계시지 이곳에 계신 것은 아니지 않습 니까."

하고 한마디 하니,

"자경은 공자를 한 번 뵙고 싶습니까."

하고 공명은 즉시 좌우를 돌아보며,

"공자께 좀 나오십시사고 여쭈어라."

하고 명하였다.

그 말이 떨어지자 종자 두 명이 병풍 뒤에서 유기를 부축하고 나오며, 유기가 노숙을 향하여

"몸에 병이 있는 사람이라 인사를 차리지 못하니 자경은 허물 하지 마십시오."

하고 말한다.

노숙은 그만 어안이 벙벙해서 묵묵히 말이 없다가 한동안이 지

魯肅　　노숙

植性以嚴	성품은 엄격하게 기르고
律躬以儉	몸은 검소하게 살았네
監國治軍	국가와 군대를 다스리면서
手不釋卷	손에서 책을 놓지 않았으니
公瑾之後	그 같은 모습 공근 이후로
肅爲僅見	노숙에게나 겨우 볼 수 있구나

나서야 다시 입을 열어

"만일에 공자께서 아니 계신 때에는 어떻게 하시렵니까."

하고 물었다.

"공자가 하루 계시면 하루를 지킬 것이요 만일에 안 계신 때에는 달리 의논이 있어야 하겠지요."

하고 공명이 대답하자, 노숙이 즉시

"만일에 공자가 아니 계신 때에는 성지를 우리 동오로 돌려주셔야 되지 않겠습니까."

하고 따지니, 공명은

"자경의 말씀이 옳습니다."

하고 드디어 연석을 배설해서 그를 대접하였다.

연석이 파한 뒤에 노숙은 하직을 고하고 성에서 나와, 밤을 도와 영채로 돌아와서 전후 경위를 자세히 이야기하였다.

듣고 나자 주유는 물었다.

"유기로 말하면 아직 청춘 묘령이라 쉽사리 죽기를 바랄 수 없을 터인데 그럼 대체 언제가 되어야 형주를 돌려받게 된단 말씀이오."

노숙이 대답한다.

"도독은 아무 염려 마십시오. 그저 숙에게 맡겨 두시면 어찌했든 형양을 동오로 찾아오도록 하리다."

"대체 자경에게 어떤 고견이 있으시오."

"내가 보매 유기가 주색이 과하여 병이 골수에 들어 지금 얼굴이 파리하고 숨이 가빠하며 피를 토하는 형편이라 앞으로 불과 반년 안에 반드시 죽을 것이니 그때 가서 형주를 달라고 하면 유비가 마다고는 못하오리다."

그래도 주유의 노여움은 오히려 풀리지 않는데 이때 문득 손권에게서 사자가 와서, 주유가 곧 청해 들이게 하니 사자가

"주공께서 합비를 에우시고 그간 여러 차례 싸우셨으나 이기지 못하셨습니다. 그래 특히 도독께 대군을 수습해 가지고 돌아오셔서 합비로 군사를 보내 싸움을 돕도록 하시랍니다."
하고 말한다.

주유는 하는 수 없이 회군하여 시상으로 돌아가서 병을 조리하기로 하고 일변 정보로 하여금 전선과 군사들을 거느리고 합비로 가서 손권의 영을 이행하게 하였다.

한편 유현덕은 형주·남군·양양을 자기 수중에 거두고 은근히 마음에 기뻐서 여러 사람과 백년대계를 의논하는데, 이때 문득 한 사람이 청상으로 올라와서 계책을 드렸다. 보니 바로 이적이다.

현덕은 전일에 그가 자기에게 베풀어 준 은의가 마음에 고마워서 십분 공경하며 자리에 청해 앉히고 물으니, 이적이

"형주의 백년대계를 아시려면 왜 어진 선비를 구해서 물어 보시려고 아니 하십니까."
하고 말한다.

"어진 선비가 어디 있습니까."
하고 현덕이 다시 물으니, 이적은 이에 대답하여

"형양 마씨(馬氏)의 형제 다섯 사람이 다들 재주 있다는 소리를 듣는데, 그중에 끝엣 동생의 이름은 속(謖)이요 자는 유상(幼常)이

며, 가장 어진 사람은 미간에 흰 털이 났으니 이름은 양(良)이요 자는 계상(季常)입니다. 향리에서들 이르기를 '마씨네 오형제에 백미가 가장 낫다(馬氏五常 白眉最良)'고 합니다. 이 사람을 청해다가 한 번 의논해 보시지요."

하고 말하였다.

현덕은 드디어 그를 청해 오라고 명해서 마량이 이르자 정중하게 대접하고 그에게 형양을 보전해서 지킬 계책을 물으니, 마량의 말이

"형양은 사면으로 적을 받는 곳이라 오래 지키고 있기가 어려우니 공자 유기로 하여금 이곳에서 병을 조리하게 하시되, 전일 유경승 수하에 있던 사람들을 부르셔서 함께 지키게 하시고 또 천자께 표주하여 공자를 형주자사로 삼아서 이곳 백성의 마음을 편안하게 하십시오. 그런 연후에 남쪽으로 무릉·장사·계양·영릉의 네 고을을 취하시고 전량을 축적해서 근본을 삼으신다면 이것이 바로 백년대계올시다."

한다.

현덕이 크게 기뻐하여

"네 고을 가운데 어느 고을을 먼저 취해야 합니까."

하고 다시 물으니, 마량은

"상강(湘江) 서편으로 영릉이 가장 가까우니 먼저 취하시는 것이 좋겠고, 다음에는 무릉을 취하시고, 그 뒤에는 계양이요, 장사는 끝이 되겠습니다."

하고 대답하였다.

현덕은 드디어 마량으로 종사를 삼고 이적으로 부종사를 삼은

다음에 공명을 청해다가 의논하고, 유기는 양양으로 가 있게 하고 그와 바꾸어 운장은 형주로 불러 왔다. 그리고 즉시 군사를 일으켜 영릉을 가서 취하기로 하는데 장비로는 선봉을 삼고 조운으로는 후군을 삼고 공명과 현덕은 중군이 되니 인마는 일만 오천이다. 그는 운장을 남겨 두어 형주를 지키게 하고 미축과 유봉으로는 강릉을 지키게 하였다.

이때 영릉태수 유도는 현덕이 군사를 거느리고 온다는 말을 듣고 자기 아들 유현과 의논하니, 유현이 하는 말이

"부친께서는 근심 마십시오. 저희에게 비록 장비와 조운 같은 용장들이 있다고 하지만 우리 고을의 상장 형도영(邢道榮)이 능히 만 사람을 대적할 힘을 가졌으매 저들을 능준히 대적할 수 있을 것입니다."

한다.

유도는 마침내 유현에게 명해서 형도영과 함께 군사 만여 명을 거느리고 나가 성에서 삼십 리 밖에 산을 등지고 물을 의지하여 영채를 세우게 하였다.

그러자 탐마가 들어와서

"공명이 몸소 일지군을 거느리고 왔소이다."

하고 보하여, 형도영은 즉시 군사를 거느리고 싸우러 나갔다.

양진이 서로 대하자 형도영이 손에 개산대부(開山大斧)를 들고 진전에 말을 내어

"반적이 어딜 감히 우리 지경을 침노하는고."

라고 소리를 가다듬어 크게 외치니, 맞은편 진중으로부터 황기(黃

旗) 한 떼가 나오더니 기들이 좌우로 쫙 갈라서며 그 가운데로부터 사륜거 한 채가 나오는데 수레 위에 한 사람이 머리에는 윤건을 쓰고 몸에는 학창의를 입고 손에는 우선(羽扇)을 쥐고 단정히 앉아서 부채를 흔들어 형도영을 부르며

"나는 남양의 제갈공명이다. 조조가 백만의 무리를 거느리고 왔다가 내 조그만 계교에 군사 하나도 살아서 돌아가지 못했는데 너희들이 어찌 대적해 보겠다고 하느냐. 내 이제 너희들을 초항하러 왔으니 빨리 항복을 드려라."

하고 말한다.

형도영은 크게 웃으며

"적벽 싸움에 조조 군사를 무찌른 것은 주랑의 계책인데 네가 무슨 상관을 했다고 감히 와서 허튼 수작을 늘어놓느냐."

하고 대부를 휘두르며 공명을 향하여 말을 달려 나가니, 공명이 곧 수레를 돌려 진중을 바라고 들어가며 진문이 다시 닫혔다.

형도영은 그대로 진을 들이쳤다. 진세가 급히 나뉘어 군사들이 양편으로 달아나는데 형도영은 그 중앙의 한 떼 황기를 바라보고 공명이라 생각하여 오직 황기만 바라고 뒤를 쫓았다.

막 산 밑을 지나가는데 황기가 그 자리에 뚝 멈추며 홀지에 중앙이 열리더니 사륜거는 보이지 않고 난데없는 한 장수가 창을 꼬나 잡고 말을 몰아 벽력같이 호통 치며 바로 도영에게로 달려드니 그는 곧 장익덕이다.

형도영은 대부를 휘두르며 그를 맞아서 싸웠다. 그러나 두어 합이 못 되어 기력이 부쳐서 말머리를 돌려 달아나니 익덕이 곧 그 뒤를 쫓는데, 함성이 크게 진동하며 양편에서 복병이 일제히

내닫는다. 형도영은 죽기로써 그 사이를 뚫고 나갔다.

그러자 앞에서 일원 대장이 길을 가로막고 나서며

"네 상산 조자룡이를 아는가."

하고 큰 소리로 외친다. 형도영은 도저히 당해 내지 못할 줄 알고 또 어디로 도망할 곳도 없어서 그대로 말에 내려 항복하겠노라고 빌었다. 자룡은 그를 묶어 가지고 영채로 돌아가서 현덕과 공명을 보았다.

현덕이 내다가 목을 베라고 호령하는 것을 공명은 급히 말리며, 도영을 향하여

"그대가 만약 나를 위해서 유현을 잡아 온다면 내가 항복을 받아 주지."

하고 의향을 물었다. 형도영이 연송 가겠노라고 말한다.

"대체 무슨 수단을 써서 그를 잡을 텐고."

하고 공명이 물으니, 형도영이 하는 말이

"군사께서 만약 저를 놓아만 주신다면 돌아가서 교묘하게 속일 도리가 있소이다. 오늘밤에 군사께서는 군병을 거느리고 겁채하러 오십시오. 제가 내응을 해서 유현을 사로잡아 군사께 바치오리다. 유현만 사로잡고 보면 유도는 자연 항복할 것입니다."

한다.

현덕은 그 말을 믿지 않았으나, 공명은,

"형 장군이 거짓말을 하지는 않을 것입니다."

하고 드디어 도영을 놓아 주어 돌아가게 하였다.

형도영이 놓여서 저의 영채로 돌아가 전후 사실을 유현에게 호소하자 유현은 물었다.

"그럼 어떻게 하면 좋겠나."

형도영이 계책을 드리되

"장계취계해서 오늘밤에 군사를 영채 밖에 매복해 놓고 영채 안에다가는 건성 기들만 세운 다음에 공명이 겁채하러 오거든 곧 내달아 사로잡도록 하십시다."

하고 말하였다. 유현은 그 계책을 좇았다.

이날 밤 이경에 과연 일표군이 영채 앞으로 와서 저마다 들고 온 풀단을 쌓아 놓고 일제히 불을 질렀다. 유현과 형도영은 양편에서 군사를 몰고 내달았다. 불 지른 군사들이 곧 몸을 돌쳐 도망한다.

유현과 형도영의 양군은 승세해서 그 뒤를 좇았다. 그러나 십여 리를 좇다가 보니 도망하던 군사들이 하나도 보이지 않는다.

유현과 형도영이 깜짝 놀라서 급히 본채로 돌아오니 화광이 환히 비치는 가운데 영채 안으로 한 장수가 나온다. 바로 장익덕이다.

유현은 도영을 보고

"영채로 들어갈 것이 아니라 이 길로 가서 공명의 영채를 엄습하기로 하세."

하고 다시 군사를 돌렸다. 그러나 십 리를 못 가서 한 옆으로부터 조운이 일지군을 거느리고 짓쳐 나와 형도영을 한 창에 찔러서 말 아래 거꾸러뜨린다.

유현이 급히 말을 돌려 달아나는데 등 뒤로부터 장비가 쫓아오더니 그대로 말 위에서 그를 사로잡아 묶어 가지고 공명에게로 왔다.

유현은 공명을 보고

"형도영이 저더러 이렇게 하라고 일러서 한 것이지 실상 본심은 아니외다."

하고 빌었다.

공명은 그 묶은 것을 풀어 주고 옷을 주어 입게 하며 또 술을 주어 놀란 가슴을 진정하게 하였다. 그리고 사람을 안동해서 그를 성으로 들여보내 저의 부친을 권해서 투항하게 하되, 만약에 항복하지 않으면 성을 쳐 깨뜨리고 일문을 모조리 도륙을 내리라고 하였다.

유현은 영릉으로 돌아가서 저의 부친 유도를 보고 공명의 덕을 갖추 이야기하며 항복하기를 권하였다. 유도는 그의 말을 좇아서 드디어 성 위에 항기(降旗)를 세운 다음 성문을 활짝 열고서 인수를 받들고 성에서 나와 현덕의 대채로 가서 항복을 드렸다.

공명은 유도로 하여금 그대로 눌러 군수로 있게 하고 그 아들 유현은 형주로 보내서 군무에 종사하게 하였다. 영릉 일군의 백성이 다들 기뻐하였다.

현덕이 성으로 들어가서 안무하기를 마치고 삼군을 상 준 다음, 여러 장수들을 보고

"영릉은 이미 취했거니와 계양은 누가 가서 취해 볼꼬."

하고 물으니, 조운이 바로

"제가 가고 싶습니다."

하고 대답하는데, 장비가 분연히 나서면서

"나도 가고 싶소."

하고 말하여 두 사람이 서로 다투었다.

공명이 있다가

"결국 자룡이 먼저 대답을 하였으니 자룡더러 가라고 하시지요."
하고 말하였으나, 장비가 불복하고 제가 기어이 가겠다고 해서
공명은 제비를 뽑아 이긴 사람이 가게 하였다. 뽑고 보니 자룡이
이겼다. 장비가 노해서

"나는 아무도 데리고 가지 않고 혼자서 삼천 군만 거느리고 가
서 단번에 성지를 취하겠소."
하니, 조운이 또한

"저도 다만 삼천 군만 거느리고 가겠습니다. 만약에 성을 얻지
못하면 군령을 받겠습니다."
하고 말한다.

공명은 크게 기뻐하여 군령장을 들여 놓게 한 다음에 정병 삼
천을 뽑아서 조운에게 주고 떠나게 하였다. 장비가 그래도 불복
하는 것을 현덕은 꾸짖어 물리쳤다.

조운은 삼천 인마를 거느리고서 바로 계양을 바라고 나아갔다.
탐마가 이것을 계양태수 조범(趙範)에게 보해서 조범은 급히 사람
들을 모아 놓고 의논하였는데, 관군교위 진응(陳應)과 포륭(鮑隆)이
군사를 거느리고 나가서 싸우겠다고 자원해 나선다. 원래 이 두
사람은 계양령 산골의 사냥꾼 출신으로 진응은 비차(飛叉)를 잘
쓰고 포륭은 전에 호랑이 두 마리를 한 살에 쏘아 죽인 일이 있는
터이라 둘이 다 자기의 용력을 믿고, 조범을 대하여

"유비가 만약에 온다면 우리 두 사람이 선봉이 되겠습니다."
하고 말하는 것이다.

조범은 말하였다.

"내가 들으매 유현덕은 대한 황숙이시오. 거기다 겸해서 공명은 지모가 넉넉하고 관운장과 장익덕은 극히 용맹하며 이번에 군사를 거느리고 오는 조자룡은 당양 장판파에서 백만 군중을 무인지경같이 드나들었다고 하오. 우리 계양에 그래 군사가 얼마나 있나. 대적할 도리가 없으니 항복을 하는 것이 좋을까 보이."

그러나 진응은

"우리가 나가서 싸워 보아 만약에 조운을 사로잡지 못하거든 그때 태수께서 항복을 하시더라도 늦지는 않을 것입니다."

하고 굳이 나가서 싸워 보겠다고 고집을 부린다. 조범은 마지못하여 이를 허락하였다.

진응이 삼천 인마를 영솔하고 적을 맞으러 성에서 나가 바라보니 조운이 군사를 거느리고 들어온다. 진응은 진세를 벌려 놓은 다음에 비차를 손에 들고 말을 달려 나갔다.

조운이 창을 꼬나 잡고 말을 몰아 나오며

"우리 주인 유현덕은 곧 유경승의 아우님으로서 이제 공자 유기를 보좌하여 함께 형주를 거느리시는 터이라 내 특히 백성을 안무하러 왔는데 네가 어찌 감히 항거하려 하느냐."

하고 진응을 꾸짖으니, 진응이

"우리는 오직 조 승상을 섬길 뿐이니 어찌 유비에게 순종할 법이 있겠느냐."

하고 욕을 한다.

조운은 크게 노해서 창을 꼬나 잡고 말을 몰아 바로 진응에게로 달려들었다. 진응이 비차를 휘두르며 나와서 맞는다. 두 말은 서로 어우러졌다. 그러나 서로 싸워 사오 합에 이르자 진응은 당해 내지 못하고 말머리를 돌려 달아났다. 조운은 그 뒤를 쫓았다.

진응은 고개를 돌려 조운의 말이 가까이 쫓아 들어온 것을 보자 손을 날려 비차를 던졌다. 그러나 조운이 선뜻 이것을 손에 받아 들며 도로 진응을 바라고 내쳐서 진응이 급히 몸을 틀어 피할 때에 조운은 말을 몰아 쫓아 들어가며 마상에서 진응을 사로잡아 땅에다 내어 던지고 군사를 꾸짖어 결박을 지운 다음에 본채로 돌아왔다. 패한 군사들은 다 뿔뿔이 흩어져 도망해 버렸다.

조운은 영채로 들어가자 곧 진응을 꾸짖었다.

"네가 어딜 감히 나와 겨루어 보려 든단 말이냐. 내 이제 너를 죽이지 않고 그대로 놓아 보낼 터이니 조범을 보고 빨리 와서 항복을 드리라고 일러라."

진응은 사죄하고 그대로 도망치듯 성중으로 돌아가서 조범을 보고 그 일을 다 이야기하였다.

조범은

"내 본래 항복하려는 것을 네가 굳이 싸우겠다고 해서 이렇게 되지 않았느냐."

하고 드디어 진응을 꾸짖어 물리친 다음, 두 손으로 인수를 받들고서 십여 기를 거느리고 성에서 나와 대채로 가서 항복을 드렸다.

조운은 영채에서 나와 그를 맞아들이고 상빈의 예로 대접하며 술자리를 차려서 함께 마시고 인수를 받았다.

술이 서너 순 돌자 조범이

"장군도 성이 조씨시고 나도 성이 조씨니 오백 년 전에는 한집안이었을 것이오. 장군도 진정이 고향이시고 나도 진정 사람이니 또 동향이 아닙니까. 만약 버리지 않으시고 형제의 의를 맺어 주신다면 실로 그만 다행이 없을까 합니다."

하고 의논을 내서 조운이 크게 기뻐하여 각기 나이를 따져 보니 조운과 조범은 한동갑에 조운의 생일이 조범보다 넉 달이 앞섰다.

조범은 드디어 조운에게 절하고 아우가 되었는데 두 사람이 동향에 동갑에 또 동성이라 십분 뜻이 서로 맞아서 밤이 이슥해서야 자리를 파한 다음에 조범은 하직을 고하고 성으로 돌아갔다.

이튿날 조범이 조운에게 성에 들어와 백성을 안무하여 달라고 청해서 조운은 군사들에게 동하지 말라 이른 다음에 다만 오십 기만을 거느리고 성중으로 들어갔다. 성내 백성이 향을 손에 들고 길가에 배복하여 그를 영접한다.

조운이 백성을 다 안무하고 나자 조범은 그를 관아로 청해 들여서 주연을 베풀어 대접하고, 술이 웬만큼 돌자 다시 후당으로 끌고 들어가서 상을 새로 차려 내다가 또 술을 권해서 조운은 어느덧 거나하게 취하였다.

이때 조범이 문득 웬 부인 하나를 청해 내다가 조운에게 술을 권하게 해서 자룡이 보니, 그 부인이 몸에 소복을 하였는데 실로 천하에 둘도 없을 미인이다.

"이 분이 대체 누구신가."

하고 조운은 묻고, 그 말에 조범이

"제 형수 번씨(樊氏)올시다."

하고 대답하자 그는 낯빛을 고치고 정중하게 대하였다. 번씨가 잔을 잡고 나자 조범은 그를 자리에 앉히려 하였으나 조운이 그러지 말라고 굳이 사양해서 번씨는 인사를 하고 안으로 들어가 버렸다.

"현제는 구태여 형수씨를 청해 내다가 잔을 잡으시게 할 일이 무엇인가."

하고 조운이 한마디 하니, 조범이 웃으면서

"이것은 까닭이 있는 일이니 형님은 막지 마십시오. 집의 형님이 세상을 떠나신 지 이미 삼 년이 되었는데 우리 아주머님이 홀몸으로 평생을 마치실 수는 없는 일이라 내가 매양 개가하시라고 권해 오건만 아주머니 말씀이 '만약 세 가지 조건을 구비한 사람이 있으면 내가 가겠습니다. 첫째는 문무겸전해서 이름이 천하에 들려야 하고, 둘째는 용모가 당당하고 위의가 뛰어나야 하며, 셋째는 집의 형님과 동성이라야 합니다' 하니 그래 천하에 이런 사람이 있기가 어디 쉽습니까. 그런데 이제 형님으로 말씀하면 당당한 의표에 명성이 사해에 진동하시고 또한 집의 형님과 동성이시니 바로 우리 아주머니가 말씀하시는 바와 맞아떨어집니다. 그러니 만약 우리 아주머니의 용모가 추루한 것을 마다고 아니 하신다면 혼수를 갖추어 장군을 남편으로 모시게 해서 대대로 척분을 맺을까 하는데 의향이 어떠하십니까."

하고 말한다.

그 말을 듣자 조운은 대로해서 벌떡 일어나며 소리를 가다듬어

"내가 이미 너와 형제의 의를 맺었은즉 네 형수가 곧 내 형순데 어찌 이렇듯 인륜을 어지럽게 하는 짓을 하려고 하느냐."

하고 꾸짖었다. 조범이 그만 무안해서 낯을 왈칵 붉히고

"나는 일껏 호의에서 한 말인데 그처럼 역정을 내실 일이 무엇이오."

하고 대답하며 드디어 좌우에 눈짓을 하여 해칠 뜻을 보인다. 조

운은 이것을 눈치 채자 한 주먹에 조범을 때려눕히고 바로 부문을 나서 말에 올라 성에서 나가 버렸다.

조범이 급히 진응과 포륭을 불러다가 의논하니, 진응의 말이

"저 사람이 노해서 나가 버렸으니 이제는 저와 싸워 볼밖에 없겠지요."

한다.

조범이

"그러나 이기지를 못하겠으니 걱정이 아닌가."

하니, 포륭이 나서며

"우리 두 사람이 거짓 항복을 하고 저의 군중에 가서 있을 테니 태수께서 군사를 거느리고 오셔서 싸움을 돋우십시오. 그러면 우리 두 사람이 진상에서 사로잡겠습니다."

하고 계책을 드리고, 진응이 있다가

"인마는 꼭 데리고 가야 할걸."

하고 말하자, 포륭은

"오백 기면 족하겠지."

하고 대답하였다.

이날 밤 두 사람이 오백 군을 거느리고 바로 조운의 영채로 가서 항복을 드리니 조운은 이미 속으로 거짓임을 알고 있었으나 불러들이게 하였다.

두 장수가 장하에 이르러 하는 말이

"조범이 미인계를 써서 장군을 속이고 장군이 만취하시면 끌어들여다가 모살한 다음에 수급을 조 승상에게 갖다 바치고 상을 타려고 하였으니 사람이 이처럼 간악합니다그려. 저희 두 사람은

장군께서 역정을 내시고 나가시는 것을 뵙자 반드시 저희들에게도 누가 미칠 것이라 그래 항복을 드리는 것입니다."
한다. 조운은 짐짓 좋아하는 체하며 술을 내어 두 사람에게 진탕 먹이고, 그들이 크게 취하자 즉시 두 사람을 장중에다 묶어 놓은 다음에 그들의 수하 사람을 잡아 들여다가 물어보니 아니나 다를까 거짓 항복을 해 온 것이란다.

조운은 오백 군을 불러 각각 술과 밥을 먹이고 영을 전해서
"나를 해치려고 한 것은 진응과 포륭이지 여러 사람은 상관이 없는 일이니 너희들이 내 말대로만 한다면 모두 상급을 후히 내릴 것이다."
하니 모든 군사가 다 절을 하고 사례한다.

조운은 그 즉시 거짓 항복해 온 두 장수 진응·포륭을 참한 다음 오백 군으로 길을 인도하게 하고 자기는 일천 군 거느리고 그 뒤를 따라 밤을 도와 계양성 아래로 가서 문을 열라고 외치게 하였다.

성 위에서 들으려니까 진응·포륭 두 장군이 조운은 죽이고 회군해 왔는데 태수를 청해서 군무를 상의할 일이 있다고 한다. 성 위에서 불을 들어 비추어 보니 과연 자기편 군마라 조범은 황망히 성에서 나왔다.

조운은 곧 좌우를 꾸짖어 그를 사로잡게 하고 드디어 성중으로 들어가서 백성을 안무한 다음 즉시 사람을 보내서 현덕에게 보하게 하였다.

현덕은 몸소 공명과 함께 계양으로 왔다. 조운은 그들을 성으로 영접해 들인 다음에 조범을 계하로 끌어오게 하였다. 공명이

문자 조범은 자기 형수를 조운에게 아내로 주려 한 일을 자세히 이야기하였다.

들고 나서 공명이 조운을 보고

"그도 역시 아름다운 일인데 공은 왜 그랬소."

하고 물으니,

"조범이 이미 저와 형제의 의를 맺은 터에 이제 그 형수에게 장가를 든다면 남들이 모두 욕할 것이 하나요, 그 부인이 개가를 하고 보면 절개를 잃게 될 것이 둘이요, 조범이 갓 항복한 터이라 그 마음을 헤아리기 어려운 것이 셋입니다. 주공께서 새로 강·한을 정하시고 침석이 아직 편안치 않아 하시는 터에 조운이 어찌 감히 일개 부인으로 하여 주공의 대사를 폐해서 옳을 일이겠습니까."

하고 조운이 말한다.

현덕이 있다가

"오늘 대사를 이미 정했으니 장가를 들면 어떻겠나."

하고 권하니, 조운은

"천하에 여자가 적지 않습니다. 다만 두려운 것이 명예를 세우지 못할까 하는 것이지 어찌 처자가 없는 것을 근심하겠습니까."

하고 대답하였다.

현덕이

"자룡은 참으로 대장부야."

하고, 드디어 조범을 용서하여 눌러서 계양태수를 삼고 조운에게는 후히 상을 내렸다.

이때 장비가

"자룡만 공을 세우게 해 주고 나는 그래 아무짝에 소용이 없는 사람을 만들어 놓는단 말이오. 삼천 군만 나를 주면 나도 가서 무릉을 취하고 태수 김선(金旋)을 사로잡아다 바치리다."

하고 큰 소리로 외친다. 공명은 크게 기뻐하여

"익덕이 가는 것은 무방하나 다만 한 가지 조건이 있소."

하고 말하였다.

모사는 승패를 결정함에 기이한 계책이 많고
장수들은 서로 앞을 다투어 전공을 세우는구나.

공명이 말하는 한 가지 조건이란 대체 무엇인고.

관운장은 의로써 황한승을 놓아 주고
손중모는 대판으로 장문원과 싸우다

| 53 |

이때 공명이 장비를 보고

"전자에 자룡이 계양군을 취할 때에도 군령장을 두고 갔으니 오늘 익덕도 무릉을 치러 가겠으면 반드시 군령장부터 들여 놓은 다음에 군사를 거느리고 가는 것이 좋겠소."

하고 말해서, 장비는 드디어 군령장을 둔 다음에 흔연히 삼천 군을 거느리고 밤을 도와 무릉 지경을 바라고 나아갔다.

한편 김선은 장비가 군사를 거느리고 이르렀다는 말을 듣고 즉시 장교들을 모아 군사와 병장기를 정돈해 가지고 성에서 나가 싸우려고 하니 이를 보고 종사 공지(鞏志)가 나서서

"유현덕은 한나라의 황숙으로서 인의가 천하에 덮였고 거기다 또 장익덕은 용맹이 비상해서 대적할 수 없으니 아무래도 항복을 드리느니만 못할까 보이다."

하고 간하였다.

김선은 크게 노하여

"네가 적과 내통해 가지고 난을 일으키려 하느냐."

하고 무사를 호령해서 끌어내어다가 참하라 하였다.

그러나 여러 관원들이 모두 고하기를

"싸움도 하기 전에 먼저 집안사람을 베는 것이 군사에 이롭지 않소이다."

하여 김선은 마침내 공지를 꾸짖어 물리친 다음에 몸소 군사를 거느리고 나갔는데 성 밖 이십 리에서 바로 장비와 만나니 장비가 창을 꼬나 잡고 말을 세우고서 큰 소리로 김선을 꾸짖는다.

김선은 부장들을 보고 물었다.

"뉘 감히 나가서 싸울꼬."

그러나 모두들 두려워서 감히 나서는 자가 없다.

김선은 몸소 말을 달려 칼을 춤추며 싸우러 나갔다. 그러나 이때 장비가 한 번 크게 호통을 치니 흡사 벼락 치는 소리라 김선은 그만 질겁해서 감히 칼을 어울려 보지도 못하고 바로 말머리를 돌려 달아났다. 장비는 군사들을 이끌고 그 뒤를 쫓아오며 몰아쳤다.

김선은 그대로 달려 성 아래 이르렀는데 이때 성 위에서 아래를 바라고 어지러이 화살을 내리 쏘아서 김선이 놀라 눈을 들어 보니, 공지가 성 위에 나와 서서

"네가 천시에 순응하지 않고서 스스로 패망하는 길을 취하기에 내가 백성과 함께 유씨에게 항복하는 것이다."

하고 말을 채 끝내기도 전에 그는 김선의 얼굴을 한 살에 쏘아 맞혀 말 아래 떨어뜨렸다. 군사가 선뜻 그 머리를 베어다가 장비에

게 바치자 공지는 성에서 나와 항복을 드렸다. 장비가 곧 공지에게 명하여 인수를 가지고 계양으로 가서 현덕을 만나 보게 하였더니 현덕은 크게 기뻐하여 마침내 공지로 김선의 벼슬을 대신하게 하였다.

현덕이 친히 무릉에 이르러 백성을 안무하고 나서 운장에게 글을 보내는데 익덕과 자룡이 다 각기 고을 하나씩을 얻었다고 하였더니, 운장이 곧 답서를 올려서

"들자오매 장사를 아직 취하시지 않았다고 하니 만일에 형님께서 이 아우를 재주 없다 아니 하시거든 관모로 하여금 이 공로를 세우게 해주셨으면 심히 좋겠습니다."

하고 청한다. 현덕은 크게 기뻐하여 마침내 밤을 도와 장비를 보내서 운장 대신에 형주를 지키고 있게 하고 운장을 불러다가 장사를 취하게 하였다.

운장이 당도하여 현덕과 공명을 들어와 보자 공명이 입을 열어

"자룡이 계양을 취하고 익덕이 무릉을 취하는 데 모두 삼천 군씩 거느리고 갔었소. 이제 장사태수 한현(韓玄)으로 말하면 족히 이를 것이 못 되지만 다만 그에게 일원 대장이 있으니 남양 사람으로 성은 황(黃)이요 이름은 충(忠)이요 자는 한승(漢升)인데, 본래 유표 장하의 중랑장으로서 유표의 조카 유반과 함께 장사를 지키다가 뒤에 한현을 섬기게 된 것이오. 그가 이제 나이는 비록 육순에 가까우나 만부부당지용이 있어서 가히 우습게볼 것이 아니니 운장이 가시려거든 반드시 군마를 많이 데리고 가야만 하시리다."

하고 말하니, 운장은

"어찌하여 군사께서는 다른 사람의 예기는 돋우어 주시며 자기

의 위풍을 누르시나요. 그까짓 일개 노졸을 족히 들어 이를 것도 없을 것이외다. 관모는 삼천 군도 쓸 것 없이 단지 수하의 오백 명 교도수만 데리고 가서 결단코 황충과 한현의 머리를 베어다가 휘하에 바치겠습니다."

하고 말하고, 현덕이 굳이 만류하였건만 종내 듣지 않고 오직 교도수 오백 명만을 거느리고 떠나갔다.

공명이 현덕을 보고

"운장이 황충을 우습게보니 혹시 실수나 있을까 두렵습니다. 주공께서 뒤에 가서서 접응해 주시지요."

하고 말하여 현덕은 그 말을 좇아서 뒤따라 군사를 거느리고 장사를 바라고 나아갔다.

본래 장사태수 한현은 평소에 성미가 급해서 사람 죽이기를 예사로 하는 까닭에 모두들 그를 미워해 오던 터인데 이때 운장의 군사가 온다는 말을 듣고 즉시 노장 황충을 불러서 의논하니, 황충의 말이

"주공은 아무 염려 마십시오. 내게 칼이 있고 활이 있으니 천 명이 오면 천 명이 죽습니다."

한다. 원래 황충이 능히 이석궁(二石弓)을 다려서 백발백중하는 터이었다.

그러나 그의 말이 미처 끝나기 전에 계하에서 한 사람이 선뜻 나서며

"구태여 노장군께서 나가 싸우실 것도 없이 내 손으로 기필코 관모를 사로잡아 오겠소이다."

한다. 한현이 보니 곧 관군교위 양령(楊齡)이었다. 한현이 크게 기뻐하여 마침내 그에게 영을 내려서 양령은 일천 군 거느리고 나는 듯 말을 달려 성을 나섰다.

약 오십 리를 가서 바라보니 티끌이 자욱하게 일어나는 곳에 운장의 군마가 벌써 들어오고 있다. 양령은 창을 꼬나 잡고 말을 내어 진전에 나가 서서 욕을 퍼부어 싸움을 돋우었다.

운장은 대로하여 제 잡담하고 말을 달려 칼을 춤추며 양령을 취하였다. 양령이 창을 꼬나 잡고 나와서 맞는다. 그러나 삼 합이 못되어 운장의 손이 한 번 번뜻 내려지며 양령을 베어 말 아래 거꾸러뜨리고, 패병을 몰아치며 그는 바로 성 아래까지 짓쳐 들어갔다.

한현은 이 말을 듣고 크게 놀라서 곧 황충으로 하여금 나가서 싸우게 하고 자기는 스스로 성 위로 올라가서 바라보았다. 황충은 칼 들고 말을 놓아 오백 마군을 거느리고 나는 듯이 조교를 건넜다.

운장은 늙은 장수 하나가 말을 달려서 나오는 것을 보자 바로 황충인 줄 짐작하고 오백 교도수를 일자로 벌려 놓고 칼을 비껴 잡고 말을 세운 다음에

"오는 장수가 황충인가."

하고 물었다. 황충이

"이미 내 이름을 알며 언감 내 지경을 범하는고."

하고 한마디 응수하니, 운장은

"특히 네 머리를 취하러 온 것이다."

하고 수작을 마치자 두 필 말은 어우러졌다. 그러나 일백여 합을 싸우도록 승부는 나뉘지 않았다.

한현은 황충에게 실수나 있을까 두려워 징을 쳐서 군사를 거두

었다. 황충이 군사를 수습하여 성으로 들어가자 운장도 군사를 뒤로 물려 성에서 십 리 떨어진 곳에 하채하고, 속으로 가만히 '노장 황충이라더니 과연 듣던 바와 같다. 일백 합을 싸워도 전혀 파탄이 없구나. 내일은 내 반드시 타도계(拖刀計)를 써 뒤로 찍어서 이겨야겠다' 하고 생각하였다.

이튿날 아침밥을 먹고 나자 운장은 또 성 아래로 가서 싸움을 돋우었다. 한현이 성 위에 앉아서 황충을 시켜 말을 내게 하여 황충은 수백 기를 거느리고 조교로 짓쳐 나와서 다시 운장과 칼을 어우르는데 또 오륙십 합을 싸우도록 승부를 나누지 못하였다.

양편 군사가 일제히 갈채하며 북소리가 한창 급할 때 운장이 문득 말머리를 돌리며 그대로 달아나서 황충은 그 뒤를 쫓았다.

그러나 운장이 바야흐로 타도계를 써서 찍으려 할 때 등 뒤에서 난데없는 소리가 쿵 하고 울렸다. 급히 머리를 돌려 살펴보니 황충의 탄 말이 앞굽을 꿇고 넘어져서 황충이 땅에 굴러 떨어져 있는 것이다.

운장은 급히 말을 돌려세우며 두 손으로 칼을 번쩍 추켜들고 소리를 가다듬어 호령하였다.

"내 아직 네 목숨을 살려 주는 터이니 빨리 말을 갈아타고 와서 다시 싸우도록 해라."

황충은 급히 말굽을 일으켜 세운 다음에 몸을 날려 말에 뛰어올라 성 안으로 달려 들어갔다.

한현이 놀라서 연고를 묻자 황충이

"이 말이 오랫동안 싸움터에 나가 보질 않아서 이런 실수를 했소이다."

하고 대답하니, 한현이 다시

"그대의 화살이 백발백중인데 어째서 쏘지 않는고."

하고 물으니, 황충은

"내일 다시 싸우거든 꼭 거짓 패해 가지고 조교 가까지 저를 끌어들여다가 쏘겠소이다."

하고 말하였다. 한현은 자기가 타는 청마(靑馬) 한 필을 황충에게 내어 주었다.

황충은 사례하고 물러 나오자 속으로 생각하였다. '운장의 그런 의기는 세상에 다시없겠다. 그가 차마 나를 죽이지 못하는데 나는 또 어떻게 그를 쏜단 말인고. 그러나 만약에 쏘지 않았다가는 또 장령을 어기게 되겠으니 그것도 걱정이다.'

이날 밤 그는 이렇듯이 마음에 주저하여 생각을 정하지 못하였는데 이튿날 날이 밝자 사람이 보하되 운장이 와서 싸움을 돋운다고 한다.

황충은 군사를 거느리고 성에서 나갔다.

운장은 이틀을 두고 황충과 싸웠건만 이기지 못한지라 마음에 십분 초조해서 위풍을 크게 떨쳐 황충과 싸우는 데 삼십여 합이 못 되어 황충이 거짓 패해서 달아나므로 운장은 그 뒤를 쫓았다.

이때 황충은 운장이 어제 자기를 죽이지 않은 은혜를 생각해서 차마 곧 쏘지 못하고 칼을 허리에 띠자 빈 활을 건성 다려서 시위 소리를 내었다. 운장은 급히 몸을 한편으로 틀어서 피했으나 화살이 보이지 않아서 그대로 뒤를 쫓았다.

황충은 또 빈 활을 다렸다. 운장은 급히 몸을 틀어서 또 피했다. 그러나 역시 화살은 없었다. 그제야 그는 황충이 활을 쏘지 못하는 줄만 여겨서 마음 놓고 뒤를 쫓아왔다.

그러나 그가 조교 가까이 이르렀을 때 황충은 다리 위에서 활에다 살을 먹여 들고 한 번 쏘았다. 시위 소리 크게 울리며 화살은 날아들어 바로 운장의 투구 끈에 탁 꽂힌다. 이것을 보고 전면의 군사들은 일제히 함성을 올렸다.

운장은 깜짝 놀라서 화살을 띤 채 영채로 돌아가며 그제야 황충이 백보 밖에서 버들잎을 꿰뚫는 재주를 가졌으면서도 오늘 다만 투구 끈을 맞춘 것은 바로 그것이 어제 자기가 저를 죽이지 않은 은혜를 갚은 것임을 알았다. 운장은 군사를 거느리고 물러갔다.

한편 황충이 돌아와 성 위로 올라가서 한현을 보니 한현이 곧 좌우를 꾸짖어 그를 잡아내리라고 한다.

황충은

"나는 아무 죄도 없소이다."

하고 외쳤으나, 한현은 대로하여

"내가 사흘을 두고 보아 왔는데 네가 감히 나를 속이려 드느냐. 네가 그저께는 힘을 다해서 싸우지 않았으니 반드시 사심을 둔 것이요, 어제는 말이 쓰러졌는데 그가 너를 죽이지 않았으니 서로 짠 것이 분명하고, 오늘은 또 네가 두 차례나 활시위만 건성 다린 끝에 세 번째로 화살을 먹여서 쏘았다는 것이 겨우 저편의 투구 끈을 맞힌 데 그쳤으니 어찌 이것이 안팎으로 서로 짠 게 아니란 말이냐. 만약에 너를 참하지 않았다가는 필시 후환이 될 것이다."

하고 도부수를 호령하여 성문 밖으로 끌어내어다가 참하라 하였다.

여러 장수들이 그를 위해 용서를 빌려 하였으나, 한현이

"누구든지 황충을 위해서 비는 자는 다 같은 놈으로 치겠다."
해서 도부수들이 황충을 끌고 문 밖으로 나가 막 칼을 들어 목을 치려는 판인데 이때 홀연 한 장수가 칼을 휘두르며 달려들어 도부수를 찍어 죽이고 황충을 붙들어 일으킨 다음에, 큰 소리로

"황한승은 곧 장사의 보장(保障)인데 이제 한승을 죽이는 것은 바로 장사 백성을 죽이는 것이다. 한현은 사람이 잔학하고 어질지 못하며 인재들을 홀대하니 다 같이 나서서 죽여야 마땅하다. 나를 따르고자 하는 자는 다 오너라."
하고 외친다.

모두들 그 사람을 쳐다보니 얼굴은 무르익은 대춧빛이요 눈은 샛별 같다. 그는 곧 의양 사람 위연이었다. 위연이 양양에서 유현덕을 따라가려다가 못하고 한현에게로 와서 몸을 의탁했던 것인데 한현이 그의 오만무례한 것을 좋지 않게 보아서 중히 써 주려고 안 했던 까닭에 불우하게 지내 오던 것이었다.

이날 위연이 황충을 구하자 백성을 충동하여 가지고 함께 한현을 죽이려 팔을 걸어 올리고 한 번 부르니 좇아 나서는 자가 수백여 명이다. 황충은 그들을 막다 못하였다. 위연은 그 길로 곧장 성 위로 뛰어 올라가자 한 칼에 한현을 베어 두 동강을 낸 다음 그 머리를 들고 말에 올라 백성을 데리고 성에서 나가 운장에게 항복을 드렸다.

운장은 크게 기뻐하여 마침내 성에 들어가서 백성을 안무한 다음에 황충에게 서로 보기를 청했다. 그러나 황충은 병이라 핑계하고 나오지 않았다. 운장은 즉시 사람을 보내서 현덕과 공명을 청해 오게 하였다.

한편 현덕은 운장이 장사를 취하러 가자 공명과 함께 그 뒤를 따라 인마를 재촉하여 접응하러 나섰는데 한창 가는 중에 문득 청기(靑旗)가 거꾸로 말리고 까마귀 한 마리가 북에서 남쪽으로 날며 연달아 세 번을 울고 간다.

　"이게 대체 무슨 조짐이오."

하고 현덕이 묻자, 공명은 마상에서 소매로 점 한 괘를 쳐 보고

　"장사는 이미 얻었고 또 주공께서는 대장을 얻으셨는데 오시 이후에 반드시 자세한 것을 아시게 될 것입니다."

하고 말하였다.

　그로써 얼마 지나지 않아 한 군사가 나는 듯이 달려와서 보하되

　"관 장군이 장사군과 항장 황충·위연을 얻으시고서 오로지 주공께서 오시기만 기다리고 계십니다."

한다. 현덕은 크게 기뻐하여 마침내 장사로 들어갔다.

　운장은 그를 청상으로 맞아들인 다음에 황충의 일을 갖추 이야기하였다. 현덕이 곧 황충의 집으로 친히 가서 보기를 청하니 황충이 그제야 나와서 항복하고, 한현의 시체를 거두어서 장사 동쪽 들에 장사지내 주기를 청하였다.

　후세 사람이 황충을 칭찬해서 지은 시가 있다.

　　　장군의 높은 기개 하늘에 닿았건만
　　　머리털이 다 세도록 한남(漢南)에서 곤했구나.
　　　죽음도 달가워해 원망할 줄 몰랐으니
　　　항복하는 그 마당에 마음 떳떳 아니 했네.
　　　장군 신용 나타내어 보검은 번쩍이고
　　　싸움터를 생각해서 머리 들고 말은 운다.

장군의 높은 이름 다할 날이 있을쏘냐
　　천고에 조각달은 상담(湘潭)을 비치거니.

　현덕이 황충 대접하기를 심히 후하게 하는데 이때 운장이 위연을 데리고 들어와 보이자 공명은 곧 도부수를 호령해서 끌어내어다가 목을 치라고 하였다.
　현덕이 놀라서
　"위연으로 말하면 공로는 있을지언정 죄는 없는 사람인데 군사는 어찌하여 죽이려고 하시나요."
하고 물으니, 공명이
　"그 녹을 먹었으며 그 주인을 죽였으니 이는 충성되지 못한 것이요, 그 고장에 살면서 그 땅을 남에게 바치는 것은 의롭지 못한 일입니다. 내가 보매 위연의 뒤통수에 반골(反骨)이 있어서 오랜 뒤에는 반드시 모반하고야 말 사람이겠기에 먼저 참해서 화근을 끊어 버리자는 것입니다."
하고 대답한다.
　그러나 현덕이
　"만약에 이 사람을 참하고 보면 항복하는 자들이 저마다 불안한 생각을 품을까 두려우니 바라건대 군사는 용서해 주시지요."
하고 권해서, 공명은 위연을 손가락으로 가리키며
　"내 이제 네 목숨을 살려 주는 터이니 네 부디 충성을 다해서 주공께 보답하고 행여나 딴 마음을 품지 마라. 만약에 딴 마음을 품는다면 네 머리가 온전히 붙어 있지 못할 터이니 그리 알아라."
하고 호령하였다. 위연은 연송

"예, 예."

하고 대답하고 물러갔다.

황충이 당시 유현(攸縣)에서 한가히 지내고 있는 유표의 조카 유반을 천거해서 현덕은 그를 데려다가 장사군을 맡아서 다스리게 하였다.

네 고을을 다 평정하고 나자 현덕은 회군하여 형주로 돌아와서 유강구를 고쳐 공안(公安)이라 하였다. 이로부터 전량이 넉넉하고 어진 선비들이 그에게로 돌아오니 현덕은 군마를 나누어 각처 애구에 둔치고 있게 하였다.

이때 주유는 시상으로 돌아가서 병을 조리하며 감녕으로는 파릉군(巴陵郡)을 지키게 하고 능통으로는 한양군을 지키게 하여 두곳에 전선을 벌려 놓고 영을 기다리게 하니, 정보는 그 나머지 장병들을 거느리고서 합비현으로 갔다.

원래 손권이 적벽 싸움에 크게 이긴 뒤로 오랫동안 합비에서 조군과 교전하여 대소 십여 전에 아직 승부를 결하지 못해서 감히 성 가까이 하채하지 못하고 오십 리 밖에 군사를 둔치고 있던 중에 정보의 군사가 온다는 말을 듣고 크게 기뻐하여 손권은 친히 군사들을 위로하러 영채에서 나왔다.

그러자 노자경이 먼저 온다는 통지가 있어서 손권이 곧 말에서 내려서 기다리니 노숙은 황망히 말에서 뛰어내려 예를 베풀었다. 여러 장수들은 손권이 이처럼 노숙을 대접하는 것을 보고 다들 크게 놀랐다.

손권은 노숙을 말에 오르게 하고 말머리를 가지런히 하고 가면서 가만히 물었다.

"내가 말에서 내려서 맞은 것이 공에게 영광이 되겠소."

노숙이 대답한다.

"못 됩니다."

"그러면 어떻게 해야만 영광이 되오."

노숙은 말하였다.

"부디 명공의 위덕이 사해를 덮으시고 구주를 총괄하여 마침내 제업을 이루셔서 숙의 이름이 죽백(竹帛)[1]에 오르게 하여 주십시오. 그래야만 비로소 영광이 되겠습니다."

손권은 손뼉을 치고 크게 웃으며 장중으로 돌아가자 크게 연석을 배설하여 승전한 장병들의 수고를 위로하고 합비를 깨뜨릴 계책을 의논하였다.

이때 홀연 보하되 장료가 사람을 시켜서 전서(戰書)를 보내 왔다고 한다. 손권은 글을 보고 나자 크게 노하여

"장료가 나를 너무 업신여기는구나. 정보의 군사가 왔다는 말을 듣고 네가 짐짓 사람을 보내서 싸움을 돋운다마는 내일은 내가 새 군사는 쓰지 않고 나가서 한바탕 크게 싸울 테니 네 두고 보아라."

하고, 영을 전해서 이날 밤 오경에 삼군이 영채를 나서서 합비를 바라고 나아갔다.

진시를 전후해서 군마가 길을 반쯤 갔을 때 조군이 벌써 들이 닥쳐서 양편에서 전세를 벌린 다음에 손권이 금 투구 쓰고 금 갑옷 입고 말 타고 나서니 좌편의 송겸(宋謙), 우편의 가화(賈華) 두

---

1) 역사를 기록한 책.

장수가 방천화극을 잡고 양편에서 호위한다.

북소리가 세 번 울리고 나자 조군 진중의 문기가 양쪽으로 열리더니 삼원 대장이 장속을 엄히 하고 진 앞에 나서는데 중앙은 장료요 좌편은 이전이요 우편은 악진이다.

장료가 말을 놓아서 앞으로 나오며 손권과 단 둘이서 싸움을 결단해 보자고 끌어서 손권이 창을 들고 친히 나가 싸우려 할 때 진문 안으로서 한 장수가 창을 꼬나 잡고 풍우같이 말을 몰아 먼저 내달으니 그는 곧 태사자다.

장료가 칼을 휘두르며 그를 맞아서 두 장수가 서로 싸우기를 칠팔십 합이나 하도록 승부를 나누지 못하는데, 이때 조군 진상에서 이전이 악진을 보고

"저 맞은편에 금 투구 쓴 자가 손권일세. 만약 손권을 사로잡고만 보면 족히 팔십 삼만 대군의 원수를 갚는다고 할 수 있겠지."
하는 말이 채 끝나기 전에 악진의 한 필 말 한 자루 칼이 옆구리로부터 손권을 겨누고 곧장 쫓아 들어가니 마치 한 줄기 번개와 흡사하다. 나는 듯 손권의 면전으로 뛰어들면서 손이 번쩍 칼이 홱 내려지는 순간에 송겸과 가화는 급히 화극을 들어서 내려오는 칼을 막았다. 그러나 칼이 떨어지며 두 자루 화극이 일시에 동강이 나서 두 사람은 화극 자루들만 가지고 말의 머리를 두들겼다.

악진이 말을 돌리자 송겸은 군사 수중에서 창을 뺏어 들고 그 뒤를 쫓았다. 이것을 보고 이전이 시위에 살을 먹여 들자 송겸의 가슴 한복판을 바라고 쏘니 시위 소리를 응해서 송겸이 말에서 떨어진다.

태사자는 등 뒤에서 누가 낙마하는 것을 보고는 장료를 버리고

본진을 향하여 돌아갔다. 장료는 승세해서 그 뒤를 몰아쳤다. 동오 군사들이 크게 어지러워 사면으로 흩어져서 달아난다.

장료는 손권을 바라보고 말을 달려서 뒤를 쫓았다. 그러나 거의거의 잡게 된 판에 한옆으로서 일지군이 내달으니 앞을 선 대장은 곧 정보다. 정보가 길을 끊고 한바탕 크게 싸워 손권을 구하니 장료는 군사를 거두어 가지고 합비로 돌아가 버렸다.

정보가 손권을 보호하여 대채로 돌아가자 패군이 육속 영채로 돌아오는데 손권이 송겸의 죽은 것을 생각하고 목을 놓아 통곡하니 장사 장굉이 나서서 말한다.

"주공께서 장하신 기운만 믿으시고 대적을 우습게보시니 온 군중이 한심하게 생각 않는 자가 없소이다. 설사 대장을 베고 기를 뺏어서 위엄을 싸움터에 떨치신다 하더라도 그것은 역시 편장의 할 일이지 주공께서 하실 일은 아니외다. 바라건대 맹분(孟賁)·하육(夏育)[2]의 용맹을 억제하시고 왕패의 대제를 품으시도록 하십시오. 오늘 송겸이 적의 화살에 죽은 것도 모두 주공께서 적을 우습게보신 탓이니 앞으로는 부디 보중하십시오."

들고 나서 손권이

"이는 내 과실이니 이제부터 고치도록 하리라."

하고 말하는데, 조금 있다 태사자가 장중으로 들어와서

"제 수하의 과정(戈定)이라는 자가 장료 밑에서 말을 거두는 마부와 형제간인데, 그 마부가 죄책을 받고 이에 원혐을 품어 밤에 사람을 보내서 보하기를 불을 들어서 군호를 하고 장료를 찔러

---

2) 맹분은 전국시대 사람이고 하육은 주나라 때 사람인데, 두 사람 모두 용맹이 놀라운 장사다.

죽여 송겸의 원수를 갚겠다고 하더랍니다. 그러니 제가 군사를 거느리고 가서 외응을 했으면 합니다."

하고 고한다.

　손권이 듣고서

"과정이 어디 있소."

하고 물으니, 태사자는 대답하여

"벌써 조군 틈에 섞여서 합비성 안으로 들어가 버렸답니다. 제게 군사 오천만 빌려 주시면 가 보겠습니다."

하고 말하는데, 이때 제갈근이 있다가

"장료로 말하면 꾀가 많은 사람이라 준비가 있을지 모르는 일이니 일을 허턱대고 해서는 아니 되리다."

하고 한마디 하였다. 그러나 태사자는 기어이 가 보겠다고 고집을 하였다. 손권은 송겸의 죽은 것이 마음에 애통해서 급히 원수를 갚아 주고 싶은 생각에 드디어 태사자로 하여금 오천 군을 거느리고 가서 외응을 하게 하였다.

　본래 과정은 태사자와 한고향 사람이다. 이날 장료 군중에 섞여 있다가 합비성으로 따라 들어가서 마부를 찾아보고 둘이서 의논을 하는데, 과정이 먼저

"내가 벌써 태사자 장군께 사람을 보내서 이 말씀을 했으니까 오늘 밤에 틀림없이 접응하러 오실 텐데 대체 일을 어떻게 하실 작정이오."

하고 물으니, 마부가

"이곳이 군중에서 좀 멀리 떨어져 있어서 밤에는 급히 오지 못할 것이매 마초 더미에다 불을 질러 놓고서 자네는 앞으로 나가

군사들이 들고 일어났다 하고 소리를 지르게. 그럼 성중이 발끈 뒤집힐 것이라 이 틈에 장료를 찔러 죽이기만 하면 나머지 군사들은 제풀에 다 도망하고 말 것일세."

하고 계책을 말한다. 과정은 듣고서

"그 계교가 참 묘하오."

하고 약속이 정해졌다.

한편 장료는 이날 밤에 승전하고 성으로 돌아오자 삼군에 상을 내린 다음에 영을 전해서 갑옷 벗고 잠자는 것을 허락하지 않는다 하였다.

"오늘 우리가 크게 이겨 동오 군사들이 멀리 도망한 터에 장군께서는 어찌하여 갑옷을 벗으시고 편히 쉬시려 아니 하십니까."

하고 좌우가 물어서, 장료가

"아니다. 본래 장수된 도리는 이겼다고 하여 기뻐해서는 아니 되며 패했다고 하여 근심해서는 아니 되는 법이다. 만약에 동오 군사가 우리에게 준비가 없을 것을 헤아려 허한 틈을 타서 쳐들어오기라도 한다면 무슨 수로 막아 낼 것이냐. 오늘밤의 방비는 여느 때보다도 한층 더 근신해야 할 것이다."

하고 일러 주는데, 그 말이 미처 끝나기 전에 후채에서 불길이 일며 반란이 일어났다고 외치는 소리가 들리더니 육속 보도가 들어온다.

장료는 장막에서 나와 말에 오르자 호위하는 장교 십여 명을 데리고 길을 막고 서 있었다.

좌우에 모시는 자들이

"함성이 심히 급하니 가 보시는 것이 좋지 않습니까."

하고 말하였으나, 장료는

"어떻게 온 성중이 다 들고 일어날 법이 있단 말이냐. 이것은 반란을 일으키는 자가 짐짓 군사들을 놀래려고 그러는 것이니 함부로 동하는 자는 먼저 참하겠다."

하고 호령하는데, 그로써 얼마 지나지 않아 이전이 과정과 마부를 잡아 가지고 왔다. 장료는 그들을 문초하여 사정을 알자 곧 말 앞에서 목을 쳐 버렸는데 이때 마침 성문 밖에서 요란히 일어나는 징소리 · 북소리와 함께 함성이 크게 진동하였다.

"이것은 바로 동오 군사가 외응하러 온 것이니 장계취계해서 깨뜨려야겠다."

하고 장료는 곧 사람을 시켜서 성문 안에다 불을 놓게 한 다음, 군사들에게 명하여 모두들 반란이 일어났다고 외치면서 성문을 활짝 열고 조교를 내리게 하였다.

태사자는 성문이 활짝 열린 것을 보자 내란이 일어났다고 생각하여 창을 꼬나 잡고 말을 놓아 남 먼저 들어갔다. 이때 성 위에서 호포소리가 한 번 울리며 화살이 비 오듯 하였다. 태사자는 급히 물러났으나 몸에 두어 군데나 화살을 맞고, 등 뒤로는 이전과 악진이 짓쳐 나와서 동오 군사는 태반이나 죽고 상했다.

조군은 승세해서 바로 동오 영채 앞까지 쫓아 들어왔으나 육손과 동습이 내달아서 태사자를 구하자 그대로 돌아가 버렸다.

손권은 태사자가 몸에 중상을 입은 것을 보고 더욱 마음에 비감해하였다. 이때 장소가 그를 보고 군사를 그만 파하자고 청해서 손권은 그 말을 좇아 드디어 군사를 거두어 가지고 배에 내려 남서윤주(南徐潤州)로 돌아갔는데, 군마를 주둔할 무렵에 태사자

의 병세가 중해서 손권이 장소의 무리를 시켜 문병하게 하였더니 태사자는 큰 소리로

"대장부가 난세에 나매 마땅히 삼척검 허리에 차고 세상에 다시없는 공로를 세워야 할 것이거늘 이제 뜻을 이루지 못하고 어떻게 죽는단 말이냐."

라고 외치고 말을 마치자 세상을 떠났다. 그의 나이 마흔한 살이었다.

후세 사람이 그를 칭찬해서 지은 시가 있다.

충효를 온전히 한 동래 태사자
뚜렷할사 그 이름, 짝 없어라 그 무예.
북해에 은혜 갚고 신정서 싸운 그대
임종 시 남긴 말이 더욱 사람 울리누나.

손권은 태사자가 죽었다는 말을 듣고 슬퍼하기를 마지않으며 남서 북고산 아래다 후히 장사지내 주고 그 아들 태사형(太史亨)을 부중에 거두어 기르게 하였다.

한편 현덕은 형주에서 군마를 정돈하고 있다가 손권이 합비에서 패전하여 이미 남서로 돌아갔다는 말을 듣고 공명과 의논하니, 공명이

"간밤에 량이 천문을 보매 서북방에서 별이 하나 땅에 떨어지니 필연 황족 한 분이 돌아갔나 봅니다."

하고 막 이야기를 하는 중에 홀연 소식이 들어오는데, 공자 유기

가 병으로 작고하였다는 것이다.

현덕이 듣고 통곡하기를 마지않아서 공명은

"생사란 정해 있는 것이니 주공은 과도히 서러워 마십시오. 귀체를 상하실까 두렵습니다. 우선 대사를 다스리도록 하시되 급히 사람을 그리로 보내셔서 성지를 지키게 하시고 아울러 초종을 치르게 하시지요."

하고 권하였다.

"누구를 보냈으면 좋겠소."

하고 현덕이 묻자,

"운장이 아니면 아니 됩니다."

하고 공명이 대답해서, 현덕은 즉시 운장더러 양양을 지키라 이르고 다시 공명에게

"이제 유기가 죽었으니 동오에서 필연 형주를 찾으러 오겠는데 어떻게 대답하면 좋겠소."

하고 물으니,

"만약에 사람이 온다면 량에게 대답할 말이 있습니다."

하고 공명은 말하였다.

그로써 보름이 지나 사람이 보하되 동오에서 노숙이 조상차로 왔다고 한다.

먼저 내 편에서 계책을 정해 놓고
동오 사신이 오기만 기다린다.

공명이 어떻게 대답하려는고.

오국태는 절에서 신랑의 선을 보고
유황숙은 화촉동방에 아름다운 연분을 맺다
| 54 |

이때 공명은 노숙이 왔다는 말을 듣고 현덕과 더불어 성에서 나가 그를 영접하여 함께 관아로 들어왔다.

인사를 마치자 노숙이 말한다.

"영질이 세상을 떠났다는 말씀을 들으시고 우리 주공께서 약간 예물을 갖추어 이 사람더러 몸 받아 가서 조상하고 오라 하셔서 이렇게 왔습니다. 주 도독도 유황숙과 제갈 선생께 인사 말씀을 드려 달라고 재삼 당부하더군요."

현덕과 공명은 자리에서 일어나 사례하고 예물을 받은 다음에 그를 대접하려 술자리를 베풀었다.

노숙이 입을 열어

"전자에 황숙께서 '공자가 없으면 곧 형주를 돌려보내마' 하고 말씀하지 않으셨습니까. 이제 공자가 이미 세상을 떠났으니 반드시 돌려보내 주실 줄 압니다. 대체 언제쯤 넘겨주시렵니까."
하고 묻는다.

　현덕은 그저

　"공은 우선 약주를 드십시오. 차차 의논해 하십시다."
하고 대답하였다.

　노숙이 마지못해서 사오 배를 마신 다음에 다시 그 말을 내어 놓는데, 현덕이 미처 대답하기 전에 공명이 문득 낯빛을 변하면서

　"자경은 참으로 사리에 밝지도 못하시오. 그래 꼭 남이 일러 드려야만 아시겠소. 우리 고 황제께서 백사를 베고 의병을 일으켜 기업을 세우신 뒤로 사백 년을 전해 내려오다가 오늘에 이르러는 불행하게도 간웅들이 일시에 일어나서 제각기 한 지방씩 점거하고 있는 형편이거니와, 이것은 아무래도 천도가 바로잡혀서 다시 정통으로 돌아가야만 할 일이외다. 우리 주인으로 말씀하면 중산정왕의 후예시요 효경 황제의 현손이시며 금상폐하의 숙부가 되시는 터에 봉토(封土)1)쯤 있어서 불가할 일이 무엇이며, 항차 유경승은 우리 주공의 형님이시니 그래 아우님으로서 형님의 업을 이은 것이 도리에 온당치 못할 게 무에 있단 말씀이오. 한편 공의 주인으로 말씀하면 전당(錢塘) 고을의 일개 낮은 아전의 아들로서 일찍이 조정에 아무런 공덕도 세운 것이 없건마는 이제 오직 세를 믿고 육군 팔십일주를 점거하고 있으면서 욕심에 그것도 오히려 부족해서 한나라의 강토를 함부로 병탄하려 드는구려. 그래 유씨 천하에 우리 주공께서는 같은 유씨면서도 당신에게 차례 올 몫이

---

1) 제후를 봉한 땅.

136

없으시고 공의 주인은 성이 손씨인데도 도리어 턱없이 다투려 든단 말씀입니까. 또한 적벽 싸움을 가지고 말하더라도 우리 주인께서 근로하심이 적지 않았으며 또한 여러 장수들도 다들 힘껏 싸웠으니 그것을 어떻게 동오의 힘만이라고 하리까. 그리고 만약에 내가 동남풍을 빌어 주지 않았더라면 주랑이 제 무슨 수로 반 푼 어치의 공이나마 세울 수가 있었겠소. 강남이 한 번 깨어졌다면 이교가 동작대에 들어가 앉는 것은 말도 말고 공들의 처자들까지도 또한 보전할 수 없었을 것이외다. 아까 우리 주인께서 바로 대답을 하시지 않은 것은 다름 아니요 자경은 고명한 분이라 구태여 여러 말씀을 할 것도 없는 일이어서 그러신 것인데 어째서 공은 그처럼 모르십니까."

하고 말하니, 이 일장 설화에 노자경은 그만 무색해져서 잠잠히 말이 없다.

한동안이 지나서야 노숙은 비로소 다시 입을 열어

"공명의 말씀이 도리가 있는 말씀이기는 하나 다만 그러고 보면 숙의 처지가 심히 거북하게 되고 마니 이를 어찌합니까."

하고 말한다.

공명은 물었다.

"무슨 거북할 데가 있다고 그러십니까."

노숙이 대답한다.

"전일에 황숙이 당양에서 곤란을 겪으실 때에 공명을 청해서 함께 강을 건너 우리 주공을 만나 뵙게 한 것도 숙이었고, 뒤에 주공근이 군사를 일으켜서 형주를 취하려고 하였을 때 그것을 못하게 막은 것도 바로 숙이었으며, 심지어는 공자가 세상을 떠나거든 형주를 돌려보내마 하신 것도 역시 숙이 담당해서 한 일입니다. 그런데 이제 와서는 앞서 말씀하신 것과는 딴판이 되고 말았으니 대체 숙이 돌아가서 무엇이라 말씀을 드리랍니까. 우리 주인과 주공근에게 죄책을 받을 것은 필연한 일인데 숙이 죽는 것은 한하지 않으나 다만 동오의 노여움을 사서 군사가 한 번 동하게 되는 날에는 황숙도 또한 형주에 편안히 앉아 계실 수가 없게 되어 한갓 천하의 웃음거리만 되고 말겠으니 한심한 일이외다."

들고 나자 공명은 말하였다.

"조조가 백만 대군을 거느리고서 천자를 팔고 나서도 내 또한 우습게 아는 터에 어찌 주랑 같은 일개 소아를 두려워하리까. 그러나 만약 선생의 처지가 거북하시다면 내가 주공께 권해서 문서를 써서 들여 놓으시게 하고 잠시 형주를 빌려 들어 있다가 우리 주공께서 달리 성지를 손에 넣으시게 되거든 그때 가서 즉시 동오로 돌려보내 드리기로 할까 하는데 그 의논은 어떻습니까."

노숙은 물었다.

"공명은 대체 어디를 뺏으신 다음에 우리에게 형주를 돌려보내실 의향이신가요."

공명이 대답한다.

"중원은 졸연히 도모할 수 없고, 서천 유장이 암약하매 우리 주인께서 도모해 보실까 합니다. 만약에 서천을 얻기만 하면 그때 즉시로 형주를 돌려보내리다."

노숙은 하는 수 없이 이를 허락하였다.

현덕은 친히 붓을 들어 문서 한 통을 쓰고 수결을 두었다. 그리고 보인(保人)으로서 제갈공명이 또 수결을 두었는데, 공명이 노

숙을 보고

"량은 황숙 쪽 사람이라 한집안 사람이 보를 선다는 것이 우스우니 자경 선생도 수결을 두어 주시면 돌아가 오후를 뵙는 데도 좋을까 보이다."

하고 말해서, 노숙이

"황숙은 인의를 중히 아시는 분이라 반드시 언약을 저버리시지 않으리라 믿습니다."

하고 드디어 자기도 수결을 둔 다음에 문서를 받아 넣고 술자리가 파하자 하직을 고하였다.

현덕은 공명과 함께 그를 배까지 바래주었는데, 이때 공명은 노숙을 보고

"자경은 돌아가셔서 오후를 뵙거든 부디 말씀을 잘 해서 망령된 생각을 일으키지 마십시오. 만약에 우리 문서를 받아 주지 않는다면 내 정말 노해서 팔십일주까지도 다 뺏어 버리겠소. 지금은 그저 두 집에서 화목하게 지내야지 조조놈의 웃음거리가 되어서는 아니 됩니다."

하고 당부하였다.

노숙이 작별하고 배 타고 돌아가서 먼저 시상구에 이르러 주유를 만나 보자, 주유가

"자경이 형주 찾으러 가셨던 일은 어떻게 되었소."

하고 물어서,

"문서를 받아 온 것이 여기 있소이다."

하고 노숙이 문서를 꺼내서 주유에게 주니, 주유는 발을 구르며

"자경이 제갈량의 꾀에 넘어 가셨소. 말은 빌린다고 하지만 실

상은 안 줄 작정이라, 저희 말이 서천을 취하거든 곧 돌려보내마 하지만 언제 서천을 취할지 누가 아오. 가령 십 년을 두고 서천을 얻지 못한다면 십 년을 돌려보내지 않을 것이니 이까짓 문서를 대체 무엇에다 쓴단 말씀이오. 그런데 자경은 저희들을 위해서 보까지 섰으니 저희가 만약에 돌려보내지 않는 때에는 족하에게 까지 누가 미칠 게 아니오. 그래 만약에 주공께서 죄책을 내리시 면 어떻게 하실 작정이오."

하고 말한다.

노숙이 그 말을 듣고 한동안 어안이 벙벙해 있다가

"설마 현덕이 나를 저버리지는 않겠지요."

라고 한마디 하니, 주유가 다시

"자경은 참으로 성실한 분이오. 그러나 유비는 효웅의 패요 제 갈량은 간활한 무리라 아마도 선생 마음 같지는 않을까 보이다."

하고 말한다.

"만약 그렇다면 어떻게 해야 좋을까요."

노숙이 묻자 주유는 말하였다.

"자경은 내 은인이시라 전일에 쾌히 군량을 꾸어 주시던 정리 를 생각하기로서니 어떻게 구해 드리지 않겠소. 자경은 아직 마 음 놓고 수일 여기서 유하시면 이제 강북에 보낸 세작이 돌아오 는 대로 달리 조처해 보도록 하십시다."

노숙은 마음에 불안한 생각을 금하지 못하였다.

그로써 수일이 지나자 세작이 돌아와서

"형주 성중에서 포번(布幡)을 꽂아 놓고 재를 올리며 성 밖에는 새로 무덤이 하나 서고 군사들은 모두 복을 입었소이다."
하고 보한다.

주유가 놀라서

"누가 죽었다더냐."

하고 물어 보니,

"유현덕이 감 부인을 잃었는데 즉일 장례를 지냈다고 합니다."
하고 세작이 대답한다.

주유는 노숙을 보고 말하였다.

"이제는 내 계책이 섰으니 유비는 꼼짝 없이 잡혔고 형주는 힘
안 들이고 얻게 되었소."

노숙이

"어떤 계책입니까."

하고 물으니, 주유가 계책을 말하였다.

"유비가 상처를 하였으매 반드시 속현(續絃)할 것이오. 우리 주
공께 매씨 한 분이 계신데 극히 강용해서 시녀 수백 명이 평시에
칼들을 차고 있으며 거처하고 계신 방 안에는 병장기들을 두루 벌
려 놓아 비록 남자라도 미치지 못하는 형편이오. 내 이제 주공께
글을 올려서 중매 들 사람을 하나 형주로 보내 유비를 꼬여서 동
으로 장가를 들러 오게 하시라고 권할 작정이오. 그래 제가 속고
남서로 오거든 장가를 들게 할 것이 아니라 바로 옥에다 가두어
놓고 사람을 보내서 유비와 형주를 맞바꾸자고 해서 저희가 땅을
우리에게 넘겨준다면 그때 가서는 내게 또 생각이 있으니 이렇게
되면 자경의 신상도 자연 무사하리다."

노숙이 치사하자 주유는 곧 글을 써 주고 또 그에게 쾌선을 내

어 주어 타고 가게 하였다. 노숙이 남서로 가서 손권을 보고 먼저 형주 빌려 준 일을 이야기하고 문서를 올리니 손권이 단번에

"대체 무슨 일을 이 따위로 한단 말이오. 이까짓 문서를 무엇에다 쓰겠소."

하고 책망한다.

노숙은 곧

"주 도독이 주공께 올리는 글이 여기 있는데 이 계책만 쓰시면 형주를 얻으실 수 있으리라고 합니다."

하고 주유의 글을 바쳤다.

손권은 보고 나자 은근히 기뻐서 머리를 끄덕이며

"누구를 보내면 좋을까."

하고 잠깐 생각하다가, 문득

"여범이 아니면 아니 되겠어."

하고, 드디어 여범을 불러 들여다가

"근자에 들으매 현덕이 상처했다는데 내게 누이가 하나 있으니 현덕을 청해서 매부를 삼고 길이 사돈의 정의를 맺은 다음에 마음을 합해서 조조를 치고 한실을 붙들어 세울까 하거니와 자형이 아니고는 중매 들 사람이 없으니 부디 이 길로 형주에 가서 통혼을 하도록 하오."

하고 분부하니, 여범은 명을 받자 즉일 선척을 수습해서 종인 사오 명을 데리고 형주를 향하여 왔다.

한편 현덕은 감 부인을 잃은 뒤로 주야 번뇌 중에 있었는데 하루는 공명과 같이 앉아서 한담하고 있으려니까 사람이 보하되, 동오에서 여범을 보내 왔다고 한다.

공명은 웃으며

"이것은 곧 주유의 계교로서 반드시 형주 까닭에 온 것입니다. 량은 병풍 뒤에 숨어서 엿들을 터이니 무슨 이야기고 하거든 주 공께서는 다 응낙하시고, 온 사람을 관역에 내어 보내 쉬게 하신 다음에 따로 좋을 도리를 의논하시지요."

하고 말하였다.

현덕은 곧 여범을 청해 들이라고 하였다. 그와 수어 인사하고 좌정한 다음에 차를 대접하고 나서

"자형은 내게 무슨 이를 말씀이 있어서 오셨소."

하고 물으니, 여범이 말한다.

"범이 근자에 듣자오매 황숙께서 상배하셨다고 하던데 마침 좋은 혼처가 있기로 구태여 혐의를 피하지 않고 왔으니 존의에 어떠하십니까."

현덕이 듣고

"중년 상처는 실로 불행한 일이라 아직 골육이 식지 않았는데 어찌 차마 혼사를 의논하겠소."

하니, 여범이 다시 말을 이어

"사람이 만약 아내가 없다면 이는 집에 들보가 없는 것과 같으니 어찌 중도에서 인륜을 폐한단 말씀입니까. 저의 주공 오후께 매씨 한 분이 계신데 용모가 아름다우시고 또 현숙하셔서 능히 기추(箕帚)²)를 받드실 만합니다. 만약에 두 댁에서 진진지의(秦晉之誼)³)를 맺으시고 볼 말이면 조적이 감히 동남편을 바로보지 못할 것이

---

2) 쓰레받기와 비. 기추를 받든다는 것은 남의 아내가 된다는 말이다.
3) 혼인한 두 집 사이의 가까운 정의를 가리켜서 하는 말이다.

니 이야말로 집안과 나라가 모두 편할 일이라 부디 황숙께서는 의심하지 마십시오. 그런데 다만 우리 국태 오 부인이 이 어린 따님을 못내 사랑하셔서 멀리 시집보내려고 안 하시니 아무래도 황숙께서 동오로 오셔서 성혼하셔야 하겠습니다."

하고 말한다.

현덕은 다시 물었다.

"이 일을 오후께서 알고 계시오."

여범이 대답한다.

"먼저 오후께 품하지 않고서야 어찌 감히 와서 말씀을 드리겠습니까."

현덕은

"내 나이 이미 오십이라 머리가 반백인데 오후의 매씨는 바야흐로 묘령이니 배필이 못 될까 보오."

하고 사양하였으나, 여범은

"오후의 매씨는 몸은 비록 여자시나 그 뜻은 남자만 못하지 않으셔서 매양 말씀이 '만약에 천하 영웅이 아니면 나는 섬기지 않겠다' 하시는 터인데 이제 황숙께서는 명성이 사해에 떨치시니 이것은 숙녀가 군자와 짝하는 것이라 어찌 연치가 틀리신다 해서 혐의할 일이겠습니까."

하고 권해서, 현덕은

"그러면 공은 아직 좀 계시오. 내 내일 회보해 드리리다."

하고 이날 연석을 배설하여 대접한 다음에 관역에 나가 있게 하였다.

밤이 되자 현덕은 공명을 청해다가 의논하니, 공명이

144

"여범이 온 뜻을 량이 이미 알았습니다. 아까 주역을 점쳐 보매 대길대리(大吉大利)한 괘를 얻었으니 주공께서는 곧 응낙하시고 먼저 손건으로 하여금 여범과 함께 오후를 가 보고 그 면전에서 혼사를 정하게 하시고 길일을 택해서 동오로 건너가 성친하시도록 하십시오."

하고 말한다. 그 말을 듣고 현덕은

"주유가 계책을 정해 놓고 유비를 모해하려 하는 터에 어찌 경솔하게 위험한 땅에 발을 들여놓는단 말씀이오."

하였으나, 공명은 크게 웃으며

"주유가 비록 계책을 쓰는 데 능하다고 하지만 어찌 제갈량의 요량에서 벗어나겠습니까. 량이 이제 꾀를 한 번 써서 주유를 꼼짝 못하게 만들어 놓은 다음에 오후의 매씨도 주공께 돌아오게 하고 형주도 만에 하나라 낭패되는 일이 없게 하오리다."

하고 장담을 한다.

현덕은 종시 마음에 의혹을 품어 좀처럼 결단하지 못하는데, 공명은 마침내 손건으로 하여금 강남에 가서 혼사를 정하고 오게 하였다.

손건이 분부를 받고 여범과 함께 강남으로 가서 손권을 만나 보니, 손권이 그를 대하여

"내가 누이에게 현덕을 데릴사위로 맞아 주고 싶어서 그러는 것이지 다른 생각이라고는 조금도 없소."

하고 말한다.

손건은 절하여 사례하고 다시 형주로 돌아와서 현덕을 보고

"오후는 전혀 주공께서 대사를 치르러 오시기만 고대하고 계

십니다."
하고 아뢰었다.

현덕은 그래도 마음에 의혹을 품어 감히 가 볼 생각을 못하는데, 이것을 보고 공명이

"내 이미 세 가지 계책을 정해 놓았는데 자룡이 아니면 행하지 못할 것입니다."
하고 드디어 조운을 앞으로 불러서 그의 귀에 입을 대고

"자룡은 주공을 모시고 동으로 들어가오. 여기 세 개 금낭이 있으니 차고 가되 그 속에 세 가지 묘계가 들어 있으니 차례대로 행하게 하오."
하고 즉시 금낭 세 개를 내어 주었다. 조운은 받아서 품속에 깊이 간직하였다.

공명은 한편으로 사람을 먼저 동오로 보내서 납채를 드리며 모든 준비를 하게 하였다.

때는 건안 십사년 시월이다.

현덕이 조운과 손건으로 더불어 쾌선 열 척을 거느리고 나서니 수행하는 군사는 오백 명이라 형주 일은 모두 공명에게 맡겨서 처리하게 하고 형주를 떠나 남서를 바라고 나아가는데 현덕은 종시 마음이 불안해서 견딜 수 없었다.

이윽고 남서주에 당도하여 배가 언덕에 닿자 조운은 '군사가 분부하길 세 가지 묘계를 차례대로 행하라 하셨는데 이제 이곳에 이미 당도하였으니 먼저 첫째 금낭을 열어 보아야만 하겠다' 하고 주머니를 열어서 계책을 본 다음, 즉시 오백 수행 군사를 불러

서 일일이 이리이리 하라고 분부해서 모든 군사들이 영을 받고 가자 조운은 다시 현덕에게 권하여 먼저 교국로를 가서 보게 하니 교국로는 바로 이교의 아버지라 남서에 살고 있었다.

현덕은 주육을 마련해 가지고 먼저 교국로를 찾아가 보고 이번에 여범이 중매를 들어서 자기가 장가들러 온 일을 이야기하였는데, 이때 오백 수행 군사들은 또한 저마다 다홍 채단을 몸에 걸치고 남서로 들어가서 물건들을 사며 현덕이 동오로 데릴사위가 되러 왔다고 소문을 퍼뜨려서 성안 사람들은 모두 이 일을 알게 되었다.

손권은 현덕이 이미 당도하였다는 말을 듣자 여범을 시켜서 대접하며 관사에서 편히 쉬게 하였다.

이때 교국로가 현덕을 만나고 나자 그 길로 국태의 처소로 들어가 보고 치하 인사를 하니 국태가

"무슨 기쁜 일이 있다고 치하를 하시나요."

하고 묻는다.

교국로는 말하였다.

"영애를 유현덕에게 주시기로 혼인이 완정해서 현덕이 이미 이곳에 온 터에 어째서 속이십니까."

그 말에 국태가 놀라서

"이 사람은 그런 일은 알지도 못합니다."

하고 즉시 사람을 보내서 손권을 청해다가 허실을 묻기로 하는데, 일변 사람들을 성내에 들여보내서 소식을 알아 오게 하니 갔던 사람들이 모두 돌아와서 보하는 말이

"과연 그렇답니다. 신랑은 이미 관역에 들어와서 쉬고 있고 오백 수행 군사들은 모두 성내로 들어와 돼지 · 양 · 과실 등속을 사들이며 혼인 준비에 부산하고 중매는 신부 쪽이 여범, 신랑 쪽이 손건인데 관역에서 피차 응대하고 있답니다."

하는 것이다. 국태는 그만 소스라쳐 놀랐다.

그러자 조금 있다 손권이 모친을 보러 후당으로 들어왔는데 국태가 주먹으로 가슴을 치며 통곡을 해서, 손권이

"모친께서는 어찌하여 이처럼 번뇌하십니까."

하고 물으니, 국태가

"네가 그래 나를 이처럼 아무것도 아닌 사람으로 볼 법이 있단 말이냐. 우리 형님이 임종 시에 대체 무엇이라고 분부를 하셨더냐."

하고 꾸짖는다.

손권이 놀라서

"모친께서 하실 말씀이 있으시면 바로 말씀하실 일이지 어째서 이러십니까."

하고 다시 묻자, 국태 말이

"남자가 크면 장가들고 여자가 크면 시집가는 것은 예나 지금이나 떳떳한 도리니 내가 네 어미 명색인 바에는 마땅히 내게 품해서 일을 해야 할 것이 아니냐. 네가 유현덕을 청해다가 매부를 삼으려고 하면서 어찌하여 나를 속이려 든단 말이냐. 그 아이는 내 딸이다."

한다.

손권은 깜짝 놀라서

"그 말씀은 대체 어디서 들으셨습니까."

하고 물으니, 국태가

"남이 알까 보아 겁이 나거든 숫제 하지를 말지. 성 안 백성이 누구 하나 모르는 사람이 있는 줄 아느냐. 그런데 너는 나를 속이려 드는구나."

한다.

이때 교국로가 있다가

"이 늙은 사람도 이미 안 지가 오래요. 그래 오늘 특히 치하하러 온 길이외다."

하고 말 참여를 해서, 손권이 마침내

"그런 것이 아니라 이것은 바로 주유의 계책입니다. 형주를 뺏기 위해서 혼인 말을 미끼로 유비를 꾀서 이리로 불러다 가두어 놓고 저희더러 형주와 바꾸자고 하여서 만약에 듣지 않는 때에는 먼저 유비를 죽이자는 것이니 이것이 계책이지 실상 혼인을 하려는 것이 아닙니다."

하고 실토를 하니, 그 말을 듣고 국태는 크게 노해서 주유를 가지고

"육군 팔십일주의 대도독으로 있으며 그래 무슨 계책이 없어서 형주를 빼앗지 못하고 내 딸을 미끼로 삼아 미인계를 쓴단 말이냐. 유비를 죽이고 볼 말이면 내 딸은 그만 망문과(望門寡)[4]가 되고 말 테니 어떻게 내일 다시 혼인을 의논해 본단 말이냐. 내 딸 신세는 영 망치고 말지. 너희들 참 잘 한다."

하고 한바탕 꾸짖으니, 교국로도 있다가

---

4) 여자가 혼인을 정해만 놓고 미처 대례를 치르기 전 남자가 죽으면, 옛 풍속으로는 그 여자를 일종의 과부로 쳐서 '망문과'라 불렀다.

"설사 이 계교를 써서 형주를 얻는다 하더라도 천하의 치소를 면치 못할 테니 어찌 그렇게 하겠소."

라고 한마디 해서 손권은 무색하여 아무 대꾸도 못하였다.

국태는 그대로 주유만 가지고 꾸짖는데, 이때 교국로가 나서서

"유황숙은 한실 종친이니 일이 이미 이렇게 된 바에는 차라리 그를 정말로 사위를 삼아서 추한 소문이나 나지 않게 하는 것이 좋을까 보이다."

하고 권한다.

"나이가 너무 틀리는걸요."

하고 손권이 말하니, 교국로가 다시

"유황숙은 당세의 호걸이니 만약에 이런 사위를 얻기만 한다면 영매를 욕되게 하지는 않을 것이오."

하고 말해서, 국태가 듣고

"나는 아직 유황숙을 못 보았으니 내일 감로사(甘露寺)로 불러다가 한 번 선을 보겠는데 만약 내 눈에 들지 않으면 너희들 마음대로 할 것이요 만약 내 눈에 들기만 하면 나는 딸을 그에게 주겠다."

하고 딱 잘라서 말하였다.

손권은 본래 효성이 지극한 사람이라 자기 모친이 그렇듯 말하는 것을 듣자 그 자리에서

"예."

하고 밖으로 물러나와 여범을 불러 국태께서 유비를 만나 보시겠다고 하니 내일 감로사 방장에다 연석을 배설하게 하라고 분부하였다.

여범이 있다가

"그러면 가화에게 일러 도부수 삼백 명을 양쪽 낭하에 깔아 두었다가 만약에 국태께서 좋아 안 하시거든 그때 군호 한마디로 양쪽에서 일제히 내달아 그를 잡아 내리게 하시지요."

하고 말한다.

손권은 드디어 가화를 불러서 미리 준비하라 분부하고 오직 국태의 거동을 보기로 하였다.

한편 교국로는 국태를 하직하고 돌아오자 현덕에게로 사람을 보내서

"내일 오후와 국태가 친히 만나 보겠다고 하니 유념하시는 것이 좋을까 보이다."

하고 일러 주었다.

현덕이 손건 · 조운과 의논하니, 조운이 있다가

"내일 모임이 흉(凶)은 많고 길(吉)은 적으니 제가 오백 군 거느리고 호위하겠습니다."

하고 말하였다.

그 이튿날이다.

국태와 교국로가 먼저 감로사로 나와 방장 안에 좌정하고 나자 그 뒤로 손권이 일반 모사들을 데리고 당도하여 여범을 관역으로 보내서 현덕을 청하였다.

현덕은 속에다 얇은 갑옷을 입고 겉에는 금포를 걸치고 종인에게 칼을 채워 바짝 따르게 한 다음 말에 올라 감로사로 갔다. 조운이 든든히 차리고서 오백 군을 영솔하고 수행한다.

현덕이 절 앞에 이르러서 말에서 내려 먼저 손권을 만나 보니 손권은 현덕의 의표가 비범한 것을 보고 심중에 은근히 두려워하

는 뜻을 품었다. 두 사람은 인사를 마친 뒤에 드디어 방장으로 들어가서 국태를 만나 보았다.

국태가 현덕을 보고 크게 기뻐하여 교국로를 돌아보고

"참으로 내 사위로군요."

하니, 국로가

"현덕은 용봉지자(龍鳳之姿)[5]와 천일지표(天日之表)[6]가 있고 겸하여 인덕이 천하에 떨쳤으니 국태께서 이런 좋은 서랑을 얻으신 것은 참으로 경하할 일이외다."

하고 말한다. 현덕은 절하여 사례하고 방장 안에서 함께 술을 마셨다.

그러자 얼마 있다가 자룡이 칼 차고 들어와서 현덕의 곁에 시립하니 국태가 묻는다.

"이 사람은 누구요."

현덕이

"상산 조자룡입니다."

라고 대답하니, 국태는

"그러면 당양 장판파에서 아두를 품에 품고 싸운 사람이 아니오. 참말 장군이로군."

하고 곧 그에게 술을 내리니, 조운은 현덕을 보고

"바로 지금 제가 낭하를 돌아보노라니 방 안에 도부수들이 매복하고 있으니 필시 좋은 뜻은 아닙니다. 곧 국태께 말씀을 올리시지요."

5) 귀인의 상을 가리켜서 하는 말.
6) 제왕의 상을 가리켜서 하는 말.

하고 넌지시 알려 주었다.

현덕은 즉시 국태의 자리 앞으로 가서 무릎을 꿇고 앉아 울면서 고하였다.

"만약 유비를 죽이시려거든 바로 이 자리에서 죽이십시오."

국태가 놀라서 묻는다.

"어째서 그런 말을 하오."

현덕이 말을 이어

"낭하에다 몰래 도부수를 매복해 놓으셨으니 유비를 죽이시려는 것이 아니고 무엇이겠습니까."

하니, 그 말을 듣고 국태는 대로해서 손권을 보고

"오늘 현덕이 이미 내 사위가 되었으니 곧 내 자녀인데 어째서 낭하에다 도부수는 매복해 놓았느냐."

하고 꾸짖으니 손권이 자기는 모르는 일이라 하고, 여범을 불러서 물으매 여범은 또 가화에게 밀어붙인다. 국태가 가화를 불러들여 꾸짖는데 가화는 입을 다물고 말이 없었다.

국태는 그를 끌어내다가 참하라고 호령하였다. 그러나 이때 현덕이

"만약에 대장을 참하시면 경사에 이롭지 못할뿐더러 유비도 오래 슬하에 있기가 어려울까 봅니다."

하고 고하고 교국로 역시 좋은 말로 권해서 국태는 그제야 가화를 꾸짖어 물리쳤다. 도부수들은 모두 머리를 싸고 쥐구멍을 찾아 도망해 버렸다.

현덕은 옷을 갈아입고 전각 앞으로 나갔다. 보니 뜰 아래 큰 돌이 하나 있다.

아! 적벽대전

현덕은 종자가 차고 있는 칼을 빼어 손에 들고 하늘을 우러러

"만약에 유비가 능히 형주로 돌아가서 왕패의 업을 이룰 수 있다 하오면 한 칼에 이 돌이 두 쪽 나게 하시고 만일에 이곳에서 죽을 수라 하오면 칼로 쳐도 돌이 쪼개지지 말게 하옵소서."

하고 축원하기를 마치자 손을 번쩍 들어 한 칼로 내려치니 불이 번쩍하며 돌이 두 쪽이 난다.

이때 손권이 뒤에서 이 광경을 보고

"현덕공은 이 돌에 무슨 원한이 있으십니까."

하고 물어서, 현덕이

"유비가 나이 오십이 가깝건만 국가를 위해서 적당을 초멸하지 못하는 것이 항상 마음에 한이 되어 오던 터에 이제 국태께서 부르셔서 사위를 삼아 주시니 이런 복이 어디 또 있으리까. 그래 지금 하늘에 대고 만약에 조조를 멸하고 한나라를 일으킬 수 있다면 이 돌이 쪼개지게 하소서 하고 빌어 본 것인데 과연 이러합니다그려."

하고 대답하니, 손권은 속으로 '유비가 짐짓 그러한 말로 나를 속이는 것이렷다' 생각하며, 자기도 칼을 빼어 손에 들고 현덕을 향하여

"그럼 어디 나도 한 번 하늘에 물어보겠습니다."

하고,

"만약에 조적을 멸할 수 있사오면 역시 이 돌이 쪼개지게 하소서."

라고 입으로는 그렇게 말하고서 속으로는 가만히 '만약에 다시 한 번 형주를 얻어서 동오를 크게 일으킬 수 있다면 돌은 쪼개져서

두 쪽이 나소서' 암축하기를 마치자 한 칼로 내려치니 그 큰 돌이 역시 둘로 쪼개진다.

이제 이르도록 십자문(十字紋)이 있는 '한석(恨石)'이 그대로 남아 있는데 후세 사람이 이 유적을 보고 칭찬해서 지은 시가 있다.

> 보검이 떨어질 때 산석은 쪼개지고
> 금 고리가 울리는 곳에 화광이 일어난다.
> 양조(兩朝) 왕기(旺氣)가 이 모두 천수거니
> 삼국정립(三國鼎立)이 이로부터 이루어졌네.

이 두 사람은 칼을 버리고 함께 자리로 들어가서 또 술을 두어 순 마셨는데, 이때 손건이 현덕에게 눈짓을 해서 현덕은

"유비가 이제는 취해서 술을 더 못하겠으니 그만 물러가겠소이다."

하고 하직을 고하였다.

손권이 그를 절 앞까지 배웅해 나와서 두 사람이 그곳에 나란히 서서 강산 경개를 보는데, 현덕이

"예가 천하제일 강산이로군."

하고 감탄하여, 지금도 감로사 비면(碑面)에 '천하제일 강산'이라고 새겨져 있다.

후세 사람이 시를 지어 칭찬하였다.

> 강산에 비 개었네 에두른 봉우리를
> 지경이 무사하니 즐겁기 그지없다.

그 전날 영웅들이 바라보던 그 자리에
절벽은 의구하게 풍파를 막아 서 있구나.

　두 사람이 함께 강산 경개를 보고 있으려니까 강바람이 크게
일어 집채 같은 파도가 눈처럼 흩어지고 흰 물결은 사뭇 하늘을
떠받는데 홀연 거친 물결 위의 일엽편주가 강 위로 노를 저어 가
기를 흡사 평지 가듯 한다.
　이것을 보고 현덕이
　"남쪽 사람은 배를 타고 북쪽 사람은 말을 탄다고 하더니 과연
그렇구나."
하고 감탄하니, 손권이 속으로 '내가 말 타는데 익숙지 않다고 유
비가 농으로 이런 말을 하는 것이렷다' 생각하고 곧 좌우에 명하
여 말을 끌어 오라 해서 몸을 날려 올라 타고 한 달음에 달려서 산
을 내려갔다가 다시 채찍질을 하여 마루터기로 올라오며 현덕을
보고
　"남쪽 사람은 그래 말을 타지 못합니까."
하고 웃으니, 현덕이 이 말을 듣자 옷자락을 걷어 올리고 한 번 뛰
어 말 잔등에 올라서 나는 듯이 산 아래로 내려갔다가 다시 말을
달려 올라와서는 두 사람이 함께 산언덕 위에 말을 세우고 채찍
을 들어 크게 웃으니 지금도 이곳을 '주마파(駐馬坡)'라고 부른다.
　후세 사람이 지은 시가 있다.

용마 타고 치달으니 기개도 장할시고
나란히 말을 세우고 강산을 바라본다.

156

동오 서촉이 함께 왕패 이루었거니
천고에 '주마파'가 그대로 남아 있네.

이날 두 사람이 말고삐를 나란히 하고 돌아오니 남서 백성이 칭찬하지 않는 이가 없었다.

현덕이 관역으로 돌아와서 손건과 의논하니, 손건이

"주공께서는 그저 교국로에게 간곡히 말씀하셔서 빨리 대사를 치르시고 부디 다른 일이 생기게 마십시오."

하고 권한다. 그래서 이튿날 현덕은 다시 교국로를 찾아가서 그 집 문전에서 말을 내렸다.

국로가 그를 영접해 들여서 예를 마치고 차를 파하자, 현덕이 국로를 보고

"강동 사람들이 유비를 해치려고 하는 자가 많아서 아무래도 오래 머물러 있지 못할까 보이다."

하고 말하니, 국로가

"현덕은 마음을 놓으시지요. 내가 공을 위해서 국태께 말씀하고 보호해 드리도록 하오리다."

하고 그 일을 자기가 담당해 나선다. 현덕은 사례하고 돌아왔다.

교국로가 그 길로 들어가서 국태를 보고 현덕이 남에게 모해를 당할까 두려워서 속속히 돌아가려 한다고 말하니, 국태는 크게 노하여

"내 사위를 누가 감히 모해하려 한답니까."

하고 그 즉시 현덕더러 서원에 들어와서 잠시 유하고 있으면서 길일을 택해서 대례를 치르게 하라고 일렀다.

현덕은 몸소 들어가서 국태를 보고

"그러나 다만 조운이 밖에 남아 있으니 불편하고 또 군사들도 약속할 사람이 없는 게 걱정이외다."

하고 고하였다.

국태는 조운과 군사들도 모조리 부중으로 데려다가 편히 쉬게 하며 행여나 관역에 남아 있다가 무슨 변이 생기는 일이 없게 하였다. 현덕은 속으로 은근히 기뻐하였다.

그로써 수일이 지나 크게 연석을 차리고 현덕과 손 부인은 대례를 치렀다. 밤이 되어 객들이 다 돌아가자 홍촉(紅燭)이 두 줄로 늘어서서 현덕을 신방으로 맞아들이는데 등촉 아래 살펴보니 방 안에 그득 찬 것이 창과 칼이요 시녀들도 모두 허리에 검을 차고 팔에 칼을 걸고서 양편에 늘어서 있다. 현덕은 그만 깜짝 놀라 혼이 몸에 붙지 않았다.

　　시녀들이 칼을 차고 늘어선 양 고이하다
　　혹시나 동오에서 복병을 둔 것일까.

　필경 이것이 어찌 된 연고인고.

현덕은 꾀를 써서 손 부인을 격동하고
공명은 두 번째 주공근의 화기를 돋우다

| 55 |

현덕이 손 부인 방 안에 창과 칼이 양편으로 늘어서 있고 시녀
들도 모두 칼을 차고 있는 것을 보고 저도 모르게 낯빛을 변하니,
관가파(管家婆)[1]가 앞으로 나와서

"귀인은 놀라지 마십시오. 부인이 유시부터 무예를 좋아하셔서
평시에도 시녀들에게 격검을 시키시는 것으로 낙을 삼으시는 까
닭에 이러합니다."

하고 말한다.

그러나 현덕이

"그런 것은 부인께서 보실 일이 아닐세. 내가 가슴이 떨려서 못
견디겠으니 잠시 치워 버리도록 해 주게."

---

1) 집안 살림을 주관해서 하는 할미.

하고 청해서, 관가파가 손 부인에게

"신랑께서 불안해하시니 방 안에 늘어놓은 병장기를 치워 버리시는 게 좋겠습니다."

하고 품하니, 손 부인이 듣고 웃으면서

"반생을 싸움터에서 지내 오셨으면서도 병장기를 두려워하시나."

하고 곧 병장기들을 모조리 걷어치우게 하고 시녀들도 모두 칼을 풀어 놓고 수종하게 하였다.

이날 밤 현덕이 손 부인과 백년가약을 맺었는데 두 사람의 정의가 자못 흡족하였다.

현덕은 또 금은과 비단을 아끼지 않고 시녀들에게 나누어 주어 그들의 마음을 사며, 손건으로 하여금 먼저 형주로 돌아가서 무사히 대례 치른 것을 보하게 하였다.

이로부터 현덕이 연일 술 마시며 즐기니 국태가 십분 그를 사랑하고 공경한다.

이때 손권이 사람을 시상구로 보내 주유에게 보하되

"우리 모친께서 나서서 주장하시는 바람에 그만 누이를 유비에게 시집보내고 말아 뜻밖에도 농가성진(弄假成眞)[2]이 되고 말았으니 이 일을 대체 어찌하면 좋겠소."

하니, 주유는 듣고 크게 놀라서 앉으나 서나 불안해하기를 마지않다가 마침내 한 계책을 생각하고 밀서를 써서 온 사람에게 주고, 돌아가서 손권에게 드리게 하였다. 손권이 글을 받아서 뜯어

---

2) 거짓으로 꾸며서 한 노릇이 뒤에 가서 참말이 되어 버리는 것.

보니 사연은 대략 다음과 같다.

유의 도모하온 일이 이처럼 뒤집어질 줄 어이 알았사오리까. 이미 농가성진이 된 바에는 그런 대로 또 계책을 써야 마땅할까 하나이다.

유비는 효웅으로서 관우·장비·조운 같은 장수를 둔 데다가 겸하여 제갈량이 꾀를 써 주니 결코 언제까지 남의 밑에서 굴하고 지낼 위인이 아니외다.

유의 어리석은 생각에는 오직 그를 동오에 붙들어 두고 장하게 궁실을 지어 주어 그 뜻을 잃게 하며 미인과 진귀한 물건들을 많이 보내서 그의 이목을 즐겁게 하여 주어 관우·장비와의 정의를 벌어지게 하고 제갈량과의 사이를 멀어지게 해서 그들을 서로 떨어져 있게 한 연후에 군사를 들어서 치면 가히 대사를 정할 수 있사올 듯합니다.

이제 만약에 저를 그대로 놓아 보낸다면 아마도 용으로 하여금 구름과 비를 얻게 하는 격이라 마침내는 못 가운데 물건이 아닐 것이니 바라옵건대 명공은 깊이 생각하옵소서.

손권이 보고 나서 주유의 글을 장소에게 보이니, 장소의 말이 "공근의 계교가 바로 저의 생각과 같습니다. 유비가 본래 가난한 집안에서 자라난 데다 천하를 떠돌아다니느라 일찍이 부귀를 누려 보지 못하였으니 이제 만일에 고대광실에서 미녀와 금백으로 한 번 즐겁게 지내도록 해 주시면 자연 공명·관우·장비의 무리들을 소원히 하게 될 것이니 저희들로 하여금 각기 원망하는 마음이 생기게 한 연후에 형주를 도모할 수 있을 것입니다. 주공은 속히 공근의 계교대로 행하시지요."
한다.

손권은 크게 기뻐하여 그 즉시 동부(東府)를 수리하고 꽃나무를 많이 심고 기구들을 호화롭게 마련해 놓은 다음에 현덕과 누이를 거처하게 하고 또 가무에 능한 미녀 수십 명과 금은주옥이며 각색 비단과 온갖 진귀한 물건들을 더 보내 주니 국태는 이것이 모두 손권의 호의에서 나온 일로만 생각하여 기뻐하기를 마지않았다.

현덕은 과연 풍류와 여색에 혹한 바 되어 형주로 돌아갈 생각은 전혀 하지 않게 되었다.

한편 조운은 오백 명 군사들과 함께 동부 앞에서 지내며 종일할 일이 없어서 그저 성 밖에 나가 활이나 쏘고 말이나 달리면서 날을 보내더니 어느덧 연말이 다 된 것을 보자 불현듯이 깨닫고

"공명이 내게 금낭 세 개를 주시면서 남서에 당도하는 길로 첫째 주머니를 열어 보고, 연말에 가서 둘째 주머니를 열어 보고, 또 위급한 지경에 이르러 빠져나갈 길이 없을 때 셋째 주머니를 열어 보면 그 안에 신출귀몰한 계책이 들어 있어서 가히 주공을 보호하여 집으로 돌아올 수 있으리라 하셨는데, 이제 해도 이미 저물었건만 주공께서는 여색을 탐하셔서 얼굴도 뵐 수가 없으니 아무래도 둘째 금낭을 열어 본 다음에 계책대로 해야만 할까 보다."
하고, 드디어 금낭을 끌러 보고 나서

"원래 이런 신묘한 계책이로구나."
하고 그 길로 조운은 바로 부당으로 가서 현덕을 뵙겠다고 청하

였다.

"조자룡이 긴급히 여쭐 말씀이 있어서 귀인을 잠깐 뵙겠다고 합니다."

하고 시녀가 보해서 현덕이 불러들여 묻자, 조운은 짐짓 깜짝 놀라는 모양으로

"주공께서는 화당(畵堂) 안에 깊이 들어 앉으셔서 형주 일은 생각도 않고 계십니다그려."

하니, 현덕이

"대체 무슨 일이 있기에 이러나."

하고 묻는다.

"오늘 아침에 공명이 사람을 보내셨는데 조조가 적벽 싸움에서 전몰한 원한을 풀려고 정병 오십만을 일으켜서 형주로 쳐들어오는데 형세가 심히 위급하다고 주공께 곧 돌아오시랍니다."

"그러면 부인과 상의해 봐야겠군."

"만일에 부인과 상의하셨다가는 필연 주공을 돌아가시게 하지 않을 것이니 차라리 말씀을 마시고 오늘밤에 바로 떠나시는 것이 좋겠습니다. 늦으면 일을 그르치게 될걸요."

"자네는 아직 물러가 있게. 내가 알아서 할 테니."

조운은 일부러 두어 차례나 재촉을 더 하고 물러 나왔다.

현덕이 안으로 들어가서 손 부인을 대하여 말없이 눈물만 흘리니, 손 부인이 이를 보고

"장부는 어찌하여 이렇듯이 번뇌하십니까."

하고 묻는다.

현덕은 말하였다.

"생각해 보매 유비 일신이 이향으로 표랑하여 생전에 양친 봉양을 못하였고 또한 조상의 제사도 받들지 못하니 나 같은 불효자가 어디 있으리까. 이제 머지않아 새해를 맞게 되매 자연 마음이 울울해서 그럽니다."

들고 나자 손 부인이

"장부는 나를 속이지 마세요. 내 이미 이야기를 들어서 다 알고 있습니다. 아까 조자룡이 들어와서 형주가 위급하다는 말을 하여 그래 형주로 돌아가시려고 그러한 말씀을 하시는 것이지요."

하니, 현덕은 그의 앞에 무릎을 꿇고

"이미 부인이 알고 계시니 내 어찌 감히 부인을 속이리까. 내 가지 않아 만약에 형주를 잃고 보면 온 천하 사람들의 치소를 면하지 못할 것이요 가자고 하니 또한 부인을 버리고 갈 수가 없어서 이로 인해 심사를 결정하지 못하는 것이외다."

한다.

부인이 말한다.

"첩이 이미 군자를 섬기는 터이니 군자가 가시는 곳이면 첩은 어디고 따라가겠습니다."

그러나 현덕은

"부인의 마음은 비록 그러하나 국태와 오후가 부인을 가시게 내버려 두지 않을 테니 그를 어찌하리까. 부인이 만약에 유비를 가엾게 생각하시거든 잠시 이별하게 해 주시지요."

하고 말을 마치자 바로 눈물이 비 오듯 한다.

이 광경을 보고 손 부인은 좋은 말로

"장부는 과도히 번뇌하지 마세요. 첩이 모친께 어떻게든지 말씀을 여쭈어 기어이 같이 떠나라고 분부가 내리도록 하겠습니다."
하고 위로하였으나, 현덕은 종시

　"설혹 국태께서는 허락을 하여 주신다 하더라도 오후가 필연 못 가게 막고 말 것이외다."
하고 듣지 않았다.

　손 부인은 한동안 곰곰 생각한 끝에 마침내 입을 열었다.

　"그럼 첩이 군자와 함께 정월 초하룻날 모친께 세배를 드릴 때 같이 강변에 나가 조상께 제사를 지내고 오겠습니다 핑계 하고서 하직은 고하지 말고 그대로 떠나 버리면 어떻겠습니까."

　듣고 나자 현덕은 다시 그 앞에 무릎을 꿇고서

　"만약에 그렇게만 해 주신다면 죽어도 은혜를 잊지 않사오리다. 그러나 부디 누설하지는 마십시오."
하고 사례하였다.

　이렇듯 두 사람이 의논을 정하고 나서 현덕은 가만히 조운을 불러

　"정월 초하룻날 아침에 자네는 먼저 군사들을 거느리고 성에서 나가 관도에서 등대하고 있으면 내가 조상께 제를 지내러 간다 핑계하고 부인과 함께 빠져나가기로 하겠네."
하고 말을 일렀다. 조운은 이를 응낙하였다.

　건안 십오년 정월 초하룻날, 오후가 문무 관원들을 당상에다 크게 모았는데, 이때 현덕과 손 부인은 국태에게 들어가서 세배를 드리고 나자 손 부인이 나서서

　"저의 지아비가 부모님과 조상 어른의 분묘가 모두 탁군에 계

孫夫人　　손부인

先主兵歸白帝城　선주 군대가 백제성으로 쫓겨갈 때
夫人聞難獨捐生　어렵다는 소식 듣고 목숨을 던졌도다
至今江畔遺碑在　지금도 강가에 비석이 전해오니
猶著千秋烈女名　천추에 열녀의 이름 드높구나

신 것을 생각하고 주야 비감한 마음을 억제하지 못해 오다가 오늘 강변에 나가서 멀리 북쪽을 바라고 제사나 드려 볼까 하여 모친께 말씀을 여쭙는 것입니다."

하고 고하니, 국태가 듣고

"이는 효도인데 어찌 내가 막겠느냐. 네가 비록 네 시부모를 뵙지는 못하였으나마 남편을 따라 함께 가서 제사를 지내는 것이 역시 남의 며느리 된 도리니라."

하고 선선히 허락한다. 손 부인은 현덕과 함께 그에게 절하여 사례하고 물러 나왔다.

이때 손권을 감쪽같이 속인 것이다. 부인은 다만 옷가지와 패물 등 경세(輕細)한 물건들만 가지고 수레에 오르고 현덕은 말 탄 종자 두엇만 데리고서 말에 올라 성을 나서자 조운과 서로 만나 오백 군사가 앞뒤로 옹위하여 남서를 떠나 길을 재촉하여 나갔다.

이날 손권은 술이 대취하여 좌우 근시들이 부축해서 후당으로 들어가고 문무 관원들이 다 흩어졌는데 여러 사람이 현덕과 부인이 도망해 버린 것을 알았을 때는 날이 이미 저문 뒤다. 손권에게 알리려 하였으나 손권은 술이 취해 깨지 않았다. 그가 술이 깼을 때는 이미 오경이었다.

이튿날 손권은 현덕이 도망했다는 말을 듣고 급히 문무 관원을 불러서 의논하니, 장소가 있다가

"오늘 이 사람을 놓아 보냈다가는 언제고 반드시 화난이 생기고 말 것이니 급히 뒤를 쫓게 하십시오."

하고 말한다. 손권은 진무와 반장으로 하여금 정병 오백 명을 뽑아서 거느리고 밤낮을 가리지 않고 쫓아가서 잡아 가지고 돌아오

게 하였다. 두 장수는 영을 받고 떠났다.

이때 손권은 현덕에 대해서 어찌나 원한이 깊었던지 서안 위에 놓인 옥 벼루를 번쩍 집어 들어 산산조각을 내고 말았다. 이것을 보고 정보가

"주공께서 그처럼 역정을 내시지만 제가 요량하기에는 진무와 반장이 필연 이 사람을 잡아 오지는 못할 것 같소이다."

하고 말한다.

"저희가 언감 내 영을 어긴단 말이오."

하고 손권이 물으니, 정보는

"군주(郡主)[3]께서 유시부터 무예를 좋아하시고 천성이 엄정하며 강의(剛毅)하셔서 모든 장수들이 다 두려워하는 터인데 이미 유비에게로 돌아가셨으니 필시 한마음으로 떠나신 것일 겝니다. 그러니 뒤를 쫓는 장수들이 만약에 군주를 뵈면 저희가 어떻게 하수하겠습니까."

하고 말하였다.

손권은 대로해서 차고 있던 검을 빼어 들고 장흠과 주태를 불러서 청령하게 하되

"너희 둘이 이 검을 가지고 가서 내 누이와 유비의 머리를 베어 가지고 오되 영을 어기는 자는 바로 참하리라."

하였다.

장흠과 주태는 명을 받자 바로 일천 군을 거느리고 그 뒤를 쫓아갔다.

---

3) 옛날 중국에서 제왕(諸王)의 딸을 군주라 불렀다.

한편 현덕은 닫는 말에 채찍질을 더해서 길을 재촉하여 나갔다. 그날 밤은 길에서 두 시각을 잠깐 쉬고 다시 황망히 떠나서 거의거의 시상 지경에 당도하였는데 문득 돌아보니 후면에 티끌이 자욱하게 일어나며 사람이 보하되 추병이 온다고 한다.

현덕이 황망히 조운을 보고

"추병이 이미 이르렀으니 어찌하면 좋을까."

하고 물으니, 조운이

"주공께서는 먼저 가십시오. 뒤는 제가 담당하겠습니다."

하고 대답해서 현덕이 막 전면의 산모퉁이를 돌아나가는데 문득 한 떼의 군마가 길을 막고 나서며 앞을 선 양원 대장이 소리를 가다듬어

"유비는 빨리 말에서 내려 결박을 받아라. 우리가 주 도독의 강령을 받들고 예서 기다린 지 오래다."

하고 외친다.

원래 주유가 현덕이 도망할까 두려워하여 먼저 서성·정봉으로 하여금 삼천 군마를 거느리어 요충지에 주찰하고 그를 기다리게 하되, 항상 사람을 시켜 높은 데 올라서 망을 보게 하였던 것이니 이는 만약 현덕이 육로를 취한다면 반드시 이 길로 해서 갈 줄을 짐작했기 때문이다.

이날 서성·정봉이 현덕의 일행 인마가 오는 것을 바라보고 각기 병장기를 잡고 나서서 길을 막으니, 현덕은 놀라서 황망히 말머리를 돌리며 조운을 보고

"앞에는 막는 군사가 있고 뒤에는 쫓는 군사가 있어서 앞뒤로 길이 끊겼으니 이 노릇을 어찌하면 좋은가."

하고 물었다.

조운이 이에 대답하여

"주공께서는 놀라시지 마십시오. 군사가 세 가지 계책을 금낭에 넣어 주셔서 둘은 이미 열어 보아 다 응험이 있었고 이제 셋째 것이 아직 남아 있는데 이것은 위급한 때 가서 열어 보라고 분부가 계셨습니다. 지금 위급하니 열어 보기로 하지요."

하고 곧 금낭을 열어서 현덕에게 바쳤다.

현덕이 보고 나서 급히 수레 앞으로 가 손 부인을 보고

"유비에게 심복의 말씀이 있는데 이 자리에서 다 털어 놓고 말씀할까 보이다."

하니, 부인이

"장부께서 하실 말씀이 있으시면 다 내게 하여 주세요."

하고 말한다.

현덕은 마침내 그에게 호소하였다.

"전일에 오후가 주유와 공모하고 부인으로 하여금 유비와 백년을 언약하게 하기는 그것이 실상 부인을 위해서 한 일이 아니라 바로 유비를 가두어 놓고 형주를 뺏자는 계책이외다. 형주를 뺏은 뒤에는 반드시 유비를 죽일 것이니 이는 곧 부인으로 미끼를 삼아 유비를 낚으려는 것이외다. 그러나 유비가 죽음을 두려워하지 않고 오기는 대개 부인에게 남자의 도량이 있어서 필시 유비를 어여삐 알아주시리라 믿었기 때문이외다. 그러자 요즈음에 오후가 나를 해치려 한다는 말을 들었기에 형주에 급한 일이 있다 핑계하고 돌아갈 계책을 도모하였더니 다행히도 부인이 버리시지 않고 함께 여기까지 와 주셨거니와, 이제 오후가 사람을 보내

서 우리의 뒤를 쫓고 주유가 또 사람을 시켜서 우리 앞길을 막고 있으니 부인이 아니고는 이 화를 풀 사람이 없소이다. 그러나 만일에 부인이 들어주시지 않는다면 유비는 이 수레 앞에서 죽어 부인의 덕이나 보답할밖에 없소이다."

듣고 나자 손 부인은 노하여

"이미 오라버니가 나를 친골육으로 알지 않는 바에야 내가 무슨 면목으로 그와 다시 보겠습니까. 오늘 이 위급한 것은 내가 담당해서 풀어 놓겠습니다."

하고 즉시 종인에게 분부하여 수레를 몰고 앞으로 나가며 발을 걷어 올리게 한 다음, 친히 서성·정봉을 보고

"너희 둘이 모반하려 하느냐."

하고 꾸짖었다.

서성과 정봉 두 장수가 황망히 말에서 내려 병장기를 땅에 버리자 수레 앞에서 예를 하고

"언감 모반할 법이 있소오리까. 다만 주 도독의 장령을 받았기로 이곳에 군사를 둔치고 전혀 유비를 기다린 것이외다."

한다.

손 부인은 대로하여

"주유 역적놈아. 우리 동오에서 네게 부족하게 하여 준 것이 무엇이냐. 현덕은 바로 한나라의 황숙이시요, 또 내 장부시다. 내가 이미 모친과 오라버님께 말씀을 여쭙고 형주로 돌아가는 길인데 이제 너희 둘이서 산 밑에다 군마를 깔아 놓고 길을 막고 나서니 그래 우리 부처의 재물을 노략할 생각이냐."

라고 말하니 서성과 정봉은 연방 예를 하면서

"아니올시다. 부인께서는 부디 노여움을 푸십시오. 이것은 저희들이 자의로 하는 일이 아니라 곧 주 도독의 장령이올시다."

하고 비니, 손 부인은 다시

"너희는 그래 주유만 무섭고 나는 무섭지 않단 말이냐. 주유가 너희를 죽일 수 있으면 나는 주유를 못 죽일까."

하며 주유를 가지고 한바탕 욕을 한 다음, 종인을 꾸짖어 수레를 밀고 앞으로 나가게 하였다.

서성·정봉은 속으로들 '우리는 아랫사람인데 어찌 감히 부인을 거역하랴' 하고 생각했을뿐더러 또한 조운이 노기가 등등해 가지고 있는 것을 보고는 그만 군사들을 한 옆으로 비켜 놓고 큰 길을 틔워서 일행을 지나가게 하고 말았다.

그러나 그들이 오륙 리도 채 못 다 갔을까 할 무렵에 등 뒤로부터 진무와 반장이 쫓아왔다.

서성·정봉이 사정을 자세히 이야기하자, 진무와 반장 두 장수가

"자네들이 놓아 보낸 것은 잘못일세. 우리 두 사람은 바로 오후의 분부를 받고 저들을 잡아 가려고 온 길이야."

하고 말해서 네 장수는 마침내 군사를 한데 합쳐 가지고 길을 재촉해서 뒤를 쫓았다.

이때 현덕은 한창 가는 중에 배후에서 또 함성이 크게 일어나는 것을 듣고 다시 손 부인을 향하여

"뒤에서 추병이 또 오니 이를 어찌하리까."

하고 물으니, 부인이

"장부께서는 앞서 가십시오. 내가 자룡과 함께 뒤를 당하겠습

니다."

하고 말한다.

이리하여 현덕은 삼백 군을 거느리고 강변을 향하여 먼저 가 버리고 자룡은 수레 곁에 말을 멈추고서 군사들을 죽 벌려 세워 놓고 오는 장수들을 기다렸다.

네 장수는 손 부인을 보자 하는 수 없이 말에서들 내려 손길을 맞잡고 그 앞에 섰다.

"진무와 반장은 여기는 무슨 일로 왔노."

부인이 한 마디 묻자, 두 장수가

"주공의 분부를 받들고 부인과 현덕을 모시고 돌아가려 왔소이다."

하고 대답하자, 그는 곧 정색하고

"도시 너희놈들이 우리 남매를 이간질해서 불화하게 만드는구나. 내가 이미 황숙에게 시집을 갔으니 오늘 돌아가는 것이 다른 사람과 사사로이 도망하는 것과 다를뿐더러 내가 모친께 말씀을 여쭈어 부부가 함께 형주로 돌아가라시는 분부를 받자온 터이니 가사 우리 오라버님이 오신대도 역시 예를 어기시지는 못할 터인데 너희 둘이서 군사의 위엄을 믿고 그래 나를 죽이려고 하는 것이냐."

라고 한바탕 꾸짖으니, 네 장수는 면면상고하면서 각자 속으로 생각하기를 '저희는 일만 년이라도 역시 남매간이요 또 겸하여 국태께서 주장해 하시는 일이 아닌가. 오후로 말하면 효성이 지극한 분인데 어찌 모친의 말씀을 거스를 까닭이 있나. 내일이라도 역정을 내신다면 우리만 꼴이 아니지. 차라리 인정이나 쓰는 것이 낫겠다' 하고 또 보아야 군중에 현덕은 없고 다만 조운이 눈을 부릅뜨고 노려보며 당장이라도 해 볼 형세다. 이로 인해서 네 장수는 연방

"예, 예."

하고 뒤로 물러나니 손 부인은 수레를 재촉하여 곧 그 자리를 떠나 버렸다.

서성이 있다가

"우리 네 사람이 함께 주 도독을 가 뵙고 이 말씀을 하세."

하고 말하였으나 다들 결단하지 못하고 있는 중에 홀연 한 떼 군사가 질풍처럼 몰려들었다. 자세히 보니 곧 장흠과 주태다.

두 장수가

"자네들 유비를 못 보았나."

하고 물어서, 네 사람이

"새벽에 여기를 지냈으니까 반나절이나 되었네."

하고 대답하니, 장흠이

"어째서 잡지 않았나."

하고 재우쳐 묻는다. 네 사람은 각기 부인이 하던 말을 이야기하였다.

듣고 나자 장흠이

"그러지 않아도 오후께서 그럴 것을 염려해서 검을 한 자루 주시며 당신의 매씨부터 먼저 죽이고 다음에 유비를 베되 영을 어기는 자는 그 자리에 참하리라 하셨다네."

하니, 네 장수가

"그럼 간 지가 이미 오래니 어떻게 하면 좋을꼬."

하여, 장흠이 다시

"저희는 종시 보군이니 빨리 못 갔을 게라 서 장군과 정 장군은 곧 가서 도독께 보해서 수로로 쾌선 타고 뒤를 쫓게 하고, 우리 네 사람은 육로로 뒤를 쫓되 수로와 육로를 물을 것이 없이 잡기만 하거든 그 자리에서 죽이고 아예 저희 말은 듣지를 말기로 하세." 한다.

이리하여 서성·정봉은 말을 달려 주유에게 보하러 가고 장흠·주태·진무·반장 네 사람은 군사를 거느리고 강변으로 쫓아왔다.

한편 현덕의 일행 인마는 시상에서 제법 멀리 떠나와 유랑포(劉郞浦)에 이르자 적이 마음이 놓여 강변으로 나와 배를 구하려 하였다. 그러나 둘러보아야 강물만 망망할 뿐이지 도무지 선척이 없어서 현덕이 고개를 숙이고 생각에 잠기니, 조운이 보고

"주공께서 호구를 벗어나 이제 이미 우리 지경에 가까이 오셨으니 제 생각에는 군사께서 필시 준비가 있으실 듯한데 무얼 근심하십니까."

하고 말한다. 현덕은 듣고 나자 불현듯이 동오에서 그간 번화하게 지내오던 일이 머리에 떠올라 저도 모르게 처연히 눈물을 흘렸다.

후세 사람이 시를 지어 탄식하였다.

오나라 촉나라가 서로 혼인하였을 때
주옥으로 휘장 꾸미고 황금으로 집 지었네.
누가 능히 일개 여자를 천하와 저울질 해

175

유랑의 왕패의 뜻 바꾸려 할 줄 알았으리.

　현덕이 조운을 시켜서 앞으로 나가 배를 찾아보게 하는데 홀연 보하는 말이 후면에서 티끌이 충천해 일어나고 있다 한다. 현덕이 높은 데 올라가서 바라보니 군마가 땅을 까맣게 덮고 짓쳐 들어온다.

　“연일 달려오느라 사람은 곤하고 말은 지쳤는데 추병이 또 들이닥치니 죽어도 묻힐 땅이 없구나.”

　현덕이 탄식하는데 함성은 점점 가까워 온다.

　한창 황급한 판에 난데없는 돛단 배 이십여 척이 강 언덕에 일자로 들어와 닿았다.

　조운이

　“천행으로 여기 배가 있으니 빨리 타십시오. 우선 건너편으로 건너가 놓고 다시 좋을 도리를 차리시지요.”

하고 말해서 현덕이 손 부인과 함께 바삐 배에 오르고 자룡도 오백 군을 데리고 배를 탔는데, 이때 선창 안으로부터 한 사람이 머리에 윤건 쓰고 몸에 도복 입고 크게 웃으며 나오더니

　“주공은 기뻐하십시오. 제갈량이 여기서 등대하고 있은 지 오랩니다.”

하고 말한다. 그제야 보니 배 안에 선객처럼 차리고 있는 사람들이 모두가 형주 수군이다.

　현덕이 크게 기뻐하는데 뒤미처 네 장수가 달려들었다.

　공명은 껄껄 웃고 언덕 위에 있는 사람들을 손가락질하며 말하였다.

"내 이미 다 알고 방책을 정해 둔 지 오래다. 너희들은 돌아가서 주랑에게 말을 전하되, 다시는 미인계 따위의 얕은 수는 쓰지 마라 해라."

언덕 위에서는 화살을 어지러이 쏘았으나 이때 배들은 벌써 멀리 나간 뒤였다. 장흠의 무리 네 장수들은 오직 벙벙하니 이것을 바라보고만 있을 뿐이었다.

현덕이 공명과 함께 한창 배를 몰아 나가는데 홀연 강 위에 함성이 크게 진동한다. 돌아다보니 무수한 전선이 떠들어 오는데 수자기 아래 주유가 몸소 싸움에 익은 수군들을 거느렸으니 좌편은 황개요 우편은 한당으로 그 기세는 닫는 말과 같고 빠르기는 흡사 유성이라 점점 가까이 쫓아 들어온다.

공명은 배를 북쪽 언덕에 대게 하고 배에서 내리자 일제히 뭍에 올라 수레 탈 사람 수레 타고 말 탈 사람 말 타고 형주를 향해 달렸다.

주유가 강변으로 쫓아 들어와서 역시 모두 육지에 올라 뒤를 쫓는데 대소 수군이 다들 보행이요 다만 앞을 선 군관들만 말을 탔다.

주유가 앞장을 서고 황개 · 한당 · 서성 · 정봉이 그 뒤를 바짝 따르는데, 주유가

"이곳이 어디냐."

하고 물으니, 군사가 대답하여

"저 앞이 바로 황주 지경이올시다."

하고 아뢴다.

이때 바라보매 현덕의 군마가 멀지 않아서 주유는 있는 힘을 다

177

해 뒤를 쫓으라고 영을 내렸다.

그러나 한창 뒤를 쫓는 중에 문득 북소리가 한 번 크게 울리며 산골짜기로부터 한 떼의 칼 가진 군사들이 몰려나오니 앞을 선 일원 대장은 곧 관운장이다.

주유는 그만 소스라쳐 놀라 황급히 말머리를 돌려 달아났다. 운장이 그 뒤를 쫓아온다. 주유는 그대로 말을 몰아 목숨을 도망하였다.

한창 달아나는 중에 좌편으로부터는 황충, 우편으로부터는 위연의 양군이 짓쳐 나와 어지러이 친다. 주유가 말에서 뛰어내려 급급히 배 위로 올라갔다.

그러나 이때 언덕 위의 형주 군사들이 일제히 소리를 높여

"주랑의 묘한 계책은 천하를 편안히 하리로다. 부인을 모셔다 드리고 군사마저 패했구나."

하고 마치 노래나 부르듯 외치는 소리에, 주유는 발연히 크게 노하여

"다시 언덕으로 올라가 한 번 죽기로써 싸워 보자."

하고 날쳤다. 그러나 황개와 한당이 좌우에서 팔을 붙잡고 극력 만류하였다.

주유는 속으로 '내 계책이 깨지고 말았으니 무슨 면목으로 돌아가서 오후를 뵐 것이냐' 생각하고 그만 외마디 소리를 지르고 금창이 그대로 찢어져 배 위에 혼절하고 말았다.

여러 장수들은 곧 달려들어 그를 구호하였으나 그는 인사를 차리지 못하였다.

두 번 꾀를 써 본 것이 다 틀어지고 말다니
분한 중에 창피한 맘 억제할 길 없구나.

주랑의 목숨이 어찌 될 것인고.

조조는 동작대에서 크게 잔치 하고
공명은 세 번째 주공근의 화기를 돋우다

| 56 |

이때 주유는 제갈량이 미리 매복해 두었던 관공·황충·위연의
삼지 군마에게 엄습을 받아서 크게 패하고 가까스로 황개와 한당
의 구원을 입어 배에 오르기는 하였으나 이 통에 수군을 무수히
잃은 데다가 또한 현덕과 손 부인의 거마·비복·종인들이 멀리
산마루 위에 서 있는 것을 보았으니 제 어찌 기가 막히지 않겠느
냐. 금창이 채 아물지 않은 데다가 노기의 충격을 받아서 상처가
찢어지며, 그는 그대로 정신을 잃고 땅에 쓰러져 버렸던 것이다.

여러 장수들은 그를 구호하여 정신을 차리게 하고 곧 배를 내서
달아났는데 이때 공명은 그 뒤를 쫓지 말라 이르고 현덕과 함께
형주로 돌아가서 경사를 하례하고 여러 장수들에게 상을 내렸다.

주유는 그 길로 시상으로 돌아갔고, 한편 장흠 등 일행 인마가

남서로 돌아가서 손권에게 보하니 손권은 분함을 이기지 못해서 곧 정보로 도독을 삼아 군사를 일으켜서 형주를 치려고 하였다.

주유가 또한 글을 올려서 군사를 일으켜 한을 풀기를 청한다.

그러나 이때 장소가 나서서

"그러시면 아니 됩니다. 조조가 주야로 적벽의 원한을 풀어 보려 생각하면서도 손씨와 유씨가 동심협력할 것을 두려워해서 감히 군사를 일으키지 못하는 터인데, 이제 주공께서 만약 한때 분함을 참지 못하시고 서로 삼키려 드신다면 조조가 반드시 허한 틈을 타서 치러 올 것이니 그렇게 되면 나라 형세가 위태하오리다."

하고 간하고, 고옹이 또한 나서서

"허도에서 어찌 세작이 여기 와 있지 않겠습니까. 만일에 손·유 양가가 불화한 줄 알기만 하면 조조가 필연 사람을 시켜서 유비와 손을 잡으려 들 것이요, 유비가 동오를 두려워하게 되면 반드시 조조에게 붙고 말 것이니 그렇게 되고 보면 강남이 편안할 날이 언제겠습니까. 이제 우리가 취할 계책으로는 사람을 허도로 보내서 표문을 올려 유비로 형주목을 삼는 것밖에 없으니, 조조가 이것을 알면 두려워서 감히 동남을 치러 못 올 것이요 또한 유비도 주공께 원한을 품지는 않게 될 것입니다. 그렇게 한 뒤에 심복을 시켜 반간계를 써서 조·유 양가로 하여금 서로 치게 하고 우리는 틈을 보아서 도모하는 것이 상책입니다."

하고 계책을 말한다.

손권이 듣고

"원탄의 말씀이 매우 좋소. 그러나 누구를 사자로 보내야 하오."

하고 물어서, 고옹은 다시

"우리에게 조조가 가장 경모하는 사람이 하나 있으니 그를 사자로 보내시는 것이 좋겠습니다."

하고 대답하였다.

손권이 누구냐고 묻자

"화흠(華歆)이 여기 있는데 왜 보내지 않으십니까."

하고 고옹이 말해서, 손권은 크게 기뻐하며 즉시 화흠을 시켜 표문을 가지고 허도로 올라가게 하였다.

화흠은 명을 받고 길을 떠나 바로 허도로 가서 조조를 보려 하였으나 조조가 업군에 여러 신하들을 모아 놓고 동작대에서 잔치를 한다는 말을 듣고는 곧 업군으로 그를 만나러 갔다.

조조는 적벽에서 패한 뒤로 매양 원수를 갚으려 생각을 하면서도 다만 손씨ㆍ유씨가 동심협력할까 의심하여 감히 경솔하게 동하지 못하고 있던 터였다.

때는 건안 십오년 봄이다.

동작대가 준공되어 조조는 문관ㆍ무장을 업군에 크게 모으고 잔치를 베풀어 경하하니 동작대는 바로 장하에 임해 있어 중앙이 곧 동작대요 좌편에 있는 것은 이름이 옥룡대, 우편에 있는 것은 이름이 금봉대라, 각각 높이가 십 장이요 위로 다리 둘을 가로질러 놓아 서로 통하게 되었으니 천문만호(千門萬戶)에 금벽(金碧)이 휘황하다.

이날 조조가 머리에 감보금관(嵌寶金冠)을 쓰고 몸에 녹금나포를 입고 허리에 옥대 띠고 발에 주리(珠履) 신고 대 위에 높직이 자리잡고 앉으니 문무 관원들은 다 대 아래 시립한다.

조조는 무관들의 활 재주 겨루는 것을 보려 하여 근시를 시켜서 서천 홍금전포 한 벌을 수양버들 가지 위에 걸어 놓게 하고 그 아래 과녁을 세우되 거리는 백 보로 하고 무관을 두 대로 나누어 조씨 종족은 모두 홍포를 입게 하고 그 나머지 장수들은 모두 녹포를 입게 하여 저마다 조궁(雕弓)과 장전(長箭)을 띠고 말에 올라 지휘를 받게 하였다.

마침내 조조는 영을 전해서

"능히 과녁의 홍심(紅心)을 맞히는 자에게는 곧 홍포를 내릴 것이요 만일에 맞히지 못하는 자에게는 벌로 물 한 대접을 주리라."

하였다.

호령이 막 떨어지며 홍포대 가운데서 한 소년 장군이 말을 달려 나왔다. 모두들 보니 곧 조휴(曹休)다. 조휴가 나는 듯이 말을 달려 왕래하기를 세 번 한 끝에 시위에 살을 먹여 들고 활을 힘껏 다려서 한 번 쏘니 바로 홍심에 들어가 맞는다. 징소리·북소리가 일제히 일어나며 모두들 갈채한다.

조조가 대상에서 이것을 바라보고 크게 기뻐하여

"이는 내 집의 천리마다."

하고 바야흐로 사람을 시켜서 금포를 가져다가 조휴에게 주려고 하는데, 문득 녹포대 가운데서 한 장수가 나는 듯 말을 달려 나오며

"승상의 금포는 마땅히 우리 외성(外姓)이 먼저 받아야지 종족 중에서 가져가는 것은 가당치 않소."

하고 외친다. 조조가 그 사람을 보니 곧 문빙이다.

여러 관원들이

"어디 문중업의 사법(射法)을 봅시다."

하고 말하는데, 문빙은 활에 살을 먹여 들고 말을 달려 나가며 한 번 쏘아 역시 홍심을 맞혔다. 여러 사람이 모두 갈채하고 징과 북이 어지러이 울린다. 문빙이

"빨리 금포를 가져 오너라."

하고 큰 소리로 외칠 때, 문득 홍포대 가운데서 또 한 장수가 나는 듯이 말을 달려 나오며 소리를 가다듬어

"문렬이 먼저 쏘았는데 자네가 어떻게 뺏으려고 하나. 내가 그대들 두 사람의 살을 화해 붙여 줄 테니 보게나."

하고 한마디 하더니 힘껏 활을 다려서 단번에 또 홍심을 맞혔다. 여러 사람이 일제히 소리쳐 갈채하며 그를 보니 곧 조홍이다.

조홍이 막 금포를 취하려고 하는데 홀연 녹포대 가운데서 또 한 장수가 나오며 활을 번쩍 추켜들고

"그대들 세 사람의 사법이 무에 신기하단 말이냐, 내 솜씨나 구경해라."

하고 소리친다. 모두들 보니 장합이다.

장합이 나는 듯 말을 달려 나가면서 몸을 틀어 뒤로서 쏘니 화살은 바로 또 홍심에 들어가 맞는다. 화살 네 개가 가지런히 홍심에 꽂혀 있다.

"좋은 사법이로군."

하고 칭찬해서, 장합이

"금포는 당연 내 것이다."

하고 말하는데, 그 말이 미처 끝나기 전에 홍포대 가운데서 한 장수가 말을 달려 나오더니

"네가 몸을 번듯 뒤로 젖혀 쏜 것이 장할 게 무엇이냐. 내가 홍

심을 정통으로 쏘아 맞히는 것을 보아라."

하고 큰 소리로 외친다. 모두들 보니 하후연이다.

하후연은 말을 급히 몰아 계선 앞까지 가자 슬쩍 몸을 돌리며 깍지 낀 손을 떼었다. 화살은 살 네 개가 꽂혀 있는 바로 한중간을 맞혔다. 징소리 · 북소리가 일제히 일어난다.

하후연이 말을 멈추고 활을 안으며 큰 소리로

"이 살이 가히 금포를 뺏을 만하냐."

하고 외치는데, 녹포대 가운데서 한 장수가 소리에 응해서 나오더니

"가만있소. 금포는 나 서황을 주오."

하고 크게 소리친다.

"자네가 또 무슨 사법을 가졌기에 내 금포를 뺏으려고 하는가."

하고 하후연이 묻자, 서황은

"홍심을 정통으로 맞힌 것이 기이할 게 없소. 자 내가 금포 취하는 것을 좀 보오."

하고 활을 벗어 들자 화살을 먹여 멀리 버들가지를 바라고 손을 뚝 떼었다. 화살이 바로 들어가서 금포를 매달고 있는 버들가지를 탁 끊자 금포가 땅에 뚝 떨어진다.

서황은 나는 듯이 말을 재쳐 금포가 땅에 떨어지기 전에 금포를 낚아 채 몸 걸친 다음 말을 달려 대 앞으로 와서

"승상의 금포를 사례하나이다."

하고 칭사하였다. 조조와 모든 관원들이 칭찬 않는 이가 없었다. 그러나 서황이 겨우 말머리를 돌렸을 때 대 옆에서 녹포 장군 하

나가 와락 뛰어나오며

"네 금포를 가지고 어디로 가려느냐. 어서 이리 내어 놓아라."
하고 큰 소리로 부른다. 모두들 보니 그는 곧 허저다.

서황은

"금포가 이미 여기 있는데 네가 어딜 감히 억지로 뺏으려 드
느냐."
하고 꾸짖었다. 그러나 허저는 그 말에는 대꾸 않고 바로 말을 놓
아 달려들며 금포를 뺏으려 들었다.

두 필 말이 서로 접근하자 서황이 활을 들어 허저를 치니 허저
가 한 손으로 활을 잡고 또 한 손으로는 서황을 잡아 안장에서 끌
어내리려 한다. 서황은 급히 활을 놓아 버리고 몸을 날려 말에서
뛰어내렸다. 허저도 말에서 내려와 두 사람은 마주 붙잡고 서로
쳤다. 이것을 보고 조조는 급히 사람을 시켜 뜯어말리게 하였으
나 금포는 이미 갈가리 찢기고 말았다.

조조는 두 사람에게 분부하여 다 대 위로 올라오게 하였다. 그
러나 서황은 눈썹을 곤추세우고 눈을 부릅떠 허저를 보고 허저도
이를 북북 갈며 피차에 서로 싸울 뜻을 가졌다.

조조는 웃으며

"내 특히 공들의 용맹을 보자는 것이지 어찌 한낱 금포를 아낄
까 보오."
하고 즉시 모든 장수들을 다 대 위로 불러 올려서 일매지게 촉금
(蜀錦) 한 필씩을 내리니 장수들이 모두 사례한다.

조조는 그들로 하여금 각기 위차(位次)를 따라 자리에 앉게 하였
다. 풍악 소리가 유량히 울리는 가운데 산해진미가 다 늘어 놓인

상을 앞에 놓고 문관과 무장이 차례로 잔을 잡아 연방 서로 술을 권하는 중에 조조가 여러 문관들을 돌아보며

"무장들은 이미 말 타고 활을 쏘아서 낙을 삼았으니 그로써 족히 위엄과 용맹을 드러냈다고 하겠는데, 공들로 말하면 모두 학식이 넉넉한 선비들로서 이 높은 대에 올라 어찌 아름다운 글을 지어 이 한때의 뛰어난 사적을 기록하려 아니 하오."

하고 말하니, 여러 관원들이 모두 몸을 굽히고

"분부대로 하오리다."

하고 아뢰었다.

이때 왕랑·종요·왕찬·진림 등의 일반 문관이 글들을 지어서 바치니 시 가운데는 조조의 공덕이 높고 높아서 천명을 받는 것이 합당하다고 칭송하는 뜻이 많았다.

조조가 차례로 보고 나서 웃으며

"제공의 가작(佳作)이 나를 너무 지나치게 칭찬하셨소. 내가 본래 우준한 몸으로서 처음에 효렴에 뽑혔으나 뒤에 천하가 크게 어지러우매 초군(譙郡) 동편 오십 리 밖에 서원을 하나 짓고 봄여름에는 글이나 읽고 가을겨울에는 사냥이나 하면서 천하가 태평하기를 기다려 나아가 벼슬을 하려고 했던 것이오. 그러나 뜻밖에도 조정에서 나를 부르셔서 전군교위를 삼으시매 드디어 뜻을 고쳐서 전혀 국가를 위하여 도적을 치고 공을 세우리라 마음을 먹고 나 죽은 뒤에 묘비에다 '한고정서장군조후지묘(漢故征西將軍曹侯之墓)'라 쓸 수 있으면 평생에 더 바랄 것이 없으리라 생각하였소. 돌이켜 보건대 동탁을 치고 황건적을 초멸한 뒤로 원술을 없애고 여포를 깨뜨리고 원소를 멸하고 유표를 정해서 드디어 천하를 평정

하고 몸이 재상이 되어 신하로서 그 귀함이 끝까지 이르렀으니 다시 또 무엇을 바라겠소. 만일 국가에 나 한 사람이 없었다면 참으로 몇 사람이 황제라 일컫고 몇 사람이 왕이라 일컬었을지 모르는 일이오. 혹자는 내 권세가 중한 것을 보고 함부로 남의 마음을 헤아려 내가 딴 뜻을 가지고 있지나 않은가 하고 의심하지만 이는 얼토당토않은 일이오. 내 매양 공자께서 문왕의 지덕을 말씀하신 것을 생각하여 마음에 잊지 않는 터이오. 그러나 다만 내가 군사들을 버리고 내 봉토 무평후(武平侯)의 나라로 가고 싶어도 실상 그러지 못하기는 진실로 내가 한 번 병권을 내어 놓는 날에는 남의 해를 입을 것이 두렵고 내가 없고 보면 국가가 위태로울 것이니, 이로 말미암아 한 번 명성을 얻어 보지 못하고 크나큰 재앙 속에 처해 있거니와 제공은 아마도 내 마음을 모르리다."
하고 말하니, 모든 관원들은 다 자리에서 일어나 절을 하며
"비록 이윤·주공이라도 승상께는 미치지 못하오리다."
하고 말하였다.
후세 사람이 지은 시가 있다.

주공이 헛소문에 황공하여 하던 날과
왕망이 겸손하게 선비들을 대하던 때
그들이 만약 당시 세상을 곧 마쳤다면
일생 진위를 뉘라서 안다 하랴.

조조가 연하여 사오 배를 마시고 저도 모르게 술이 대취해서 좌우더러 붓과 벼루를 가져 오라 하여 자기도 동작대 시를 지으려

188

고 막 붓을 들고 쓰는 판인데, 홀연 보하되

"동오에서 화흠을 보내 유비로 형주목을 표주하고 손권이 제 누이를 유비에게 시집보냈으며 형양 아홉 군의 태반이 이미 유비에게 속했소이다."

한다.

그 말을 듣자 조조는 그만 수족이 떨려서 붓을 땅에 던져 버렸다.

이것을 보고 정욱이

"승상께서 천군만마 중에 화살과 돌이 빗발치듯 할 때에도 일찍이 마음을 동하신 적이 없었는데 이제 유비가 형주를 얻었다는 말씀을 들으시고 어찌하여 이처럼 놀라십니까."

하고 물으니, 조조가

"유비로 말하면 사람 가운데의 용으로서 평생에 물을 얻지 못했는데 이제 형주를 얻었으니 이는 바로 곤한 용이 큰 바다로 들어간 격이라 내가 어떻게 마음이 동하지 않을 수가 있단 말이오."

하고 대답한다.

정욱은 다시 한마디

"승상께서는 화흠이 온 뜻을 아십니까."

하고 묻자, 조조가

"모르겠소."

하고 대답하자 곧

"손권이 본래 유비를 꺼려서 군사를 들어 치고 싶으나 다만 승상께서 저희의 허한 틈을 타서 엄습하실 것이 걱정이라 그래서 화흠으로 사자를 삼아 유비를 천거해서 유비의 마음을 편케 해 주고 승상의 바라시는 바를 막아 보자는 것일 겝니다."

하고 말하였다.

조조가 고개를 끄덕이며

"옳소."

하고 말하니, 정욱이 다시 입을 열어

"저에게 한 가지 계책이 있으니 손씨와 유씨로 하여금 서로 탄
병하게 하여 놓고 승상께서 그 틈을 타서 도모하신다면 한 번 북
쳐서 두 적을 다 깨뜨릴 수 있사오리다."

한다.

조조는 크게 기뻐하여 마침내 그 계책을 물었다.

정욱이 말한다.

"동오에서 믿는 바는 주유라 승상께서 이제 주유를 표주하셔서
남군태수를 삼으시고 정보로 강하태수를 삼으시며, 화흠을 허창
에 붙들어 두어 조정에서 중히 쓰시고 보면 주유가 반드시 유비
와 척을 짓게 될 것이니 저희들이 서로 삼키려 들 때를 타서 우리
가 도모한다면 또한 좋지 않겠습니까."

듣고 나자 조조는

"중덕의 말씀이 바로 내 뜻과 맞소."

하고 드디어 화흠을 대 위로 불러 올려 후하게 상을 내리고 이날
잔치를 파하자 조조는 곧 문관·무장들을 거느리고 허창으로 돌
아가서 주유를 표주하여 남군태수를 삼고 정보로 강하태수를 삼
으며 화흠으로 대리소경(大理少卿)을 봉해서 허도에 머물러 있게
하였다.

사자가 동오에 이르자 주유와 정보는 각각 벼슬들을 받았다.

주유는 남군을 거느리게 되자 더욱 원수 갚을 생각이 간절해서 드디어 오후에게 글을 올려, 노숙으로 하여금 가서 형주를 찾아오게 하소서 하고 청하였다.

글을 보고 손권이 곧 노숙에게

"족하가 전일에 보를 서고 형주를 유비에게 주었는데 이제 유비가 천연 세월하고 돌려보내지 아니 하니 대체 언제까지 기다려야 하오."

하고 물으니, 노숙이

"서천을 얻으면 바로 돌려보내겠다고 문서상에 명백히 씌어 있지 않습니까."

하고 대답한다.

손권은 꾸짖었다.

"말로만 서천을 취한다 해 놓고 지금에 이르도록 군사는 일으키려고도 하지 않으니 언제까지 기다리다가 사람이 늙으란 말인고."

노숙은

"제가 한 번 가서 말을 해 보겠습니다."

하고 드디어 배를 타고 형주를 향해서 갔다.

한편 현덕은 공명과 함께 형주에서 양초를 많이 모으고 군사들을 조련하여 원근의 인재들이 많이 그에게로 왔는데, 문득 노숙이 당도했다고 보해서 현덕이 공명에게

"자경이 이번에 오는 것이 무슨 뜻이오."

하고 물으니, 공명이

"앞서 손권이 주공을 형주목으로 표주한 것은 조조를 두려워한 데서 나온 계책이요 조조가 주유로 남군태수를 봉한 것은 우리

두 집으로 하여금 서로 싸우게 하고 저는 중간에서 이를 보자는 것인데 이제 노숙이 여기를 온 것은 또한 주유가 이미 태수 벼슬을 받았으므로 형주를 찾으러 온 것입니다."

하고 대답한다.

"그러면 무엇이라 대답을 해야 하오."

하고 현덕이 물으니, 공명은

"만약 노숙이 형주 이야기를 꺼내거든 주공께서는 곧 방성대곡하십시오. 그래 한창 섧게 우실 때 량이 나와서 좋도록 이야기를 하겠습니다."

한다.

이렇듯 약속을 정한 다음에 노숙을 부중으로 영접해 들여 인사를 마치자 자리를 권하니, 노숙이

"오늘날 황숙께서 동오의 사위가 되셨으니 곧 노숙의 주인이신데 언감생심 어찌 자리에 앉겠습니까."

하고 겸사한다.

그러나 현덕이 웃으며

"자경은 나와 오랜 친군데 이처럼 지나치게 겸사하실 것이 무엇이오."

하고 다시 권해서 노숙은 자리에 앉았다.

차를 마시고 나자 노숙은 입을 열어

"이번에 오후의 분부를 받들고 전위해서 형주 일로 왔습니다. 황숙께서 빌려 계신 지가 이미 오래건만 아직도 돌려보내시지 않는데, 이제 양가에서 사돈까지 맺었으니 친친한 정리를 생각하시더라도 의당 속히 형주를 돌려 주셔야겠습니다."

하고 말하였다.

현덕은 그 말을 듣자 곧 손으로 낯을 가리고 크게 운다. 노숙이 깜짝 놀라서

"황숙은 어째서 이러십니까."

하고 물었으나 현덕은 곡성을 그치지 않는데, 이때 공명이 병풍 뒤에서 나오며

"내 다 들었습니다. 그래 자경은 우리 주인께서 우시는 연고를 모르시오."

하고 묻고, 노숙이

"내 실상 알지 못합니다."

하고 대답하자,

"뭐 어려울 게 있습니까. 당초에 우리 주인께서 형주를 빌리실 때 서천을 얻거든 즉시 돌려보내마고 언약을 하셨던 것이나 자세히 생각해 보니 익주 유장은 바로 우리 주인의 아우님이라 다 같은 한조의 골육입니다그려. 그러니 만약에 군사를 일으켜 그의 성지를 가서 뺏는다면 남들이 타매할 것이 두렵고 빼앗지 말자니 형주를 돌려보내고 나면 대체 어디 가서 몸을 붙여 보실 것이오. 그렇다고 해서 만약에 돌려보내지 않으면 또한 오후를 뵙기가 거북할 형편이라 이럴 수도 저럴 수도 없으므로 이처럼 애통해하시는 것이외다."

하고 말하니, 이 말이 그만 현덕의 속마음을 건드려서 그는 참말로 자기의 신세가 딱하기 그지없다.

처음에는 공명이 하라는 대로 거짓 소리를 내어 운 것이 생각할수록 신세가 딱해서 나중엔 가슴을 치고 발을 구르며 목 놓아

통곡한다.

노숙은 이를 보고

"황숙께서는 과도히 번뇌하지 마시고 공명과 함께 좋을 도리를 의논해 보시지요."

하고 달랜다.

공명은 다시 나서서

"자경은 돌아가 오후를 뵙거든 부디 수고를 아끼지 마시고 황숙의 이처럼 번뇌하시는 정황을 말씀드린 다음에 얼마 동안만 더 기다려 줍시사고 오후께 간청해 주시지요."

하고 말하니, 노숙이

"그러나 만일에 오후께서 들어주시지 않으면 어찌하리까."

하는 말에, 그는

"오후가 이미 당신의 매씨를 황숙께 출가시키신 터에 어찌 들어주시지 않을 리가 있으리까. 부디 자경은 잘 좀 말씀을 드려 주십시오."

하고 또 청하였다.

노숙은 본래 천성이 너그럽고 어진 사람이라 현덕이 그처럼 애통해하는 것을 보고는 하는 수 없이 응낙하고 마니 현덕과 공명은 깊이 사례하고 잔치가 끝나자 노숙을 배까지 배웅하여 주었다.

노숙이 배를 타고 바로 시상으로 가서 주유를 보고 이 일을 자세히 이야기하자, 주유는 발을 구르며

"자경이 또 제갈량의 계책에 속으셨소. 당초에 유비가 유표에게 몸을 의탁하고 있을 때에도 매양 병탄할 마음을 먹고 있었는데 항차 서천 유장이겠소. 저희가 이렇듯 밀고만 있으니 아무래도 누

가 자경에게 미치고 말겠는데, 내게 계책이 하나 있어서 제갈량으로 하여금 이번에야말로 내 꾀에서 벗어나지 못하게 할 터이니 자경은 다시 한 번 다녀오시오."

한다.

노숙은 물었다.

"어떠한 묘책인지요."

주유는

"자경은 구태여 오후를 가서 뵐 것 없이 다시 형주로 가서 유비를 보고, 손·유 양가가 이미 사돈을 맺었으매 곧 한 집안이라 만약에 유씨가 차마 서천을 가서 빼앗지 못하겠으면 우리 동오에서 군사를 일으켜 가지고 가서 취하기로 하되, 서천을 얻는 때에는 그것으로 가자(嫁資)[1]를 삼을 테니 그 편에서는 형주를 동오로 돌려보내 달라고 말씀하시오."

한다.

노숙이 듣고

"서천은 너무 멀어서 취하기가 용이하지 않으니 도독의 이 계교가 득책은 아닌 것 같소이다."

하고 말하니, 주유가 웃으면서

"자경은 참으로 장자(長者)시오. 족하는 그래 내가 정말로 가서 서천을 뺏어다가 저희에게 줄 줄로 아시오. 나는 다만 이것을 구실로 하고, 실상은 가서 형주를 뺏되 저로 하여금 준비를 하지 않게 하자는 것이오. 동오 군마가 서천을 치려면 길이 형주를 지나

---

1) 신부가 시집으로 가지고 가는 예물.

게 되니 우리가 저희에게 전량을 꾸어 달라면 유비가 필연 성에서 나와 군사들을 노군(勞軍)할 것이라 그때에 승세해서 죽이고 형주를 뺏을 말이면 내 원한도 덜고 족하의 화도 풀 수가 있으리다."

하고 말한다. 노숙은 크게 기뻐하여 그 길로 다시 형주로 갔다.

현덕이 공명과 의논하니, 공명이

"노숙이 필시 오후는 만나지 않고 다만 시상에 가서 주유와 무슨 계책을 의논한 다음에 우리를 꾀러 온 것일 게니 제가 무슨 말이고 하거든 주공께서는 그저 량이 머리를 끄덕이는 것만 보시고 그대로 좋다고 하십시오."

하고 말하며 이처럼 약속을 정하고 났을 때 노숙이 들어왔다.

예를 마치자 노숙이 입을 열어

"오후께서 황숙의 성덕을 못내 칭송하시며 드디어 여러 장수들과 상의하시고 군사를 일으켜 황숙 대신에 서천을 치시기로 하고 서천을 취하는 날에는 형주와 바꾸기로 하되 서천을 가자 삼아 드리자는 것이니 군마가 이곳을 지날 때 전량이나 도와주시기 바랍니다."

하고 말한다.

공명이 듣고 나서 황망히 고개를 끄덕이며

"오후의 호의가 참말 쉽지 않은 일이외다."

하고 치사하니, 현덕도 두 손을 마주 합하고

"이도 모두가 자경이 말씀을 잘 해 주신 덕분이오."

하고 사례하였다. 공명이 다시 한마디

"웅사(雄師)가 이르는 날에는 마땅히 멀리 나가서 호궤하오리다."

하고 말해서 노숙이 속으로 가만히 좋아하며 연석이 끝나서 하직

196

하고 돌아가자, 현덕이 공명을 보고

"이것이 대체 무슨 뜻이오."

하고 물으니, 공명이 크게 웃으며

"주유의 죽을 날이 가까웠습니다. 이 따위 계책을 가지고서는 어린아이도 속이지 못하겠지요."

하고 말한다.

그것은 어떻게 하는 말이냐고 현덕이 물어서 공명이

"이것이 바로 '길을 빌려서 괵(虢)을 멸하는 계책'[2]입니다."

하고 말하였다.

"저희가 내세우기는 서천을 치러 간다 하고 실상은 형주를 뺏으려고 하는 것이니, 주공께서 성에서 나와 호궤하시기를 기다려서 승세하여 잡아 내리고 성으로 쳐들어와서 우리에게 아무 방비가 없는 틈을 타서 치고 남이 생각도 안 하고 있을 때 일을 일으켜 보자는 것입니다."

"그럼 어떻게 해야 하오."

하고 현덕이 계책을 물으니,

"주공께서는 아무 근심 마시고 다만 활을 준비하여 범을 사로잡고 미끼를 마련하여 자라를 낚으실 일만 생각하십시오. 주유가 오기만 하면 제가 바로 죽지는 않는다 하더라도 구분은 기운이 없게 될 것입니다."

하고 공명은 그 즉시 조운을 불러서 이리이리 하라고 계책을 일

---

2) 가도멸괵지계(假道滅虢之計). 춘추시대에 진(晋)나라가 우(虞)나라에 대고 "괵나라를 치러 가겠으니 길을 빌려 달라. 그 대신 괵나라를 쳐서 얻은 재물은 다 너희를 주마" 하여 놓고 마침내 괵나라를 친 다음에는 우나라까지 쳐서 멸해 버렸다.

아! 적벽대전

러 주고 그 나머지는 자기가 알아서 하겠노라 하니 현덕은 크게 기뻐하였다.

후세 사람이 시를 지어서 탄식하였다.

주유가 계교 써서 형주를 취하려 할 제
공명은 어이 알고 미리 준비하였는고
주랑은 강에 내린 미끼만 바라보고
그 속에 낚시 든 줄 전혀 알지 못했구나.

한편 노숙이 돌아가서 주유를 보고 현덕과 공명이 못내 기뻐하며 성에서 나와 호군하려 준비하더라는 말을 하니, 주유는 듣고서 크게 웃으며

"그렇지. 이번에는 제가 내 계교에 속았어."

하고 즉시 노숙을 시켜 오후에게 가서 품하고 정보로 군사를 거느려 접응하게 하도록 하였다.

이때 주유는 살에 맞은 상처가 거의 다 나아서 몸에 아무 일이 없으므로 감녕으로 선봉을 삼고 자기는 서성·정봉으로 더불어 제이대가 되고 능통·여몽으로는 후대를 삼아 수륙 대병 오만이 형주를 바라고 나아가는데 그는 배 안에서 때때로 웃으며 공명이 자기 계교에 속은 줄만 여겼다.

전군이 하구에 이르자 주유가

"형주에서 누구 영접하러 나온 사람이 있느냐."

하고 물으니, 사람이 보하되

"유황숙의 사자 미축이 도독을 뵈러 왔습니다."

한다. 주유가 불러들이라 하여 호궤하는 일이 어떻게 되었느냐고 물으니 미축이

"저희 주공께서 이미 다 준비를 해 놓으셨습니다."

하고 아뢴다.

"황숙은 어디 계시오."

하고 물으니, 미축이 대답한다.

"형주 성문 밖에서 도독과 잔을 잡으시려 기다리고 계십니다."

주유가

"이번에 그대네 집 일로 해서 우리가 출병 원정하는 터이니, 호궤하는 예가 소홀하여서는 아니 되느니라."

하고 이르자, 미축은

"말씀이 없으셨기로 모르겠습니까."

하고 먼저 돌아갔다.

주유의 전선들은 빽빽하게 강 위를 덮고 차례로 나아갔다. 거의거의 공안에 이르렀는데 군선 한 척 구경할 수 없고 멀리 영접하러 나온 사람 하나를 볼 수 없다.

주유는 배를 재촉해서 빨리 나갔다. 그러나 형주에서 상거 십여 리 되는 데까지 와 보아도 강물 위는 조용하니 아무 동정이 없는데 초탐하러 나갔던 자가 돌아와서

"형주 성 위에 흰 기 두 개가 꽂혀 있을 뿐이옵고 사람의 그림자라고는 단 하나를 볼 수가 없습니다."

하고 보한다.

주유는 마음에 의심하며 배를 강가에 대게 한 다음 친히 언덕에 올라 말을 타고 감녕·서성·정봉 등 일반 군관과 더불어 수

하 정병 삼천 명을 거느리고 바로 형주를 바라고 왔다. 그러나 성 아래까지 와 보아도 아무 동정이 없는 것이다. 주유는 말을 멈추고 서서 군사를 시켜 문을 열라고 외치게 하였다.

성 위에서 누구냐고 묻는다.

"동오 주 도독께서 몸소 이곳에 오셨소."

하고 동오 군사가 대답하는데, 그 말이 미처 끝나기 전에 홀연 목탁 소리가 한 번 울리더니 성 위의 군사들이 일제히 창검을 세우며 적루 위에 조운이 나타나서

"도독의 이번 길은 과연 무엇 때문에 나오신 것입니까."

하고 묻는다.

"내가 그대네 주인을 대신해서 서천을 취하러 가는데 그대가 어찌 모를 법이 있단 말이오."

하고 주유가 말하자, 조운은 곧

"공명 군사께서 이미 도독의 '가도멸괵지계'를 아신 까닭에 나 조운을 이곳에 남겨 두신 것이외다. 그리고 우리 주공께서 말씀하시기를 '나와 유장이 다 한실 종친인데 어찌 차마 의리를 저버리고 서천을 취하랴. 만약에 너희 동오에서 과연 촉 땅을 뺏는다면 나는 머리 풀고 산으로 들어가 천하에 신의를 잃지 않겠다' 하십디다."

한다.

주유가 그 말을 듣고 막 말머리를 돌리는데 문득 한 사람이 영자기(令字旗)를 가지고 말 앞에 와서 보한다.

"사로 군마가 일제히 쇄도하는 것을 탐지해 왔사온바, 관모는 강릉으로부터 쳐들어오고 장비는 자귀(秭歸)에서 쳐들어오며 황충

은 공안에서 쳐들어오고 위연은 잔릉(屛陵) 소로로 해서 쳐들어오고 있사온데 사로 군마가 모두 얼마임을 모르겠고 함성이 원근 백여 리를 진동하며 모두들 도독을 잡겠다고 하옵니다."

이 말을 듣고 나자 주유는 그만 노기가 머리끝까지 치밀어 마상에서 한 소리 크게 부르짖고 금창이 다시 찢어지며 말 아래 떨어지고 말았다.

저보다 수 높은 이를 대적하기 정 어려워
이 꾀 저 꾀 다 써 봐도 모두가 허사로다.

그의 목숨이 어찌 되려는고.

시상구에서 와룡은 조상을 하고
뇌양현에서 봉추는 공사를 보다
| 57 |

이때 주유가 어찌나 노하였던지 그만 기가 콱 막혀서 말 아래 뚝 떨어지고 마니 좌우는 급히 그를 구호하여 배로 돌아갔는데, 군사들의 전하는 말이

"현덕과 공명이 앞 산 마루터기에 올라앉아 즐겁게들 술을 마시고 있소이다."

하고 전한다.

주유는 크게 노하여

"너희는 내가 서천을 취하지 못할 줄로 알고 있지만 나는 맹세코 취하고 말 테니 어디 두고 보아라."

하고 이를 북북 갈며 분을 이기지 못하고 있을 때 문득 사람이 보하기를 손권이 그의 아우 손유(孫瑜)를 보내 왔다고 한다. 주유가 그를 맞아들여 전후 사정을 자세히 이야기하니, 손유는 듣고 나서

"내가 형님의 분부를 받들고 도독을 도와 드리러 온 길입니다."
하고 말한다.

주유는 드디어 군사를 재촉해서 앞으로 나아갔다. 그러나 파구(巴丘)에 당도하니 사람이 보하기를, 유봉과 관평 두 사람이 군사를 거느리고 상류에서 수로를 끊고 있다 한다.

주유가 더욱 노여워하는데 홀연 보하는 말이, 공명이 사람을 시켜서 글월을 보내 왔다고 한다. 주유가 받아서 뜯어보니 글의 사연은 다음과 같았다.

한 군사 중랑장 제갈량은 글을 동오 대도독 공근 선생 휘하에 올리나이다.

량이 시상에서 한 번 작별한 뒤로 이제 이르도록 마음에 연연하여 잊지 못하거니와, 이제 족하가 서천을 취하려 하신다는 말씀을 듣고 량은 가만히 생각하되 이는 불가하다이로소이다.

익주는 백성이 강하고 땅이 험해서 비록 유장이 암약하나 족히 제 힘으로 지킬 만한데, 이제 족하가 군사를 수고로이 하여 멀리 치러 가며 만 리 먼 길에 양초를 운반하면서 온전한 공을 거두려 하시니, 비록 오기라 할지라도 능히 판국을 정하지 못할 것이요 손무라 할지라도 능히 뒤를 수습하지 못하올 듯하나이다. 더욱이 조조가 적벽에서 한 번 패한 뒤로 어찌 잠시나마 원수 갚기를 잊고 있으리까. 이제 족하가 군사를 일으켜 멀리 나갔다가 만일에 조조가 그 허한 틈을 타서 쳐들어온다면 강남은 그만 가루가 되고 말 것이라, 량이 이것을 차마 앉아서 보고만 있을 수 없어 특히 한 말씀 드리는 터이니 다행히 세 번 살

피실 것을 바라나이다.

보고 나자 주유는 길이 한숨을 짓고 좌우를 불러서 종이와 붓을 가져 오라 하여, 오후에게 올리는 글을 썼다.

그러고 나서 여러 장수들을 모아 놓고

"내가 충성을 다해서 나라에 보답하려 하지 않는 바 아니나 이미 천명이 다하였으니 또한 어찌하겠소. 부디 그대들은 오후를 잘 섬겨서 한 가지로 대업을 이루도록 하오."

하고 말을 마치자 한 차례 까무러쳤다가 서서히 다시 깨어나자 하늘을 우러러 길이 탄식하며

"이미 주유를 내시고 어찌 또 제갈량을 내셨습니까(旣生瑜 何生亮)."

라고 연하여 두어 마디 부르짖고 마침내 세상을 떠나니 그의 나이 서른여섯 살이다.

후세 사람이 시를 지어 탄식하였다.

적벽대전에서 위훈을 떨친 그대
영특한 그 이름은 소시부터 들렸었네.
'노래 곧 들으면 뜻을 짐작하노라'고
잔 들어 장간에게 웃으며 말한 그대
노자경은 선선하게 삼천 곡을 꾸어 주고
손중모는 그대 믿어 십만 병을 맡겼거니
이곳 파구는 그대가 돌아간 곳
옛 자취 더듬으며 내 마음이 아프구나.

장수들은 주유의 영구를 파구에 모시어 두고 사람을 시켜서 그

의 유서를 가지고 즉시 손권에게 가서 보하게 하였다.

손권은 주유가 세상을 떠났다는 말을 듣고 목을 놓아 울었다. 그리고 그의 유서를 펴 보니 그것은 곧 자기의 대(代)로 노숙을 천거한 것으로서 사연은 대강 다음과 같았다.

유가 범용한 재주로서 각별하신 대우를 입어 중한 소임을 맡고 병마를 통솔하는 터이니 어찌 힘을 다해서 이에 보답하기를 도모하지 않사오리까마는, 다만 사람의 죽고 사는 것이 헤아릴 길이 없고 목숨의 길고 짧은 것이 명에 달려 있어서 저의 어리석은 뜻을 미처 다 펴 보지 못한 채 보잘것없는 몸이 이제 죽게 되니 생전의 남은 원한이 어이 끝이 있사오리까.

방금 조조가 북방에 있어 변경이 조용하지 않사옵고, 유비가 곁에 몸을 붙이고 있으매 흡사 범을 기르고 있는 것 같아서 천하만사를 아직 알 길이 없으니 이는 바야흐로 조정의 신하들이 몸을 돌보지 않고 일을 해야 할 때요 만승의 천자께서 신금이 편안치 않으신 때로소이다.

노숙은 사람이 충렬해서 일에 임하여 소홀히 하지 않으니 가히 유의 소임을 대신할 수 있사올 듯합니다. 성현의 말씀에도 '사람이 장차 죽으려 하매 그 말이 착하다' 하셨으니 다행히 제 말씀을 용납하여 주신다면 유는 죽어도 썩지 않사오리다.

보고 나서 손권은 울며

"공근이 능히 임금을 보좌할 재주를 가졌건만 명이 짧아 이제 갑자기 죽으니 내 누구를 의지할꼬. 그가 이미 글을 남겨 자경을 천거하였으매 내 어찌 그의 말을 좇지 않으리오."

하고, 그날 즉시 노숙으로 도독을 삼아서 병마를 통솔하게 하고 일변 주유의 영구를 회장(回葬)하도록 분부하였다.

이때 공명은 형주에서 밤에 천문을 보다가 장성(將星)[1]이 땅에 떨어지는 것을 보고 웃으며

"주유가 죽었구나."

하고 날이 밝자 현덕에게 고하였다.

현덕이 곧 사람을 시켜서 알아보게 하였더니 과연 주유가 죽었다.

그는 공명에게 물었다.

"주유가 이미 죽었으면 장차 일이 어찌 될 것이오."

공명이 대답한다.

"주유의 뒤를 이어 군사를 거느릴 자는 반드시 노숙일 것입니다. 량이 천문을 보매 장성들이 동방에 모여 있으니 이제 조상차로 왔다 하고 강동에 가서 어진 선비를 구해다가 주공을 보좌하도록 할까 합니다."

그 말에 현덕이

"그러나 동오 장수들이 선생을 해치려고나 들면 어찌하오."

라고 한마디 하였으나, 공명은

"주유가 생존해 있을 때에도 량이 오히려 두려워하지 않았는데 이미 주유가 죽은 이제 다시 무엇을 근심하겠습니까."

하고, 그는 마침내 조운으로 더불어 오백 군을 거느리고 제물을

---

1) 북두칠성의 둘째 별. 살벌(殺伐)을 맡았다고 말해 온다.

갖추어 배에 올라 조상차로 파구를 향하여 떠났다. 그러나 길에서 알아보니 손권이 이미 노숙으로 도독을 삼고 주유의 영구는 이미 시상으로 돌아갔다고 한다. 그래 공명은 바로 시상으로 찾아갔다.

노숙은 예로써 그를 영접하였으나 주유의 수하 장수들은 모두 공명을 죽일 뜻을 품었다. 그러나 다만 조운이 칼을 차고 따라다니는 까닭에 감히 하수하지 못할 뿐이다.

공명은 가지고 온 제물을 영전에 배설하게 하고 친히 술잔을 올린 다음에 땅에 꿇어앉아 제문을 읽었다.

슬프다 공근이여! 그대 요사하시다니.

인명이 하늘에 매였다 하나 어이 인정에 애달프지 않으리까.

내 마음이 실로 아파 제주 한 잔 올리오니 알음이 있으시면 내 제물을 맛보소서.

그대 아직 어리실 적 백부(伯符)와 사귀시매 의리를 중히 알고 재물은 경히 여겨 집일랑 그에게다 쾌히 사양하셨으며, 그대 약관(弱冠)[2]에 대붕처럼 나래치매 패업을 세우셔서 강남을 웅거했고, 장년에는 멀리 나가 파구를 지키시네.

경승은 두려하고 백부는 안심이라 잘나신 그 풍채로 소교와 짝하시어 한나라 신하의 사위가 되셨으니 조정에 나서시기 부끄러울 바 없고, 장하신 그대 기개 오후를 간하시되 볼모를 조조에게 주지 말라 하셨으니, 처음에는 그 죽지를 펴지 않고 계

---

2) 스무 살 된 남자를 말함.

시다가 종내는 활개 쳐서 대공을 나셨고, 파양호에 계시던 때 장간이 꼬였으나 넓은 도량 높은 뜻은 굽힐 법이 없었으며, 그대의 크신 재주 문무 지략 겸하시어 화공으로 적을 쳐서 조조를 깨치셨네.

당년의 그대 웅자(雄姿) 영특도 하시더니 이처럼 가실 줄을 뉘라서 알았으리. 오직 땅에 엎드려서 통곡할 뿐이외다.

충의로운 그대 마음 신령스런 그대 기개 명은 비록 삼기(三紀)[3]라도 명성은 백세(百世)리다.

그대를 생각하매 애절함을 이를쏘냐 창자가 끊어지고 간담이 스러진다.

백일이 빛이 없고 삼군이 창연하여 주인도 목이 메고 벗들도 모두 우네.

내 본래 재주 없되 그대 계교 구하시매 동오와 손을 잡고 조조를 함께 쳐서 한실을 반석 위에 올려놓으려 하였거니, 의각 지세 이루어서 우리 서로 돕고 보면 무슨 일은 못 해내랴 아무 근심 없었을걸.

슬프다 공근이여! 생사가 영별이라.

그 충성 굳게 지녀 그대는 가셨구나.

알음이 있으시면 내 심정을 살피소서.

천하에 다시 나를 알아 줄 이 그 누구랴.

오호통재(嗚呼痛哉) 복유상향(伏惟尙饗).[4]

---

3) 십이 년을 기(紀)라 한다. 삼기는 곧 삼십육 년.
4) 제문 끝에 으레 쓰는 말이니, 곧 '아아 슬프다 엎드려 바라건대 제물을 받아 주소서'라는 뜻.

공명이 제를 다 지내고 나자 그대로 땅에 엎드려서 목을 놓아 우는데 눈물이 그냥 샘솟듯 하며 애통해하기를 마지않으니, 여러 장수들이 서로들 이르기를

"남들이 모두 공근과 공명의 사이가 불화하다고 하더니 이제 그가 제지내는 것을 보매 그도 다 공연한 소리로군."

하였다.

노숙도 공명이 그처럼 애절하여 하는 것을 보고 역시 마음에 비감해서 '공명은 본래 저렇듯 다정한 사람인데 공근이 도량이 좁아서 그만 죽음을 자초하고 만 것이야' 하고 속으로 생각하였다.

후세 사람이 이를 탄식해서 지은 시가 있다.

와룡이 남양에서 잠이 채 안 깼을 제
빛나는 뭇 별이 서성(舒城)에 또 내렸구나.
창천은 어이하여 공근을 낳으시고
진세에 무엇 하러 공명은 또 내어 놓셨노.

노숙은 연석을 배설하여 정중하게 공명을 대접하였다. 잔치가 끝나서 공명이 하직하고 돌아오는데 바야흐로 배에 오르려 할 때, 강변의 한 사람이 머리에 대나무 관을 쓰고 몸에 도포 입고 허리에 검은 띠 띠고 발에 흰 신을 신고서 한 손으로 공명의 소매를 움켜잡으며

"네가 주랑을 약 올려 죽여 놓고서 도리어 조상을 왔으니 동오에 사람이 없다고 업신여기느냐."

하고는 껄껄 웃는다.

공명이 급히 그 사람을 보니 곧 봉추 선생 방통이다. 공명이 또한 크게 웃고 두 사람은 같이 손을 잡고 배에 올라 각기 흉금을 털어 이야기하였다. 공명은 마침내 글 한 통을 써서 방통에게 주고

"내가 요량컨대 손중모가 필시 족하를 중히 쓰지 못할 것이니 조금이라도 여의하지 않은 일이 있거든 형주로 와서 함께 현덕을 돕기로 하십시다. 이 사람이 관인후덕해서 반드시 공의 평생 배운 바를 헛되게 하지는 않으리다."

하고 당부하였다. 방통이 응낙하고 떠나자 공명은 형주로 돌아왔다.

한편 노숙이 주유의 영구를 모셔 무호(蕪湖)에 이르자 손권은 맞아서 제를 지내고 본향에 후히 장사지내 주게 하였다. 주유에게 이남일녀가 있어 맏아들은 순(循)이요 둘째 아들은 윤(胤)이다. 손권은 그들을 후하게 구휼해 주었다.

노숙은 손권을 보고 말하였다.

"숙으로 말씀하면 한낱 용렬한 위인으로서 잘못 공근의 중한 천거를 입었을 뿐이요 기실 소임을 감당해 내지 못하니 한 사람을 천거해서 주공을 보좌하게 할까 합니다. 그 사람은 위로 천문을 통하고 아래로 지리에 밝으며 모략은 관중·악의만 못하지 않고 추기(樞機)는 가히 손무·오기와 짝할 만합니다. 전일에 주공근도 그의 말을 많이 썼고 공명도 역시 그 지모에 깊이 감복하는 터로서 지금 강남에 있는데 왜 중히 쓰려고 아니 하십니까."

손권이 그 말을 듣고 크게 기뻐하여 곧 그 사람의 성명을 물어서, 노숙이

"그는 양양 사람으로 성은 방이요 이름은 통이요 자는 사원이요 도호는 봉추 선생입니다."

하고 대답하니, 손권은

"나 역시 그 이름을 들은 지가 오래요. 이제 이미 여기 왔다니 곧 청해다가 만나 보기로 하겠소."

하고 말하였다.

이리하여 노숙은 방통을 청해다가 손권을 들어가 보게 하였는데, 예를 베풀고 나자 손권은 그가 눈썹이 숱이 많고 코가 들렸으며 얼굴이 검고 수염이 짧아 형용이 기괴한 것을 보고는 마음에 내키지 않아 하며

"공이 평생 배우신 바는 무엇으로 주장을 삼으시오."

하고 한마디 물었다.

방통이

"구태여 고집하지 않고 수기응변하지요."

하고 대답한다.

"공의 재주와 학문이 공근과 비해서 어떠시오."

하고 손권이 다시 한마디 묻자, 방통은 웃으며

"이 사람이 배운 바가 공근과는 대불상동이외다."

하고 대답하였다.

손권은 평생에 주유를 가장 좋아하는 터에 방통이 이처럼 그를 대단치 않게 말하는 것을 보고 심중에 더욱 못마땅해서, 마침내 방통에게

"공은 아직 나가 계시오. 앞으로 공을 쓰게 되면 내 그때 가서 다시 청하리다."

하고 말하였다. 방통이 한 번 길게 탄식하며 자리를 물러났다.

노숙은 손권에게

"주공께서는 어찌하여 방사원을 중용하지 않으십니까."

하고 물으니, 손권은

"미친 선비라, 그런 사람을 써서 무슨 유익함이 있겠소."

라고 대답한다. 노숙이 다시

"아니외다. 전번 적벽 싸움에 이 사람이 연환계를 드려서 첫째 가는 공을 이루었습니다. 주공께서는 그를 잊으셨나이까."

하고 말하였으나, 손권은

"그때 조조가 자의로 배를 서로 붙잡아 매려고 한 것이지 꼭 이 사람의 계책이라고는 할 수 없소. 어찌했든 나는 그를 쓸 생각이 없소."

하고 듣지 않았다.

노숙이 밖으로 나와서 방통을 보고

"숙이 족하를 천거 아니 한 바 아니나 오후께서 공을 쓰려고 아니 하시니 어쩌겠습니까. 공은 아직 때가 아니라 생각하고 조금 참고 기다려 보시지요."

하고 말하니, 방통은 머리를 숙인 채 길이 한숨을 지을 뿐 다시 아무 말이 없다.

"공이 동오에 계실 뜻이 없는 것이나 아닙니까."

하고 물어도 대답이 없어서, 노숙이 다시

"공은 세상을 건질 재주를 가지고 계시니 어딜 가신들 대수리까마는, 숙에게 바른대로 말씀을 해 보십시오. 대체 어디로 가려고 그러십니까."

하고 물으니,

"나는 조조에게로나 갈까 하오이다."

하고 방통이 대답한다.

노숙은 다소 놀란 듯하며 방통을 쳐다보며 말하였다.

"그것은 마치 밝은 구슬을 어둠 속에 내던지는 것이나 같습니다. 그러지 마시고 형주 유황숙에게로 가시지요. 그러면 필연 족하를 중히 써 드릴 것입니다."

방통이 말한다.

"내 생각도 실상은 그러한데 먼저 한 말씀은 짐짓 농으로 한 것이외다."

노숙이

"그러면 이 사람이 공을 천거하는 글을 써 드릴 터이니 부디 공은 현덕을 보좌해서 손씨와 유씨 두 집이 서로 다투는 일이 없이 앞으로는 힘을 합해 조조를 깨뜨리도록 힘써 주십시오."

하고 말하니,

"그것이 바로 내가 평소에 마음먹고 있는 바입니다."

하고, 방통은 마침내 노숙이 써 주는 글월을 받아 가지고 그 길로 형주로 가서 현덕을 찾아보았다.

이때 공명은 마침 네 고을을 보살피러 나가서 아직 돌아오지 않았는데, 문 지키는 관속이 들어가서

"강남의 명사 방통이 특히 휘하에 몸을 두러 왔답니다."

하고 보하자, 현덕은 이미 오래전에 그의 이름을 들어서 아는 터이라 곧 청해 들이라 해서 만나 보았다.

방통은 현덕을 대하여 오직 길게 읍만 할 뿐 절은 하지 않았다.

이때 현덕은 방통의 용모가 추한 것을 보고 역시 마음에 내키지 않아 하며

"어떻게 족하는 이처럼 먼 길을 오셨소이까."

하고 물었다.

방통은 그 자리에서 곧 노숙과 공명의 글을 내어 놓으려 아니 하고 그저

"황숙이 어진 선비들을 널리 구하신다는 말씀을 들었기에 특히 이처럼 찾아 온 것이외다."

하고만 대답하였다.

이에 대하여 현덕은

"형 · 초 지방은 완정한 지 얼마 되지 않아서 지금 당장 빈 자리가 없고, 예서 동북으로 상거 일백삼십 리 되는 곳에 뇌양현이라는 고을이 있는데 그곳 현령 자리가 마침 궐해 있으니 우선 그리로 가 계시면 앞으로 차차 마땅한 자리가 나는 대로 중히 써 드리도록 하오리다."

하고 말하였다.

방통은 속으로 '현덕이 어찌하여 나를 이처럼 박대하는고. 어디 내 한 번 재주와 학문으로 저를 움직여 볼까' 하고도 생각하였으나, 공명이 없는 것을 보고는 섭섭한 마음을 지닌 채 현덕에게 하직하고 떠났다.

그 길로 방통은 뇌양현에 도임하였는데, 도무지 고을의 공사는 보려 아니 하고 종일 술 마시는 것으로 낙을 삼으며 일절 전량과 송사 같은 것에는 관심을 두려고 아니 하였다.

그러자 누군가 현덕에게 방통이 뇌양현 공사를 모조리 폐해 버

렸다고 고해바친 사람이 있었다.

그 말을 듣고 현덕은 노하여

"되지 못한 선비 놈이 언감 내 법도를 문란하게 한단 말이냐."

하고 드디어 장비를 불러서

"네가 종인을 데리고 가서 형남의 여러 고을들을 순시하되 만일에 불공불법(不公不法)한 자가 있거든 곧 법에 비추어 다스리도록 해라. 그리고 혹 일을 처리함에 있어 소홀함이 있을지도 모르니 손건하고 함께 가는 것이 좋겠다."

하고 분부하였다.

장비가 영을 받고 손건과 더불어 뇌양현에 당도하니 그곳 군민과 관리들이 모두 성 밖에 나와서 그들을 영접하는데 홀로 현령만이 보이지 않는다.

"현령이 어디 있느냐."

하고 장비가 묻자, 관속이 있다가

"방 현령이 저희 고을에 도임하신 뒤로 오늘에 이르기까지 백여 일이 되옵거니와 그 사이 고을 안의 공사는 도무지 보시려 아니 하고 매일 약주만 잡수시는데, 아침부터 밤까지 술이 깨신 적이 없사옵고 오늘도 숙취미성(宿醉未醒)[5]으로 그저 자리에 누워 아직 일어나시지도 않았소이다."

하고 아뢴다.

들고 나자 장비는 크게 노해서 바로 그들 잡아내려고 하였다.

그러나 손건이 있다가

---

5) 어제 먹은 술이 그저 깨지 않은 것.

"방 현령은 고명한 사람이라 결코 경홀하게 대해서는 아니 될 것이니 우선 고을에 들어가 사세를 알아보아서 과연 사리에 부당한 일이 있거든 그때에 죄를 다스리는 것도 늦지 않으리다."

하고 권해서, 장비는 마침내 고을 안으로 들어가 정청 위에 좌정한 다음 현령더러 곧 나와 보라고 하였다.

방통이 얼마를 있다 나오는데, 술이 그저 취해서 의관도 정제하지 못한 채다. 이 꼴을 보고 장비가 노하여

"우리 형님이 그래도 너 같은 것을 사람이라고 현령을 시켜 주셨는데 네가 언감 고을 일을 모조리 폐해 버리고 그 꼴은 무엇이렷다."

하고 꾸짖으니, 그 말에 방통이 웃으며

"장군은 대체 내가 고을의 무슨 일을 폐했다고 그러시오."

하고 되묻는다.

"네가 이곳에 도임한 지 백여 일에 그저 연일 술만 마시고 있었다는데, 어찌 공사를 폐하지 않았다고 말할 수 있느냐."

하고 노기를 띠어 꾸짖으니, 방통은 장비를 빤히 쳐다보며 말한다.

"이까짓 손바닥만 한 작은 고을의 소소한 공사쯤이 무에 결단하기 어렵겠소. 장군은 잠깐 앉아 계시오. 그러면 내 금방 장군 앞에서 후딱 공사를 끝내 버리리다."

방통은 즉시 관속을 불러서 그 사이 백여 일간 밀린 공무를 모조리 가져다가 결처하게 하라고 분부하였다. 아전들이 모두 문건·문부들을 한아름씩 안고 분분히 청상으로 올라오고 소송 피고인들이 계하에 뺑 둘러 꿇어앉는다.

방통이 일변 손으로는 제사(題辭)를 쓰고 일변 입으로는 판결을

내리고 또 귀로는 송사를 듣는데, 시비곡직이 분명해서 털끝만치도 정도에서 벗어나는 것이 없으매 백성이 다 머리를 땅에 조아리고 절들을 한다.

반나절이 미처 못 되어서 백여 일간 밀린 공사를 모조리 결처해 버리자 방통은 붓을 땅에 내던지고 장비를 대하여

"대체 내가 폐해 버렸다는 일이 무엇이오. 조조와 손권도 내가 보기를 손바닥 위의 글 보듯 하는 터에 이까짓 작은 고을이야 족히 개의할 것이 있으리까."

하고 말하였다.

장비는 크게 놀라 자리에서 내려와

"선생의 이렇듯 비상하신 재주를 모르고 이 사람이 그만 실례됨이 많았소이다. 내 곧 우리 형님께 가서 극력 선생을 천거하겠사오니 선생은 부디 노여움을 푸소서."

하고 머리 숙여 사죄하였다.

방통은 그제야 노숙이 추천하는 글을 장비 앞에 내어 놓는다.

"선생이 처음에 우리 형님을 만났을 때 어째서 이 글을 내어 놓지 않으셨소."

하고 장비가 한마디 묻자, 방통은

"만약 만나는 길로 바로 내어 놓으면 마치 남이 천거해 주는 글 한 장만 가지고 뵙기를 청하는 것 같아서 그래 그만두었던 것이외다."

하고 대답하였다.

장비는 손건을 돌아보며

"공이 아니었다면 그만 대현 한 분을 잃을 뻔하였소."

하고 드디어 방통을 하직하고 형주로 돌아와서 현덕을 보고 방통의 하던 양을 처음부터 끝까지 이야기하였다.

현덕은 크게 놀라서

"대현을 홀대한 것은 내 잘못이로다."

하고 말하는데, 장비는 노숙의 추천서를 그에게 드렸다.

현덕이 노숙의 글을 뜯어보니 사연은 대강 다음과 같다.

방사원은 백리지재(百里之才)[6]가 아니니 치중이나 별가 같은 소임을 맡겨야 비로소 그 뛰어난 재주를 펴 볼 수 있을 것이요, 만일에 용모를 가지고 취한다면 두렵건대 그 배운 바를 저버리게 되어 마침내는 다른 사람에게 쓰이는 바가 되고 말 것이니 이는 참으로 가석한 일이라 하겠소이다.

현덕이 글을 보고 나서 바야흐로 탄식하고 있을 때 문득 보하되 공명이 돌아왔다고 한다. 현덕은 즉시 그를 맞아들였다. 돌아온 인사를 마치자 곧 공명이 먼저

"방군사가 그 사이 별고나 없습니까."

하고 물어서, 현덕이

"근자에 뇌양현을 다스리는데 술만 좋아하고 공사는 전폐하고 있답디다."

하고 대답하니, 공명이 듣고 웃으며

"사원은 그런 백 리 안팎의 작은 고을이나 다스리고 앉았을 인

6) 사방 백 리쯤 되는 작은 고을을 다스릴 만한 재주. 국량이 그리 크지 못한 인물을 가리켜서 하는 말.

물이 아니니 그의 흉중에 들어 있는 학문이 여기 앉아 있는 량보다 열 배나 더합니다. 량이 앞서 사원에게 천거하는 글을 한 장 써 주었는데 주공께서는 받아 보시지 못하셨습니까."
하고 묻는다.

"오늘에야 비로소 자경이 천거한 글을 받아 보았고 선생의 글은 아직 보지 못하였소이다."
하고 현덕이 대답하니,

"대현에게 작은 소임을 맡겨 놓으면 왕왕 술이나 먹고 날을 보내며 일은 잘 보러 들지 않는 법입니다."
하고 공명이 말한다.

"만일에 내 아우가 말을 해 주지 않았다면 그만 대현 한 분을 잃을 뻔하였소이다."
하고 현덕은 그 길로 장비에게 분부하여 뇌양현에 가서 방통을 청하여 오게 하였다.

방통이 이르자 현덕은 섬돌 아래 내려가서 그에게 죄를 청하였다. 방통이 그제야 공명의 천거한 글월을 내어 놓는다. 현덕이 그 글의 사연을 보니 봉추가 가거든 부디 중하게 쓰라는 것이다.

현덕은 기뻐서

"예전에 사마덕조가 이르기를 '복룡과 봉추 두 사람 중에 하나를 얻으면 가히 천하를 편안케 하리라' 하였는데 이제 내가 두 사람을 다 얻었으니 가히 한실을 일으킬 수가 있겠구나."
하고 드디어 방통으로 부군사 중랑장을 삼아서 공명과 함께 계책을 의논하며 군사를 교련하여 장차 출전할 준비를 하게 하였다.

이때 세작이 이 일을 알아다가 허창에 보하되,

"유비가 제갈량과 방통으로 모사를 삼아 군사들을 초모하고 말을 사들이며 일변 양초를 쌓아 놓고 동오와 서로 손을 잡고 있으니 모르면 모르되 머지않아서 반드시 군사를 일으켜 북벌을 하러 나설 것이외다."

하니, 조조는 이 말을 듣자 마침내 모사들을 모아 놓고 남정할 일을 의논하였다.

순유가 나서며

"이제 주유가 갓 죽었으니 먼저 손권부터 취하시고 다음에 유비를 취하시는 것이 가할까 보이다."

하고 말해서, 조조가 듣고

"그러나 내가 만일 원정한 틈을 타서 마등이 허도를 엄습하기라도 한다면 이를 어찌하오. 앞서 우리가 적벽에 있을 때에도 역시 서량 군사가 쳐들어온다는 풍설이 군중에 떠돌았던 터이니 불가불 방비는 해야만 하리다."

하니, 순유가 다시

"저의 어리석은 소견에는 조서를 내려서 마등으로 정남장군을 삼아 손권을 가서 치라 하시고, 경사로 저를 끌어올려 먼저 이 사람부터 없애 버리시고 보면 남정을 하시는 데 다른 근심이 없을까 보이다."

하고 계책을 드린다.

조조는 듣고 크게 기뻐하여 그날로 즉시 사람을 시켜서 천자의 조서를 받들고 서량으로 내려가서 마등을 불러 오게 하였다.

원래 마등의 자는 수성(壽成)이니 한나라 복파장군(伏波將軍) 마원(馬援)[7]의 후손이다. 그의 부친의 이름은 숙(肅)이요 자는 자석(子碩)으로서 환제 시절에 천수난간현위(天水蘭干縣尉)가 되었다가 뒤에 벼슬이 떨어져서 농서(隴西)[8] 지방으로 굴러들어가 강족과 함께 섞여서 사는 중에 드디어 강족의 계집에게 장가를 들어 마등을 낳은 것이다.

마등이 신장이 팔 척이요 체구가 웅장하고 상모가 걸출한 데다가 천성이 온량해서 사람들이 다 공경하는 터다. 영제 말년에 강족이 반란을 일으켰을 당시 마등은 민병을 초모해 가지고 그들을 진압하였고 또 초평(初平) 중년에는 도적을 치는 데 공로가 있었다고 해서 정서장군이 되었으니 진서장군 한수와는 일찍이 형제의 의를 맺은 사이였다.

이날 마등이 천자의 조서를 받고, 마침내 맏아들 마초(馬超)를 불러서 의논하되

"내가 일찍이 동승으로 더불어 의대조를 받자온 이래 유현덕과 서로 약속하고 함께 역적을 치자고 했다. 그러나 불행히도 동승은 이미 죽고 현덕은 또 여러 차례 조조에게 패했는데 내 또한 외진 서량 땅에 떨어져 있어서 이제까지 현덕을 도와주지 못하였다. 그런데 근자에 들으매 현덕이 이미 형주를 얻었다고 하기에 내가 바야흐로 옛날 지녔던 뜻을 펴 볼까 하던 참인데 이제 뜻밖에도

---

7) 동한 무릉(茂陵) 사람으로, 광무제를 도와서 외효(隗囂)를 격파하고 다시 명을 받아 선령강(先零羌)을 정벌하고 농우(隴右)를 숙청하고 교지(交阯)를 평정한 다음 동주(銅柱)를 세워서 공을 표하고 돌아왔다. 광무제는 그를 복파장군을 삼고 신식후(薪息侯)를 봉하였다.
8) 중국 감숙성(甘肅省)의 별명.

아! 적벽대전

조조 편에서 도리어 나를 올라오라고 부르니 대체 어찌했으면 좋은지 네 생각은 어떠하냐."

하고 물으니, 마초는

"조조가 천자의 칙명을 빌려 가지고 부친더러 오시라고 하니 이제 만일 가시지 않는다면 제가 필시 우리더러 칙명을 거역했다고 책망할 것입니다. 그러니 이번에 조조가 부르는 길에 아주 경사로 올라가서 정세를 보아 중간에서 일을 도모하신다면 가히 전날의 뜻을 펴 보실 수 있지 않을까요."

하고 말하는데, 이때 마등의 형의 아들 마대(馬岱)가 나서며

"조조는 마음이 불측한 자니 숙부께서 만약 그대로 가셨다가는 해를 입지나 않으실까 두렵습니다."

하고 간한다.

마초가 다시 말한다.

"제가 한 번 서량 군사들을 모조리 일으켜 가지고 부친을 따라 허창으로 쳐들어가서 천하를 위하여 역적을 없애 버리기로 하면 무슨 불가할 것이 있겠습니까."

마등이

"너는 강병(羌兵)을 거느리고 그대로 서량을 지키고 있거라. 내가 네 아우 마휴(馬休)·마철(馬鐵)과 조카 마대만 데리고 가겠는데 네가 그냥 서량 땅에 남아 있고 또 한수가 서로 돕는 것을 알면 조조가 감히 나를 해치려 들지는 못할 것이다."

하고 말하니, 마초가 길 떠나는 부친을 염려하여 다시 여쭌다.

"부친께서 가시거든 결코 경사에 함부로 들어가시지 마시고 부디 수기응변해서 그 동정을 살피도록 하십시오."

"내가 다 알아서 좋도록 할 터이니 너는 너무 근심 마라."

이리하여 마등이 마침내 서량 군사 오천 명을 거느리고 떠나는데, 먼저 마휴와 마철로 전대가 되어 앞서 나가게 하고 마대로 하여금 뒤에 떨어져서 접응하게 한 다음, 육속 허창을 바라고 올라가서 허창성 이십 리 밖에 군마를 둔쳐 놓았다.

조조는 마등이 이미 당도한 것을 알자 문하시랑 황규(黃奎)를 불러서

"이번에 마등이 남정하는데 내가 그대를 행군참모로 삼는 터이니 그대는 먼저 마등의 영채로 가서 군사들을 위로하고 마등에게 내 말을 전하되, 서량이 길이 멀어서 양초를 나르기가 심히 어려 우매 인마를 많이 데리고 올 수 없을 것이라 내가 대병을 내어 주기로 할 것이니 함께 나가도록 하고, 내일 성에 들어와서 천자께 알현할 때 내가 양초는 판비해 주겠노라고 하오."
하고 분부하였다.

황규는 영을 받고 곧 마등을 가 보았다. 마등은 술을 내어 그를 대접하였다. 피차 술이 거나해지자 황규가 문득

"내 선친 황완(黃琬)이 이각·곽사의 난에 그만 돌아가셔서 한을 품어 오던 터에 어찌 오늘날 또 기군망상하는 도적을 만날 줄 생각이나 했겠소."
하고 말해서, 마등이

"아니 누가 기군망상하는 도적이란 말씀이오."
하고 물으니, 황규가

"기군망상하는 자는 바로 조조 도적놈인데 공이 그래 몰라서 그걸 내게다 물으시오."

하고 탁 면박을 준다.

마등은 혹시나 조조가 자기의 속을 떠보려고 그를 보낸 것이나 아닌가 의심해서 급히 손을 내저으며

"남의 이목이 두려우니 그런 말은 함부로 하지 마오."

하고 만류하였다.

황규가 더욱 노해서

"공은 그래 의대조를 잊으셨단 말이오."

하고 꾸짖는다. 마등은 그의 말이 진심에서 우러나오는 것임을 알자 마침내 자기의 마음먹고 있는 바를 가만히 그에게 이야기해 주었다.

듣고 나자 황규는

"조조가 공더러 내일 성에 들어와서 천자께 알현하라고 하는 것이 필시 호의에서 나온 일은 아닐 것이니 공은 경솔히 들어가려 말고 내일 군사를 성 아래 머물러 두었다가 조조가 성에서 나와 군사를 점고하는 때를 기다려 그 자리에서 죽이고 보면 가히 대사를 이룰 수 있으리다."

하고 계책을 일러 주었다. 이리하여 그들 두 사람 사이에 의논이 정해졌다.

황규는 집으로 돌아와서도 가슴속의 원한이 가시지 않았다. 그의 아내가 괴이쩍게 생각하여 재삼 물었으나 황규는 말을 하려 하지 않았는데 여기 뜻밖의 일이 하나 생겼다.

본래 그의 첩 이춘향(李春香)은 그의 처남 묘택(苗澤)이란 자와 사통해서 묘택이 진작부터 이춘향과 같이 살고 싶어 하면서도 좋은 도리가 없어 궁리하던 중이었는데, 이날 황규가 그처럼 분을 이기

224

지 못해 하는 양을 보고 춘향이가 드디어 묘택에게

"황 시랑이 오늘 군무를 상의하고 돌아와서는 웬일인지 분해서 어찌할 줄을 모르니 대체 누구 때문에 그러는지 모르겠구먼."

하고 말하니, 그 말을 듣자 묘택은 곧

"그럼 그에게 슬쩍 말을 걸어 보는데 '남들이 모두 유황숙은 덕이 많은 분이요 조조는 간웅이라고들 하니 그것은 웬 까닭인가요' 하고 물어서 어디 그가 무어라고 대답을 하나 들어 보라."

하고 일러 주었던 것이다.

그러자 이날 밤에 황규가 과연 이춘향의 방으로 와서 첩이 훈수받은 대로 말을 걸어 보니, 황규는 술이 취한 김에

"자네로 말하면 일개 아녀자에 지나지 않으면서도 오히려 옳고 그른 것을 아니 나야 말해 무얼 하겠나. 내가 지금 분을 삭이지 못하고 있는 것은 조조를 죽이려고 하기 때문일세."

하고 그만 입을 놀리고 말았다. 첩은 다시 한마디

"그래 죽인다면 대체 어떻게 하수하실 작정인가요."

하고 묻고, 황규가

"내 이미 마 장군하고 약속을 정해 놓았는데 내일 성 밖에서 조조가 군사를 점고할 때 죽이기로 했다네."

하고 대답하자 그는 곧 묘택에게 이대로 일러 주었다.

이것을 묘택은 또 조조에게로 가서 고해바쳤다.

조조는 그 길로 가만히 조홍과 허저를 불러서 이리이리 하라고 분부하고 또 하후연과 서황을 불러서 저리저리 하라고 영을 내렸다. 그들이 영을 받고 나가자 조조는 일변 황규의 온 집안식구들을 먼저 잡아다 가두어 버렸다.

그 이튿날이다.

마등이 서량 군마를 거느리고 성 아래로 가까이 오며 보니 전면에 한 떼의 홍기가 늘어서고 그중에 승상의 기호가 걸려 있다. 마등은 조조가 친히 군사를 점고하러 나온 것이라고만 생각하고 급히 말을 몰아 앞으로 나갔다.

그러자 홀연 호포소리가 한 방 크게 울리며 홍기가 열리더니 화살이 빗발치듯 하고 한 장수가 앞을 서서 나오니 곧 조홍이다.

마등이 급히 말머리를 돌려 돌아오려는데 양편에서 함성이 또 일어나며 좌편에서는 허저가 짓쳐 나오고 우편에서는 하후연이 짓쳐 나오며 후면에서는 또 서황이 군사를 거느리고 짓쳐 들어와서 서량 군마의 나올 길을 끊고 마등 부자 세 사람을 철통같이 에워싸 버렸다.

마등은 형세가 불리한 것을 보고 죽을힘을 다해서 닥치는 대로 적을 쳤다. 마철은 어느 틈에 난전에 맞아서 죽고 마휴가 혼자 마등을 따라 함께 좌충우돌하는데 끝내 에움을 뚫고 나오지 못하고 두 사람이 모두 몸에 중상을 입은 중에 타고 있던 말들이 또 화살에 맞아서 쓰러지는 바람에 부자 두 사람이 다 적에게 사로잡히고 말았다.

조조가 황규와 마등 부자를 일제히 묶어 오라고 명해서 그 앞에 끌려오자 황규가

"나는 아무 죄 없소."

하고 큰 소리로 외쳐서 조조는 묘택을 데려다가 대질을 시켰다.

이것을 보고 마등은

"못생긴 선비 놈이 내 대사를 그르쳐 놓았구나. 내가 나라를 위

226

해서 역적을 죽이지 못하니 이는 곧 천수다."

하고 크게 소리쳤다.

조조는 그를 끌어 내가라고 명하였다. 이리하여 마등은 그 아들 마휴와 황규로 더불어 죽음을 받았는데 죽기에 이르기까지 그의 입에서 꾸짖는 소리가 끊이지 않았다.

후세 사람이 마등을 탄식해서 지은 시가 있다.

부자가 한결같이 꽃다워라 그 이름들
그 충성 그 절개로 일문이 빛나누나.
목숨을 내어던져 국난을 도모하고
죽기로 맹세하여 군은에 보답했네.
제 입술 저 깨물어 피로써 맹세한 말
역적을 없애자고 의장(義狀)에 이름 뒀네.
서량에서 명문으로 첫손꼽는 집이거니
복파(伏波)의 후손됨에 과연 안 부끄럽구나.

이때 묘택이가 조조를 보고

"상급을 내리시는 것은 원치 않사옵고 다만 이춘향이를 처로 삼게 해 주셨으면 하옵니다."

하고 고하니, 조조는 이 말을 듣고 웃으면서

"네가 일개 부인으로 해서 네 매부의 집안을 몰사를 시키고 말았으니 너 같은 의리 없는 놈을 남겨 두어 무엇에 쓰랴."

하고 즉시 묘택과 이춘향을 황규의 가족들과 함께 다 저자에 내어다가 목을 베어 버렸다. 보는 사람들로서 탄식하지 않는 이가 없었다.

후세 사람이 시를 지어서 탄식하였다.

제 욕심 채우려고 충신 해친 저 묘택이
춘향이는 얻도 못하고 제 목숨만 스러졌네.
간웅도 그런 일엔 용서할 법 없는 것을
아닌 일을 도모하다 저만 소인이 되었구나.

조조는 유고를 내려서
"마등 부자가 모반하였으나 이는 다른 사람들에게는 관련 없는
일이다."
하여 서량 군사들을 초안하고 한편으로 사람을 시켜서 분부하되,
관문을 굳게 지켜 마대를 놓아 보내지 말라 하였다.
이때 마대는 일천 군 거느리고 뒤에 있다가 허창성 밖으로부터
도망해 온 군사에게서 흉보를 받자 소스라쳐 놀라 그 길로 군사
들을 버리고 객상(客商)처럼 차린 다음 밤을 도와 도망해 버렸다.
조조는 마등 부자를 죽이고 나자 곧 남정하기로 뜻을 정했는데
이때 문득 사람이 들어와서
"유비가 군마를 조련하고 병장기를 수습하여 장차 서천을 취하
려 하고 있답니다."
하고 보하였다.
조조가 놀라서
"만일에 유비가 서천을 손에 넣고 보면 우익이 이루어질 터인
데 장차 이를 어찌 도모하면 좋을꼬."
하니, 그 말이 미처 끝나기 전에 계하에서 한 사람이 앞으로

나서며

"제게 한 계책이 있으니 그대로만 하신다면 유비와 손권이 피차 돌보지 못하게 되어 강남과 서천이 모두 승상께로 돌아오게 되오리다."

하고 말한다.

　　　서량 호걸이 방금 죽음을 받았는데
　　　남국 영웅이 또 앙화를 입는구나.

　대체 계교를 드리는 자가 누군고.

마초가 군사를 일으켜 원한을 푸니
조조는 수염을 베고 전포를 벗어 버리다

| 58 |

이때 말을 낸 사람은 곧 치서시어사(治書侍御史) 진군(陳羣)이니 자는 장문(長文)이다.

"진장문이 어떤 좋은 계책을 가지고 계시오."

하고 조조가 물으니 진군이 대답한다.

"지금 유비와 손권이 서로 순치(脣齒)[1]의 형세를 이루고 있으니 만일 유비가 서천을 취하려 하거든 승상께서는 한 상장에게 명하시어 군사를 거느리고 나가서 합비에 있는 군사와 합세하여 바로 강남을 취하게 하십시오. 그러면 손권은 반드시 유비에게 구원을 청할 것입니다. 그러나 유비는 생각이 서천에 있는지라 필시 손권을 구할 마음이 없을 것이니 구원이 없고 보면 손권이 형세가

---

1) 입술과 이, 곧 이해관계가 밀접해서 서로 의지하고 지내는 사이를 말함.

곤해서 강동 땅은 반드시 승상께로 돌아오고 말 것이요, 강동만 얻으시고 보면 형주는 한 번 북쳐서 평정하실 수 있을 것이니 형주를 평정하신 다음에 서서히 서천을 도모하시면 천하는 정해질 것이외다.”

듣고 나자 조조는

“장문의 말이 바로 내 뜻과 같소.”

하고 즉시 대병 삼십만을 일으켜 바로 강남으로 내려가기로 하고 합비의 장료로 하여금 양초를 준비해서 뒤를 대게 하였다.

이때 세작이 이것을 탐지해 가지고 재빨리 손권에게 보해서 손권이 장수들을 모아 놓고 의논하니, 장소가 나서서

“사람을 노자경에게 보내셔서 급히 형주로 글을 띄우고 현덕더러 함께 힘을 합해서 조조를 막자고 이르게 하십시오. 자경은 현덕에게 은혜가 있으니 현덕이 반드시 그의 말을 들을 것이요, 또한 제가 이미 동오의 사위가 되었으니 의리로 보더라도 마다고는 못하오리. 만약에 현덕만 와서 도와준다면 강남은 아무 근심할 것이 없겠습지요.”

하고 말한다.

손권은 그 말을 좇아 즉시로 사람을 노숙에게 보내서 현덕에게 구원을 청하라고 일렀다. 노숙은 명을 받고 그 즉시 글을 써서 사람을 시켜 현덕에게 전하게 하였다.

현덕은 글의 사연을 보고 나자 사자를 객사에 머무르게 하고 사람을 남군으로 보내서 공명을 청해 오게 하였다.

공명이 형주에 이르자 현덕이 노숙의 글을 내어 주니 공명은 보

고 나서

"강남 군사도 움직일 것 없고 형주 병마도 동할 것 없이 조조로 하여금 제 감히 동남을 바로보지 못하게 할 도리가 있습니다."

하고, 그 자리에서 노숙에게 답서를 쓰되

베개를 높이 베고 아무 근심 마시라. 만약에 북쪽 군사가 침범해 온다면 황숙께 저들을 물리칠 계책이 있소이다.

해서 사자를 돌려보내 버렸다.

현덕은 그에게 물었다.

"이번에 조조가 삼십만 대군을 일으켜 합비 군사와 합해 가지고 한꺼번에 몰려오는데 선생은 어떤 묘계가 있으시기에 그를 물리치시겠다고 하오."

공명이 대답한다.

"조조가 평생에 근심하고 있는 것이 곧 서량 군산데 이번에 그가 마등을 죽였으니 지금 서량병을 거느리고 있는 마등의 아들 마초는 조조에 대해서 반드시 이를 갈고 있을 것이라 주공께서는 곧 글을 보내서 그와 맺으십시오. 그래서 마초로 하여금 군사를 일으켜 관을 들어가게만 하시면 조조가 어느 겨를에 강남으로 내려오겠습니까."

현덕은 크게 기뻐하여 즉시 글을 써서 심복인에게 주고 바로 서량주로 내려가서 마초에게 전하게 하였다.

한편 서량주에서 마초는 어느 날 밤 자기가 눈 쌓인 벌판에 누워 있는데 난데없는 호랑이 떼가 달려들어 무는 꿈을 꾸었다.

깜짝 놀라 잠을 깨자 마음에 의혹이 들어서 수하 장수들을 모아 놓고 꿈 이야기를 하니, 장하의 한 사람이 바로 나서며

"그 꿈은 곧 불길한 조짐이올시다."

하고 말한다.

모두들 보니 그는 곧 마초의 심복 교위로서 성은 방(龐)이요 이름은 덕(德)이요 자는 영명(令明)이란 사람이다.

"그래 영명의 생각이 어떻소."

하고 마초가 물으니, 방덕이 이에 대답하여

"눈 쌓인 벌판에서 호랑이를 만났으니 몽조(夢兆)가 아주 흉합니다. 혹시 노장군께서 허창에 가셨다가 무슨 일이라도 생기신 것이나 아닐는지요."

하고 말하는데, 그 말이 미처 끝나기 전에 한 사람이 비틀거리며 들어오더니 땅에 엎드려 통곡을 하면서

"작은아버님도 돌아가시고 아우들도 다 죽었습니다."

하고 고한다. 마초가 자세히 보니 곧 마대다.

마초가 놀라서 어찌된 까닭을 묻자 마대가 대답한다.

"숙부님께서 시랑 황규와 더불어 조조를 모살하려고 하시다가 불행히 일이 탄로가 나서 다 참을 당하시고 두 아우도 역시 죽었는데, 저만 객상 모양을 하고 빠져나와서 주야겸행으로 도망해 오는 길입니다."

마초는 그 말을 듣자 울며 그대로 땅에 쓰러져 버렸다. 장수들이 그를 부축해 일으키자 마초는 이를 갈며 조조를 가지고 통분해하기를 마지않는데, 홀연 보하되 형주 유황숙에게서 사람이 글

아! 적벽대전

을 가지고 왔다고 한다.

마초가 받아서 뜯어보니 사연은 대강 다음과 같다.

한실이 불행하매 조조 도적이 권세를 희롱하여 임금을 속이고 백성을 해치므로 유비가 전일에 선장과 함께 의대조를 받고 이 도적을 주멸하기로 맹세하였던바, 이제 선장께서 조조 손에 해를 입으시니 이는 장군이 천지를 함께하며 일월을 한가지로 못할 원수라.

만일에 장군이 능히 서량병을 거느리고 조조의 오른편을 치신다면 유비는 마땅히 형양의 무리를 들어서 조조의 앞을 막을 것이니 이리하면 가히 역적 조조를 사로잡을 수 있고 가히 간사한 무리를 멸할 수 있으며 가히 원수를 갚을 수 있고 가히 한실을 일으킬 수 있으리라.

글로써 말씀을 다하지 못하며 회답을 기다리나이다.

마초는 읽고 나자 눈물을 뿌려 회답을 써서 먼저 사자에게 주어 돌아가게 한 다음, 뒤미처 서량 병마를 일으켰다.

그러나 바야흐로 떠나려 할 때 뜻밖에도 서량태수 한수가 사람을 보내서 마초더러 오라 하여, 마초가 한수의 부중으로 가니 한수가 조조에게서 온 편지를 내어 보이는데 그 속에

만약 마초를 사로잡아서 허도로 올려 보내시면 그대를 봉해서 서량후를 삼으리다.

라는 구절이 있었다.

보고 나자 마초는 그대로 땅에 배복하였다.

"부디 숙부께서는 저희 형제 두 사람을 묶어서 허창에 보내시고 병장기 쓰시는 수고를 더십시오."

한수는 곧 그를 붙들어 일으키며

"내가 자네 어르신네와 형제의 의를 맺은 터에 어찌 차마 자네를 해친단 말인가. 자네가 군사를 일으킨다면 내가 도와주기로 하겠네."

하고 말하였다. 마초는 절을 하여 사례하였다.

한수는 그 즉시 조조에게서 온 사자를 끌어내어다 목을 베고 자기 수하의 팔부 군마를 점고하여 함께 나가기로 하니 팔부란 곧 후선(侯選)·정은(程銀)·이감(李堪)·장횡(張橫)·양흥(梁興)·성의(成宜)·마완(馬玩)·양추(楊秋)라 이 여덟 장수가 한수를 따라서 마초 수하의 방덕·마대와 함께 이십만 대병을 일으켜 가지고 장안을 향해서 짓쳐 들어오니, 이것을 보고 장안군수 종요는 나는 듯이 조조에게 급보를 올리고 일변 적을 막으러 군사를 거느리고 성에서 나가 들에다 진을 벌렸다.

바라보니 서량주 전부 선봉 마대가 군사 일만 오천을 거느리고 호호탕탕하게 산과 들을 덮고 들어온다. 종요는 말에 올라 싸우러 나갔다.

마대가 한 자루 보도를 들고 나왔다. 두 장수는 곧 칼을 어울렸다. 그러나 일합이 못 되어 종요는 대패해서 달아났다.

마대가 칼을 두르며 그 뒤를 쫓는데 이때 마초와 한수가 대군을 거느리고 일제히 이르러 장안을 에워싸 버렸다. 종요는 성 위로 올라가서 지켰다.

　장안은 원래 서한 시절의 도읍이다. 성곽이 견고하며 참호가 험하고 깊어서 쉽사리 깨뜨릴 수가 없었다.

　열흘 동안을 에워싸고 쳤건만 종시 성을 파하지 못하니, 방덕이 나서서

　"장안 성중이 땅은 굳고 물은 짜서 먹기가 어려운 데다가 땔나무도 없습니다. 이제 열흘이나 두고 성을 에웠으니 군사나 백성이나 다들 주렸을 것이매 잠시 군사를 거두고 이러이러하게 하면 장안을 쉽사리 얻을 수 있을까 보이다."

하고 계책을 드린다.

　듣고 나자 마초는

　"그 계책이 참 묘하오."

하고 즉시 영자기를 각 부로 돌려서 모조리 퇴군하게 하고 마초는 친히 뒤를 끊기로 하여 각 부 군마가 점차로 물러들 갔다.

　종요가 이튿날 성에 올라서 보니 군사들이 다 물러가고 없다. 그러나 혹시 무슨 계책이나 아닐까 해서 사람을 내어 보내 알아보게 하였더니 과연 멀리 가 버렸다고 한다.

　그제야 그는 비로소 마음을 놓고 군사와 백성에게 성에서 나가 나무를 하고 물을 길라 영을 내려 성문을 활짝 열어 놓고서 임의로 사람들을 출입하게 하였는데, 닷새째 되는 날에 가서 마초의 군사가 또 온다는 보도가 있어서 군사와 백성은 서로 앞을 다투어 성 안으로 들어오고 종요는 다시 전과 같이 성문을 닫아걸고 굳게 지켰다.

　이때 종요의 아우 종진(鍾進)이 서문을 파수하고 있는데 삼경이

나 거의 되었을까 해서 성문 안에 불이 일어났다.

이것을 보고 종진이 급히 불을 잡으러 오는데, 성 가에서 한 사람이 칼을 들고 말을 달려 나오며

"방덕이 예 있다."

하고 큰 소리로 호통을 친다.

종진이 미처 손도 놀려 보지 못하고 방덕의 칼에 맞아 말 아래 떨어지자 방덕은 수하 군교들을 어지러이 쳐서 쫓아 버린 다음 성문을 활짝 열고 마초와 한수의 군마를 안으로 끌어들였다. 종요는 성을 버리고 동문으로 해서 도망쳤다. 이리하여 마초와 한수는 성지를 얻어 삼군을 상 주고 종요는 물러가서 동관(潼關)을 지키며 조조에게 급보를 올렸다.

장안을 잃은 것을 알자 조조는 감히 다시 남정할 일을 의논하지 못하고, 드디어 조홍과 서황을 불러서

"너희들은 먼저 일만 인마를 거느리고 가서 종요 대신 동관을 굳게 지키도록 하되 만일 열흘 안에 관을 잃으면 다 참할 것이요 열흘을 넘어서는 어찌 되든 너희들이 아랑곳할 바 아니다. 뒤따라 내가 대군을 통솔하고 곧 가겠다."

하고 분부하였다.

두 사람은 장령을 받자 즉시 밤을 도와 떠났는데, 이때 조인이 있다가

"홍이가 성미가 급해서 일을 그르치지나 않을까 실상 걱정이 되옵니다."

하고 간하였으나, 조조는

"네 나와 함께 양초를 압송해 가지고 곧 뒤따라 접응하자꾸나."

하고 말하였다.

한편 조홍은 서황과 함께 동관에 당도하자 종요 대신 관을 굳게 지키며 나가서 싸우려 하지 않았는데, 마초가 군사를 거느리고 관 아래 와서 조조의 삼대를 싸잡아 갖은 욕을 퍼붓는 통에 그만 발끈 노해서 그와 한바탕 싸워 보려 곧 군사를 이끌고 관에서 내려 가려 하였다.

그러나 서황이 있다가

"이것은 마초가 장군의 화를 돋우어 한 번 해 보자고 하는 일이니 결단코 나가 싸워서는 아니 됩니다. 이제 승상의 대군이 당도 하면 반드시 무슨 생각이 있으실 것이매 그때까지 열흘만 기다리기로 하십시다."

하고 간하였다.

마초 군사는 주야 번차례로 와서 욕을 하였다. 조홍은 그때마다 나가서 싸우려고만 한다. 서황은 한사코 이를 막아 못하게 하였다.

그러자 구일째 되는 날 관 위에서 보고 있노라니까 서량 군사들이 모두 말에서 내려 관 앞 풀밭에 퍼더버리고 앉았는데 태반은 몸들이 고단한지 그대로 땅바닥에 쓰러져 잠들을 자고 있는 것이다.

조홍은 곧 말을 끌어오라 해서 타고 삼천 군 거느리고 관 아래로 짓쳐 나갔다. 서량 군사들이 말을 버려둔 채 창들을 내던지고 도망한다. 조홍은 그대로 그 뒤를 쫓았다.

이때 서황은 마침 관 위에서 양초를 점검하고 있다가 조홍이 관에서 내려가 시살한다는 말을 듣고 깜짝 놀라 급히 군사를 거느리고 뒤따라 쫓아나가며 조홍더러 빨리 돌아오라고 크게 외쳤다. 바로 이때 홀연 등 뒤에서 함성이 크게 진동하며 마대가 군사를 거느리고 쳐들어왔다.

조홍과 서황이 급히 말머리를 돌려 달아나는데 북소리가 한 번 크게 울리며 산 뒤로부터 양군이 길을 막고 내달으니 좌편은 마초요 우편은 방덕이다.

한바탕 혼전을 하다가 조홍이 끝끝내 당해 내지 못하여 군사를 태반이나 잃고 겹겹이 둘러싼 속을 뚫고 나와 관으로 도망해 들어오는데 서량병이 바로 뒤를 쫓아와서 조홍의 무리는 마침내 관을 버리고 달아났다.

방덕은 바로 그 뒤를 쫓아서 동관을 지났다. 그러나 마침 조인의 군마가 들이닥쳐 조홍의 무리와 그 수하의 군사들을 구해내자 마초도 방덕을 접응해서 관으로 올라갔다.

조홍이 동관을 잃고 말을 달려 조조를 가서 보니, 조조는

"내가 네게 열흘 한을 해 주었는데 어째서 아흐레만에 동관을 잃었단 말이냐."

라고 묻자, 조홍이

"서량 군사가 백방으로 욕을 했고, 또 저들이 늘어져 있는 꼴을 보이기에 승세하여 쫓아가다가 뜻밖에도 적의 간계에 빠지고 말았습니다."

하고 대답하자, 이번에는 서황을 돌아보고

"조홍이가 나이 어리고 성미가 급하니 서황이 네가 일을 알아서 해야 옳지 않았느냐."

하고 물으니, 서황이

"제가 여러 차례 간하였으나 듣지를 않았소이다. 오늘 일로 말씀하면 저는 관 위에서 군량 실은 수레를 점검하고 있었는데 이 일을 알았을 때는 소장군이 이미 관에서 내려간 뒤였소이다. 그래 저는 혹 실수가 있을까 염려해서 황망히 뒤를 쫓아갔으나 이미 적의 간계에 빠지고 만 것이외다."

하고 대답한다.

조조는 대로하여 조홍을 내어다가 베라고 호령하였다. 그러나 여러 관원들이 그의 목숨을 빌어서 조홍은 죄에 복종하고 물러갔다.

조조는 바로 군사를 거느리고 나가 동관을 치려고 하였다.

그러나 조인이

"우선 채책부터 세운 다음에 관을 치는 것이 좋을까 보이다."

하고 말해서, 조조는 영을 내려 나무를 찍어다가 채책을 둘러치게 한 다음 영채 셋을 세워 왼편 채에는 조인을 들게 하고 오른편 채에는 하후연을 들게 하고 조조 자기는 가운데 채에 들었다.

그 이튿날 조조는 세 영채의 대소 장교들을 거느리고 관 앞으로 짓쳐 나가다가 마침 중로에서 서량 군마를 만나 양편에서 각각 진을 쳤다.

조조가 문기 아래 말을 세우고 눈을 들어 바라보니 서량 군사들이 사람마다 용맹하고 낱낱이 영웅이라, 다시 마초를 바라보니 얼굴은 분을 바른 듯 희고 입술은 연지를 칠한 듯 붉고 허리는 가늘고 엉치는 크고 소리는 웅장하고 힘이 장사다. 백포은개(白袍銀鎧)로 손에 장창을 잡고 말에 올라 진전에 나와 섰는데 위쪽에는 방덕이요 아래쪽에는 마대다.

조조는 속으로 은근히 칭찬하며 말을 앞으로 내어

"그대로 말하면 한조 명장의 자손인데 어찌하여 배반하는고."

하고 마초에게 한마디 건네었다.

마초는 이를 갈면서 소리를 가다듬어 꾸짖었다.

"이놈 조조 역적아. 네가 기군망상하니 그 죄가 죽어 마땅하고 또 내 부친과 아우들을 해쳤으니 곧 불구대천의 원수라 내 마땅히 너를 사로잡아 네 고기를 씹고야 말겠다."

꾸짖기를 마치자 곧 창을 꼬나 잡고 조조를 향해서 바로 짓쳐 들어오니 조조 등 뒤에서 우금이 내달아 그를 맞아서 싸웠다.

그러나 서로 싸우기 팔구 합에 우금이 패해서 달아나고 뒤를 받아 장합이 나왔으나 이십 합에 또 패해서 달아나니 이번에는 이통 (李通)이 나와서 그를 취한다.

마초는 위엄을 뽐내서 그와 싸워 수합 사이에 이통을 한 창에 찔러서 말 아래 거꾸러뜨린 다음, 뒤를 돌아보고 창을 번쩍 들어 한 번 부르니 서량병이 일제히 짓쳐 나온다.

조조의 군사는 크게 패하였다.

서량병의 형세가 어찌나 사나운지 좌우의 장수들이 모두 막아 내지를 못하는데 이때 마초·방덕·마대가 백여 기를 이끌고 바로 중군으로 뛰어 들어와서 조조를 잡으려 들었다.

조조는 난군 속에서 서량 군사들이

"홍포를 입은 것이 조조다."

하고 크게 외치는 소리를 듣고, 마상에서 급히 홍포를 벗어 버렸는데, 다시

"수염 긴 놈이 조조다."

하고 외치는 소리가 들려와서, 조조는 당황하여 차고 있던 칼을 빼어 수염을 잘라 버렸다.

군사들 가운데 조조가 수염 자른 것을 마초에게 고한 자가 있어서 마초는 곧 사람들을 시켜

"수염 짧은 놈이 조조다."

하고 외치게 하니 조조는 듣고 즉시 깃발을 찢어서 목을 싸매고 도망하였다.

후세 사람이 지은 시가 있다.

> 동관에서 패전하고 날 살려라 도망칠 제
> 조조는 착급해서 금포를 벗었구나.
> 얼마나 혼이 나면 수염까지 잘랐을꼬.
> 마초의 명성이 하늘만큼 높았어라.

조조가 한창 달아나는 중에 등 뒤에서 누가 쫓아와서 머리를 돌려보니 바로 마초다. 조조는 깜짝 놀랐다. 이때 좌우에 따르던 장교들은 마초가 쫓아오는 것을 보자 각자 목숨을 도망하느라고 조조를 돌보는 자가 없었다.

마초가 목소리를 가다듬어

"조조는 도망 마라."

하고 크게 외치는 바람에 그는 혼이 허공에 떠서 채찍을 땅에 떨어뜨리고 그대로 달아났다.

마초는 그 뒤를 쫓아서 바짝 다가서자 그의 등을 겨누고 창을 내질렀다. 그러나 이때 마침 조조가 나무를 돌아 달아나는 통에

창은 그만 나무를 헛찌르고 마초가 나무에 박힌 창끝을 급히 잡아 빼는 사이에 조조는 벌써 멀리 달아났다.

마초가 말을 몰아 다시 그 뒤를 쫓는데 산언덕 아래로부터 한 장수가

"우리 주공을 해치지 마라. 조홍이 예 있다."

하고 큰 소리로 외치며 칼을 내두르고 말을 달려 나와서 마초를 막았다. 이 통에 조조는 몸을 빼쳐 달아나서 목숨이 살았다.

조홍은 마초와 어우러져 싸웠다. 그러나 사오십 합에 이르러 점점 칼 쓰는 법이 어지러워지고 기력이 줄어드는데 마침 하후연이 수십 기를 거느리고 쫓아왔다. 마초가 자기는 혼자라 아무래도 불리할 것을 생각하고 마침내 말머리를 돌려서 돌아가니 하후연도 그 뒤를 쫓으려고 하지 않았다.

조조가 영채로 돌아와 보니 그 사이 조인이 죽기로써 채책을 지키고 있어서 이로 인해 의외로 군사를 많이 꺾이지 않았다.

조조는 장중으로 들어와서

"내가 만약 조홍을 죽여 버렸다면 오늘 반드시 마초 손에 죽고 말았을 것이다."

하고 탄식하며 곧 조홍을 불러서 상급을 후히 내리고 패군을 수습하여 채책을 굳게 지켜 방비를 엄히 하고 나가서 싸우는 것을 허락하지 않았다.

마초는 매일 군사를 거느리고 영채 앞에 와서 욕을 퍼부으며 싸움을 돋우었다. 그러나 조조는 영을 전해서 군사들로 하여금 굳게 지키게 하고 만일에 함부로 동하는 자가 있으면 참하리라 하였다.

여러 장수들이 그를 보고

"서량병이 모두들 긴 창을 쓰니 우리는 궁노수들을 뽑아서 대적하는 것이 좋을까 보이다."

하고 말하였으나, 조조는

"싸우고 안 싸우는 것이 모두 내게 있지 적에게 있지 않소. 적이 비록 긴 창을 가졌기로 함부로 찌르지는 못할 것이니 제공은 그저 방비만 엄히 하고 보고들 있소. 그러면 적들은 절로 물러가리다."

하고 말할 뿐이다.

장수들은 서로 돌아보며

"승상께서 전에는 싸움에 남보다 앞서 나서셨는데 이번에 마초한테 한 번 혼이 나시고는 어째 이처럼 약해지셨나."

하고들 수군거렸다.

그로써 수일이 지나자 세작이 와서

"마초가 생력군(生力軍)[2] 이만 명을 데려다가 싸움을 돕게 하였는데 강인(羌人) 부락에서 온 것이랍니다."

하고 보한다.

조조가 듣고 대단히 기뻐해서 장수들이

"마초가 군사를 더 데려 왔는데 승상께서는 도리어 기뻐하시니 그것은 웬 까닭입니까."

하고 물으니, 조조는 그저

"내가 이긴 뒤에 이야기를 하리다."

---

2) 새로 온 군사. 싸움터에 갓 당도해서 원기가 왕성한 군사를 말한다.

하고만 대답하였다.

그로써 사흘이 지나 다시 보하는데 관상에 또 군사가 더 왔다고 한다. 조조가 듣고 또 대단히 기뻐하며 장중에 연석을 배설해 놓고 경하하니 장수들이 모두 가만히 웃는다.

조조는 그들에게 물었다.

"제공은 내게 마초를 깨뜨릴 꾀가 없는 것을 보고 웃는 모양인데 그럼 공들에게는 어떤 좋은 계책이 있소."

서황이 나와서 계책을 드린다.

"지금 승상께서 대군을 거느리고 이곳에 계시고 적이 또한 전부 관상에 둔치고 있으니 예서부터 하서 쪽으로는 필시 준비가 없을 것이라, 만약에 일군이 몰래 포판진(蒲阪津)을 건너 먼저 적의 돌아갈 길을 끊어 놓은 다음에 승상께서 바로 하북으로 나가 치시면 적이 서로 접응하지 못하게 되어 그 형세가 반드시 위태로울 것입니다."

듣고 나자 조조는

"공명(公明)의 말이 바로 내 뜻과 같군."

하고 즉시 서황을 시켜서 정병 사천을 거느리고 주령과 함께 바로 하서로 가서 산곡간에 매복하고 있다가 자기가 하북으로 건너가기를 기다려서 동시에 치게 하였다.

서황과 주령이 명을 받고 먼저 사천 군 거느리고 떠난 뒤에 조조는 영을 내려 먼저 조홍으로 하여금 포판진에 가서 선척과 뗏목을 준비하게 하고 조인은 남아서 영채를 지키게 하며 자기는 몸소 군사를 거느리고 위하(渭河)를 건너기로 하였다.

세작이 이것을 알아다가 마초에게 보해서, 마초가 한수를 보고

245

"이제 조조가 동관을 치지 않고 사람을 시켜서 배와 뗏목을 준비하게 하여 하북으로 건너가려고 하니 이것은 필시 우리의 뒤를 막자는 것입니다. 내 이제 일군을 거느리고 강에 나가 북쪽 언덕을 막고 볼 말이면 조조 군사가 건너지 못할 것이요, 이십 일이 못 되어 하동의 양식이 떨어지고 보면 조조의 군사가 반드시 어지러울 것이매 그때 하남으로 쫓아 내려가서 치면 조조를 사로잡을 수 있을 것입니다."
하고 말하니, 한수가

"구태여 그럴 것이 없네. 병법에 '군사가 반쯤 건넜을 때 치라'고 한 말도 듣지 못했나. 조조 군사가 절반 쯤 건넜을 때 자네가 남쪽 언덕에서 한 번 몰아치면 조조 군사는 다 강 속에 빠져 죽을 걸세."
하고 계책을 말한다.

마초는
"숙부 말씀이 심히 좋습니다."
하고 즉시 사람을 시켜서 조조가 언제쯤 강을 건너나 알아보게 하였다.

한편 조조는 병마를 정돈하고 나자 군사를 세 대로 나누어 가지고 위하로 나갔다. 인마가 강 머리에 당도하였을 때 해가 막 떠오른다.

조조는 먼저 정병을 내서 북쪽 언덕으로 건너가 영채를 세우게 하고 자기는 수하 호위군의 장수 백여 명을 데리고서 칼을 안고 남쪽 언덕에 앉아 군사들이 강을 건너는 것을 보고 있다.

그러자 홀연 사람이 보하되

"뒤에 백포장군(白袍將軍)이 왔소."

하고 소리친다.

사람들은 그것이 곧 마초임을 알고 일제히 배로 내려가는데 강변에 있던 군사들이 서로 앞을 다투어 배에 오르느라 그 혼잡이 이루 말할 수 없다.

그래도 조조는 그대로 꼼짝 않고 앉아서 칼을 가슴에 안은 채

"훤화(喧嘩)[3] 금하라."

하고 소리친다.

그러자 사람의 고함소리와 말 우는 소리가 들리며 적병이 벌 떼처럼 몰려 들어오는데, 이때 배 위에서 한 장수가 몸을 날려 언덕 위로 뛰어오르자

"적병이 왔소이다. 승상은 어서 배에 오르십시오."

하고 부른다. 보니 곧 허저다.

조조가 그래도 입으로는 여전히

"적이 온들 무슨 상관이 있다고."

하면서 머리를 돌려 보니, 마초가 벌써 불과 백여 보밖에 안 되는 곳에 와 있다.

허저는 곧 조조를 잡아끌고 배에 오르려 하였다. 그러나 배가 이미 언덕에서 일 장이 너머 떠나서 허저는 조조를 들쳐업고 한 번 몸을 날려 배에 뛰어올랐다.

마지막 배다. 등 뒤에선 마초의 군사들이 밀려온다. 이때 수행

---

3) 시끄럽게 떠드는 것. '훤화 금하라'는 곧 '요란하게 굴지 말라'는 호령.

아! 적벽대전

하는 장수들이 모두 물로 내려와서 뱃전들을 붙잡고 저마다 먼저 타려고 다투었다. 배가 작아서 금방이라도 뒤집힐 형세다. 허저는 칼을 빼어 뱃전을 잡은 손들을 닥치는 대로 찍어서 그들을 모조리 물속에 처박은 다음에 급히 배를 내어 하류를 바라고 내려가는데 허저는 고물에 서서 분주히 삿대질을 하고, 조조는 허저의 가랑이 밑에 납죽 엎드리고 있었다.

허저는 혹시나 조조가 상할까 두려워 왼손으로 말안장을 들어서 막는데 마초가 쏘는 화살이 한 대도 빗나가는 것이 없어서 배위에 노 젓던 사람들이 살에 맞아 물에 떨어지고 배 안에 있던 수십 명이 모두 화살에 쓰러지고 말았다.

배가 부리는 사람이 없으니까 그만 급류 속에서 뱅뱅 맴을 도는데 허저가 홀로 위엄을 뽐내어 두 넓적다리 틈에다 키를 끼고 흔들며 한 손으로는 상앗대를 잡아 배를 버티고 또 한 손으로는 안장을 들어 조조에게로 날아드는 화살을 막아 내었다.

마침 이때 위남현령 정비(丁斐)가 남산 위에 있다가 마초가 조조 쫓기를 심히 급히 하는 것을 보고 조조가 상할까 겁이 나서 곧 영채 안에 있던 마소들을 모조리 밖으로 몰아내니 산과 들에 깔린 것이 모두가 소요 말이다. 서량병들이 이것을 보고는 모두 돌아서서 서로 다투어 마소들을 붙잡느라 조조를 쫓는 데는 마음들이 없었다. 이로 인해서 조조는 요행 위기를 벗어날 수가 있었던 것이다.

조조는 북쪽 언덕에 이르는 길로 곧 배와 뗏목을 모조리 깨뜨려 물속에 처박게 하였다. 여러 장수들이 조조가 강으로 피난하였다는 말을 듣고 급히 구원하러 왔을 때는 그가 이미 언덕에 오른 뒤다. 허저는 몸에 두꺼운 갑옷을 입고 있었는데 화살이 모두 갑옷 위에 꽂혀 있었다.

여러 장수들이 조조를 호위하고 야영 안으로 들어가서 땅에 엎드려 문안을 드리자 조조는

"내 오늘 하마터면 조그만 도적에게 붙잡힐 뻔했는걸."

하고 크게 웃었다.

이때 허저가

"만일에 누가 마소를 풀어 놓아 적을 꼬이지 않았다면 적들은 필시 힘을 다해서 강을 건너고 말았을 것입니다."

하고 말해서,

"대체 적을 유인한 사람이 누군고."

하고 조조가 물으니, 아는 자가 있다가

"위남현령 정비올시다."

하고 대답하였다. 조금 있다가 정비가 들어와서 보이자, 조조는

"만일에 공의 좋은 계책이 아니었다면 내가 그만 도적에게 사로잡히고 말았을 것이오."

라고 치사하고 드디어 그를 전군교위(典軍校尉)를 삼았다.

"적이 비록 잠깐 물러가기는 하였으나 내일 반드시 다시 올 것이니 좋은 계책을 쓰셔서 막도록 하셔야 하겠습니다."

하는 정비의 말에, 조조는

"내 이미 준비가 있소."

하고 드디어 장수들을 불러서

"각기 여러 패로 나뉘어 강가에다 용도(甬道)⁴⁾를 쌓아서 채각(寨

---

4) 양쪽에 담을 쌓아 놓은 통로.

脚)을 삼되, 적이 만일에 오는 때에는 군사들을 용도 밖에다 깔아 두고 안에는 기들만 두루 꽂아 놓아 의병을 삼고, 다시 강 언덕에 참호를 파고 짐짓 목책을 세워서 강 안쪽을 가려 놓은 다음에 군사를 내서 꾀면 적들이 급히 오다가 반드시 빠지고 말 것이니 적들이 빠지거든 곧 내달아 치게 하라."

하고 분부하였다.

한편 마초가 돌아가서 한수를 보고

"거의 조조를 사로잡게 된 판에 웬 장수 하나가 용맹을 떨쳐 조조를 업고 배로 올라가 버렸으니 그게 누군지 모르겠습니다."

하고 이야기하니, 한수가

"내 들으매 조조가 극히 건장한 사람들을 뽑아 장전시위를 삼으니 이름은 '호위군(虎衛軍)'이라 효용한 장수 전위와 허저로 그들을 거느리게 하였다던데 전위는 이미 죽었으니 이제 조조를 구한 자는 반드시 허저일걸세. 이 사람이 용력이 과인해서 남들이 모두 '호치(虎癡)'라고 부르는 터이니 만일에 만나거든 허술히 대하지 말도록 하게."

한다.

"저도 그 이름을 들은 지 오랩니다."

"이제 조조가 강을 건넜으매 장차 우리의 뒤를 엄습할 것이니 속히 쳐서 제가 영채를 세우지 못하게 해야지 만약에 영채를 세우게 두어 두었다가는 졸연히 쳐 깨뜨리기가 쉽지 않으리."

"제 어리석은 소견에는 단지 북쪽 언덕만 굳게 막아 저로 하여금 강을 건너지 못하게 하는 것이 상책일 것 같습니다."

그러나 한수가

"그보다는 현질이 영채를 지키고 내가 군사를 거느리고 나가서 강을 돌아 조조와 싸우면 어떻겠나."

하고 말하니, 마초가

"그러면 방덕으로 선봉을 삼아 숙부를 모시고 가게 하겠습니다."

하고 대답하였다.

한수는 방덕과 함께 군사 오만을 거느리고 바로 위남으로 짓쳐 나갔다. 조조가 여러 장수들로 하여금 용도 양편에서 적을 유인 하게 하는데 방덕이 먼저 갑옷 입은 마군 천여 기를 데리고 짓쳐 들어가다가 함성이 일어나는 곳에 사람과 말이 다 함께 함마갱(陷馬坑) 속에 빠지고 말았다. 그러나 방덕은 한 번 훌쩍 몸을 솟구쳐 토갱에서 뛰어나와 평지에 서자 그 자리에서 사오 명을 죽이고 겹겹이 에운 속을 뚫고 나왔다.

이때 한수가 적의 포위 속에 들어서 형세가 한창 위급하였다. 방덕이 다시 걸어서 그 안으로 뛰어들어 구해 내려고 하는데 마침 조인의 수하 장수 조영과 마주쳤다. 방덕은 한 칼에 그를 찍어서 말 아래 거꾸러뜨린 다음에 그의 말을 뺏어 타고 한 가닥 혈로를 뚫고 한수를 구해 내어 동남편을 바라고 달아났다.

그 뒤를 조조의 군사들이 쫓아오는데 마초가 군사를 거느리고 와서 접응하여 조조의 군사를 쳐 물리치고 다시 군사들을 태반이나 구해 낸 다음 날이 저물녘까지 싸우다가 돌아갔다.

인마를 점고해 보니 장수로서는 정은과 장횡을 잃었고 함갱 속에 빠져 죽은 군사들은 이백여 명이나 된다.

마초는 한수와 의논하였다.

"만약에 시일을 천연하다가 조조가 위하 북편에다 영채를 세우

251

는 날에는 물리치기가 수월치 않을 것이니 오늘밤에 경기를 거느리고 가서 적의 야영을 들이치는 것이 상책일 것 같습니다."

"그러려면 군사를 나누어 앞뒤에서 서로 구하도록 하는 것이 좋겠네."

하고 한수가 말한다.

이리하여 마초는 스스로 전부가 되고 방덕과 마대로는 후응을 삼아 그날 밤에 바로 쳐들어가기로 하였다.

한편 조조는 군사를 수습해서 위하 북쪽에 둔치고 나자, 장수들을 불러서

"아직 우리가 영채를 세우지 못하고 있는 것을 적이 업신여겨 반드시 우리의 야영을 치러 올 것이니 사면에 군사를 매복해 놓고 중군은 비워 놓았다가 호포가 울릴 때 복병이 모조리 일어나면 가히 한 번 북쳐 사로잡을 수 있을 것이다."

하고 분부하여 모든 장수들은 영을 받고 군사들을 매복해 놓았다.

이날 밤 마초가 먼저 성의로 하여금 삼십 기를 거느리고 한 걸음 앞서 가서 적정을 알아보게 하였더니 성의는 인마가 없는 것을 보자 바로 중군으로 들어갔다.

조조의 군사는 서량병이 온 것을 보자 곧 호포를 놓아 사면에서 복병이 내달았다. 그러나 그들이 에워싼 것은 단지 삼십 기뿐이다.

성의는 이때 하후연의 손에 죽었는데 뒤미처 마초가 등 뒤로부터 방덕 · 마대와 함께 군사를 세 길로 나누어 벌 떼처럼 몰려 들어왔다.

능하게 군사 매복은 하느라 하였으나
맹장들이 달려드니 무슨 수로 당해 내랴.

대체 승부가 어찌 될 것인고.

허저는 벌거벗고 마초와 싸우고
조조는 글씨를 흐려 한수를 이간 놀다

| 59 |

이날 밤 양편 군사들은 서로 뒤엉켜 싸우다가 날이 훤히 밝을 녘에 이르러서야 각자 군사를 거두었다. 마초는 위구에다 군사를 둔쳐 놓고서 밤낮으로 군사를 나누어 앞뒤로 조조를 쳤다.

이때 조조는 위하에서 배와 뗏목을 쇠사슬로 이어서 부교 세 개를 만들어 남쪽 언덕에 붙여 놓고, 또 조인은 강을 끼고 영채를 세운 다음에 양초와 수레를 줄 대어 늘어놓아 담을 만들었는데 마초는 이 소식을 듣고 군사들을 시켜서 각기 풀 한 단과 불씨를 준비하게 한 다음 한수와 함께 군사를 거느리고 조조의 채 앞으로 와서 마른 풀을 쌓아 놓고 불을 지르게 하였다.

조조 군사가 당해 내지 못하고 마침내 영채를 버리고 달아났다. 이 통에 수레와 부교가 모두 불에 타고 말았다. 서량병은 크게 이겨 위하를 끊고 말았다.

조조가 영채를 세우지 못해서 마음에 근심을 하니, 순유가 있다가

"위하의 모래흙을 날라다가 토성을 쌓으시면 굳게 지킬 수 있을 것입니다."

하고 말한다.

조조는 군사 삼만을 내서 흙을 져다가 성을 쌓게 하였다. 그러나 마초가 또 방덕·마대를 시켜서 각각 오백 마군을 거느리고 왕래 충돌하게 할뿐더러 모래흙이 부실해서 쌓는 족족 허물어진다. 조조는 어찌할 도리가 없었다.

이때 구월이 다 가서 날씨는 갑자기 추워지고 하늘에는 구름이 잔뜩 끼어 연일 날이 흐렸다. 조조가 야영 안에서 답답한 심사를 이기지 못하고 있으려니까 문득 사람이 들어와서

"웬 노인이 와서 승상을 뵙고 계책을 말씀드리겠다고 합니다."

하고 보한다.

조조가 청해 들여서 만나 보는데 그 사람이 학골송자(鶴骨松姿)[1]로 생김생김이 옛날 사람을 대하는 듯하다. 물으니, 그는 경조 사람으로서 종남산(終南山)에 은거하고 있는데 성은 누(婁)요 이름은 자백(子伯)이며 도호는 '몽매거사(夢梅居士)'라고 한다.

조조가 객례로 대접하니, 자백이 있다가

"승상께서 위하 가에 영채를 세우려고 하신 지가 오랜데 어찌하여 이때를 타서 쌓지 않으십니까."

하고 묻는다.

---

1) 풍채가 속인과는 다른 것을 형용해서 하는 말.

"모래땅이라 쌓아도 곧 허물어지는데 은사에게 무슨 좋은 계책이 있으시면 일러 주시지요."
하고 청하니, 자백이 다시 하는 말이

"승상께서 용병을 귀신같이 하시면서 어찌 천시를 모르십니까. 연일 하늘에 음운이 끼니 한 번 삭풍이 일어나기만 하면 반드시 얼 것이라 바람이 일어난 뒤에 군사들을 부려서 흙을 나르게 하고 물을 끼얹어 두면 날이 밝을 무렵에는 훌륭한 토성이 되오리다."
한다.

조조는 황연히 깨닫고 그에게 후히 상을 내렸으나 자백은 받지 않고 돌아갔다.

이날 밤 북풍이 크게 불었다. 조조는 군사들을 모조리 풀어서 흙을 나르고 물을 긷게 하였다. 그러나 물 담을 그릇이 없어서 합사통견(合絲通絹)으로 주머니를 만들어 물을 담아다가 뿌리게 하니 한편에서 쌓는 대로 한편에서는 얼어들어 날이 밝을 녘에는 모래와 물이 탱탱하게 얼어붙어서 토성이 다 되었다. 세작이 마초에게 보하니 마초는 군사를 거느리고 와서 보고 크게 놀라 신령이 도운 것이나 아닌가 하고 의심하였다.

이튿날 마초가 대군을 모아 가지고 북을 치며 나가니 조조가 친히 말 타고 영채에서 나오는데 다만 허저 한 사람이 그 뒤를 따랐다.

조조가 채찍을 번쩍 들고 큰 소리로
"맹덕이 단기로 여기 왔으니 마초는 나와서 대답하라."
하고 외쳐서, 마초가 말에 올라 창을 꼬나 잡고 나가니 조조는
"우리가 영채를 못 세운다고 너는 업신여겼지만 이제 하룻밤

256

사이에 하늘이 쌓아 주셨는데 네 어찌하여 빨리 항복하지 않는고."
하고 뽐내었다.

　마초는 대로해서 곧 달려 나가 사로잡으려 하였으나 조조 등 뒤에 한 사람이 괴안(怪眼)을 부릅뜨고 손에 강도(鋼刀)를 들고서 말을 멈추고 서 있는 것을 보자 그것이 허저가 아닌가 의심하여 곧 채찍을 추켜들며

　"들으매 너희 군중에 호후(虎侯)가 있다 하니 어디 있느냐."
하고 물었다.

　허저가 칼을 들고 큰 소리로

　"내가 곧 초군 허저다."
하고 외치는데 눈은 번쩍번쩍 빛나고 위풍이 자못 늠름하다.

　마초는 감히 동하지 못하고 마침내 말머리를 돌려서 돌아갔다. 조조도 또한 허저를 데리고 영채로 돌아왔다. 양군이 이 광경을 보고 놀라지 않는 자가 없었다.

　조조가 여러 장수들을 보고

　"적들도 역시 중강이 호후인 줄 아는 모양이지."
하고 말해서, 이때부터 군중이 모두 허저를 호후라고 불렀다.

　허저가 조조를 보고

　"제가 내일 마초를 꼭 사로잡겠습니다."
하고 말하는 것을, 조조가

　"마초는 영용해서 우습게보아서는 아니 될걸."
하니, 허저는

　"제가 맹세코 한 번 죽기로 싸워 보겠습니다."
하고 즉시 사람을 시켜서 전서를 보내되 호후가 단신으로 마초와

더불어 내일 싸움을 결단하려 한다 하였다.

마초는 전서를 받고 대로하여

"어찌 감히 제가 사람을 이처럼 업신여길까."

하고 곧 답서를 보내서, 내일 맹세코 '호치'를 죽이고 말리라 하였다.

이튿날 양군은 영채에서 나와 진을 벌렸다. 마초는 방덕으로 좌익을 삼고 마대로 우익을 삼고 한수로 중군을 거느리게 한 다음 창을 들고 말을 놓아 진전으로 나서며

"호치는 어서 나오너라."

하고 크게 외쳤다. 조조가 문기 아래서 여러 장수를 돌아보며

"마초의 용맹이 여포만 못하지 않아."

하고 말하는데, 그 말이 미처 끝나기 전에 허저는 말을 몰아 칼을 춤추며 나갔다. 마초는 창을 꼬나 잡고 그를 맞아서 싸운다.

그러나 일백여 합을 싸워도 승부가 나뉘지 않는데 말들이 지쳐서 두 장수는 각기 군중으로 돌아가 말들을 갈아타고 다시 진전으로 나온다.

그들은 또 일백여 합을 싸웠다. 그래도 승부가 나뉘지 않는다. 허저는 그만 몸이 달아서 나는 듯이 진중으로 돌아가자 투구 갑옷 다 벗어 던지고 울퉁불퉁 힘줄이 불거진 시뻘건 알몸으로 칼을 들고 몸을 날려 말에 뛰어올라 다시 마초와 싸움을 결단하러 나왔다. 양군이 다들 크게 놀란다.

두 사람이 다시 싸워 삼십여 합에 이르자 허저가 칼을 번쩍 들어서 마초를 힘껏 내리치니 마초가 번개같이 몸을 피하며 바로 허저의 명치를 겨누고 냅다 창을 내지르는데 이때 허저가 제 칼

許褚　　허저

凜凜威風鎭九州　　구주를 누른 늠름한 위풍

當年許褚果如彪　　당시의 허저는 귀신 같았네

只因孟起軍前見　　마초와 싸우는 모습만 보고도

天下從玆播虎侯　　이때부터 천하에 호후(虎侯)라고 소문
　　　　　　　　　났네

을 내던지고 마초의 창을 맨손으로 덥석 잡아서 두 사람은 마상에서 마주 창을 잡고 서로 뺏으려 승강이를 한다.

그러는 중에 허저가 힘이 세어서 한 번 크게 소리치며 창대를 비틀어서 뚝 부러뜨리자 두 사람은 각기 창 한 토막씩 쥐고 마상에서 서로 어지러이 쳤다. 조조는 혹시나 허저에게 실수가 있을까 저어하여, 드디어 하후연·조홍 두 장수를 시켜 일제히 나가서 마초를 끼고 치게 하였다.

방덕과 마대가 조조의 장수들이 일제히 나오는 것을 보자 양익의 칠기를 휘몰아서 짓쳐 나와 세로 가로 닥치는 대로 들이친다.

조조의 군사는 대혼란에 빠지고 이 통에 허저는 팔에 두 군데나 화살을 맞고 장수들은 모두 황망히 영채 안으로 들어가 버렸다.

마초는 바로 강가까지 쳐들어왔다. 조조의 군사들이 죽고 상한 자가 태반이다. 조조는 영채 문을 굳게 닫고 군사들을 나가지 못하게 하였다.

마초는 위구로 돌아가자 한수를 보고

"제가 이제까지 싸우던 중에 허저처럼 힘이 든 자가 없었으니 참말 '호치'로군요."

하고 말하였다.

이때 조조는 생각하기를 마초를 잡으려면 계교로써밖에 달리 방법이 없다. 생각하고 마침내 서황과 주령에게 가만히 영을 내려서 모조리 위하 서편으로 건너가서 영채를 세우고 전후로 협공하게 하였다.

어느 날 조조가 성 위에서 보니 마초가 수백 기를 거느리고 바

로 영채 앞까지 와서 나는 듯이 왕래하고 있다. 조조는 한동안 그 광경을 바라보다가

"마초 놈을 죽이지 않고는 죽어도 눈을 감지 못하리라."

하고는 열이 나서 투구를 벗어서 땅에 내던졌다.

하후연이 그 광경을 보고 분한 생각을 이기지 못하여 소리를 가다듬어

"내 차라리 이곳에서 죽을지언정 맹세코 마가 도적을 죽여 없애고야 말겠다."

하고, 드디어 본부병 천여 명을 데리고서 영채 문을 크게 열고 밖으로 나갔다. 조조는 곧 이를 제지하려 하였으나 못하고 혹시 실수가 있을까 두려워서 부리나케 말을 타고 몸소 접응하러 나갔다.

마초는 조조의 군사가 오는 것을 보자 곧 전군으로 후대를 삼고 후대로 선봉을 삼아 일자로 벌려 세워 놓고 하후연이 이르자 곧 그를 맞아 싸웠다.

그러자 문득 난군 중에 멀리 바라보니 조조가 나와 있다. 마초는 곧 하후연을 내버려 두고 곧장 조조를 보고 달려들었다. 조조는 깜짝 놀라 말머리를 돌려서 달아났다. 조조의 군사는 크게 어지러웠다.

그러나 마초가 한창 조조의 뒤를 쫓는 중에 문득 보도가 들어오는데 조조의 일군이 이미 위하 서쪽에다 영채를 세워 놓았다고 한다. 마초는 크게 놀라 그만 뒤쫓을 생각이 없어 급히 군사를 거두어 가지고 영채로 돌아갔다.

"조조의 군사가 허한 틈을 타서 이미 위하 서쪽으로 건너갔으니 우리 군사는 앞뒤로 적을 두고 이제 어떻게 하면 좋겠습니까."

마초가 한수를 보고 의논하는데, 부장 이감(李堪)이 있다가

"땅을 베어 화친하기를 청하고 양편에서 군사를 파한 다음에 겨울이나 지내고 내년 봄에 가서 달리 도리를 차리시는 것이 좋을까 보이다."

하고 말한다.

한수가 듣고

"이감의 말이 가장 좋으니 그렇게 하세."

하고 말하였으나, 마초는 마음에 주저하여 얼른 결단을 내리지 못하는데 양추와 후선이 모두 화친을 청하라고 권한다. 마침내 한수는 양추를 사자로 삼아 바로 조조의 영채에 가서 글을 전하고 땅을 베어 화친하기를 청한다는 말을 하게 하였다.

조조가

"너는 돌아가거라. 내가 내일 사람을 시켜서 회보를 하마."

하고 말해서 양추는 하직하고 돌아왔다. 가후가 들어와서 조조를 보고

"승상의 주견이 어떠하십니까."

하고 묻는다.

"공의 소견은 어떻소."

하고 조조가 되물으니, 가후가

"병불염사라 하니 거짓 허락해 주시지요. 그런 다음에 반간계를 써서 한수와 마초로 하여금 서로 의심하게 만들어 놓으면 한 번 북쳐 깨칠 수 있사오리다."

하고 계책을 말한다.

조조는 크게 기뻐 손뼉을 치며

"천하의 고견이 서로 합치하는 수가 많은데 문화의 계교가 바로 내 마음먹은 바와 같소그려."

하고, 곧 사람을 시켜서 답서를 전하게 하되

"내가 서서히 퇴군한 다음에 그대에게 위하 서쪽 지방을 돌려 보내리라."

하고 일변 부교를 만들어 퇴군할 뜻을 보였다.

마초는 답서를 보고 나서 한수에게

"조조가 비록 화친하기를 허락하였으나 간웅의 마음을 측량하기 어려우니 만약에 준비가 없다가는 도리어 화를 입고 말 것입니다. 그러니 제가 이제 숙부와 각기 군사를 거느리고 번갈아 순회하기로 하는데, 오늘은 숙부께서 조조를 맡으시고 제가 서황을 맡으면 내일은 제가 조조를 맡고 숙부께서는 서황을 맡으시기로 하여 서로 나눠서 방비하기로 하면 그 간사한 것을 막을 수 있을까 합니다."

하고 말하였다. 한수는 그 계책대로 하였다.

누가 이것을 알아다가 조조에게 보하자, 조조는 가후를 돌아보고

"이제는 일이 되었소."

하고, 그 사람에게

"내일은 누가 내 쪽으로 온다고 하느냐."

하고 물으니, 그 사람은

"한수라고 하옵니다."

하고 대답하였다.

이튿날 조조가 장수들을 거느리고 영채를 나서니 좌우에 모시

는 자들이 사방으로 빵 둘러싼 가운데 조조가 말 타고 홀로 중앙에가 서 있어서 특히 남의 눈에 두드러져 보였다.

한수 수하 군졸들 가운데 조조의 얼굴을 모르는 자가 많아서 진 앞에 나와 바라보는데, 조조가 목청을 돋우어

"너희들이 조공을 보려고 하느냐. 나도 같은 사람이라 무슨 눈이 넷에 입이 둘씩 가지고 있는 것이 아니요 다만 남보다 지모가 많을 뿐이다."

하고 외치니 군사들의 얼굴에 은근히 두려워하는 빛이 있었다.

조조는 사람을 시켜 적진으로 건너가서 한수를 보고

"승상께서 함께 만나 말씀하시자고 한 장군을 청하십니다."

하고 말을 전하게 하였다.

한수가 곧 진 앞에 나와 보니 조조가 몸에 갑옷도 입지 않고 손에 병장기도 지니지 않았다. 그는 저도 갑옷을 벗고 홀가분한 몸차림으로 혼자 말 타고 나아갔다.

두 사람이 말머리를 서로 사귀고 각각 고삐를 잡고 마상에 앉아 이야기를 하는데 조조가 먼저 입을 열어

"내가 춘부장 어른과 함께 효렴에 뽑혔는데 어르신네를 내가 숙부로 섬겼고 또 공과 함께 환로(宦路)에 올랐더니 어느덧 그것도 옛일이 되었소이다그려. 그래 장군의 연세가 올해 몇이시오."

하고 물어서, 한수가

"갓 마흔이외다."

하고 대답하니, 조조가 다시

"전일에 경사에 있을 때는 우리가 다 청춘 연소했는데 어느 틈에 이처럼 중년이 될 줄을 어찌 기약했겠고, 참으로 언제나 천하

264

가 태평해져서 함께 한 번 즐겨 본단 말씀이오."

하며 오직 지나간 옛 일만 이야기하고 군정에 관한 말은 한마디도 없이 이야기를 마치자, 소리를 내서 크게 웃고 하니 이렇듯 서로 이야기를 주고받은 동안이 한 시각이 착실하다. 그제야 두 사람은 작별하고 말머리를 돌려 각자 영채로 돌아갔다.

어느 틈에 이 일을 마초에게 보한 사람이 있어서, 마초는 황망히 한수에게 달려와서

"오늘 진전에서 조조와 무슨 말씀을 하셨습니까."

하고 물었다.

한수가

"다만 전에 경사에서 지내던 옛 이야기만 서로 했다네."

하고 대답하니, 마초가

"어찌 군무에 대해서 말씀을 아니 하셨을 리가 있겠습니까."

하고 다시 묻는다.

그러나 한수로서는

"조조 편에서 아무 말 아니 하는 것을 내가 무엇 하러 혼자 하겠나."

하고 대답할밖에 없었다. 마초는 속으로 은근히 의심하면서도 더 말을 하지 않고 그냥 물러갔다.

한편 조조는 영채로 돌아오자 가후를 보고

"공은 내가 진전에서 한수와 이야기를 한 뜻을 아시오."

하고 물었다.

가후는

"그 뜻이 비록 묘하기는 합니다마는 그것만으로는 두 사람을

이간하기에 아직 부족합니다. 제게 지금 한수와 마초로 하여금 피차 원수가 되어 죽이려 들게 할 계책이 하나 있습니다."

하고 말하고 조조가 그 계책을 묻자, 그는

"마초가 단지 용맹만 할 뿐이지 제가 기밀(機密)은 알지 못할 것이니 승상께서는 글 한 통을 써서 한수에게 주시되 중간에 군데군데 더러 글씨를 분명하지 않게 쓰시고 또 아주 긴요한 대문들은 먹으로 흐리고 고쳐 쓰신 다음에 단단히 봉하셔서 한수에게 보내시고, 짐짓 마초로 하여금 이것을 알게 하시면 마초가 반드시 그에게로 가서 글을 보여 달라고 할 것이요, 만약에 긴요한 대문들이 모두 먹으로 흐리고 고쳐 쓴 것을 보면 그것이 필시 한수가 무슨 기밀을 자기에게 알리고 싶지 않아서 그래 제 손으로 고쳐 쓴 것으로만 의심하게 될 것이니, 바로 한수가 혼자 승상을 만나서 이야기한 사실과 서로 맞아떨어질 겁니다. 이리하여 한 번 의심만 하게 되면 머지않아 반드시 변괴가 일어나고야 말 것이니 그 때 우리 편에서 다시 한수의 장수들에게 가만히 손을 뻗어 서로 이간하게 하고 보면 마초를 가히 도모할 수 있을 것입니다."

하고 대답하였다.

들고 나자 조조는

"그 계책이 참으로 묘하오."

하고 드디어 글 한 통을 쓰는데, 요긴한 곳은 모조리 짓고 고친 다음에 봉해서 일부러 종인들을 많이 딸려서 한수 영채로 가서 전하고 돌아오게 하였다.

과연 누가 이것을 마초에게 보하니 마초는 마음에 더욱 의심이 들어 곧 한수에게로 와서 글을 보자고 하였다. 한수는 마초에게 글을 내어 주었다.

마초는 글 가운데 더러 흐리고 고쳐 쓴 글자들이 있는 것을 보자, 한수에게

"편지를 어째서 이처럼 흐리고 고쳐 쓰고 했나요."

하고 물었다. 한수는

"원래 그렇데. 웬 까닭인지 나도 모르겠네."

하고 대답하였다.

"아무러기로 초 잡은 것을 남에게 보낼 리가 있겠습니까. 이것은 필시 숙부께서 제가 자세한 사연을 알까 보아 일부러 흐리고 고쳐 쓰신 것이나 아닙니까."

하고 마초가 의심을 두고 말을 해서, 한수는

"가만있게. 조조가 혹시 초 잡은 것을 잘못 넣어서 보낸 것이나 아닐까."

하고 말하였으나, 마초는

"나는 그 말도 믿지 못하겠소. 조조는 아주 정세한 사람인데 왜 잘못 보낼 리가 있겠소. 내가 숙부와 서로 힘을 합해서 역적을 쳐서 없애려고 하는 터에 어찌하여 갑자기 이심을 두시는 것입니까."

하며 종내 의심을 해서, 한수가 마침내

"자네가 만약 그처럼 내 마음을 못 믿겠으면 내일 내가 조조더러 이야기를 하자고 속여서 진전으로 불러낼 터이니 그때 자네가 진 안에 있다가 뛰어나와서 한 창에 찔러 죽이면 좋지 않겠나."

하고 말하니, 그제야 마초가

"만약 그렇게만 해 주신다면 숙부의 진심을 알 수 있습니다."

한다. 이리하여 두 사람 사이에 약속이 정해졌다.

아! 적벽대전

이튿날 한수가 후선·이감·양홍·마완·양추 다섯 장수를 거느리고 진전에 나서는데 마초는 문 뒤에 숨어 있었다.

 한수가 사람을 시켜 조조의 영채 앞에 가서 큰 소리로

 "한 장군께서 승상과 긴히 말씀하실 일이 있답니다."

하고 외치게 하자, 조조는 곧 조홍에게 명하여 수십 기를 거느리고 진전에 나가서 한수와 서로 만나 보게 하였다.

 조홍은 사오 보를 사이에 두고 말을 멈추자 마상에서 몸을 굽히고

 "어젯밤에 승상께서 편지로 장군께 하신 말씀을 행여나 그르침이 없게 하십시오."

하고 말을 마치자 바로 말머리를 돌렸다. 마초가 이 말을 듣고 크게 노해서 창을 꼬나 잡고 말을 달려 나와 바로 한수를 찌르려 하니 다섯 장수는 곧 가로막고 좋은 말로 권해서 함께 영채로 돌아왔다. 한수가

 "현질은 의심하지 마시게. 내 정녕코 딴 마음이 없네."

하고 말하였으나, 마초가 어찌 그 말을 믿겠느냐. 그는 속에 원한을 품고 가 버렸다.

 한수가 다섯 장수들을 보고

 "이 일을 대체 어떻게 풀어야 하나."

하고 의논하니, 양추가

 "마초가 제 무예와 용맹만 믿고 매양 주공을 능멸하는 마음이 있으니 조조를 이기기만 한다면 어찌 주공께 사양하겠습니까. 제 어리석은 소견에는 몰래 조공에게 투항하여 뒷날 봉후의 위나 잃지 않도록 하는 것이 좋을 성싶습니다."

하고 말한다.

"내가 마등과 형제의 의를 맺은 터에 어찌 차마 저를 배반한단 말인가."

하고 한수는 한마디 하였으나, 양추가

"이미 사세가 이에 이르렀으니 그렇게 아니 하실 수가 없습니다."

하고 또 권해서

"그럼 누가 가서 소식을 통하겠나."

하고 물으니, 역시 양추가

"제가 가겠습니다."

하고 자원해 나선다.

한수는 마침내 밀서를 써서 양추에게 주고 바로 조조의 영채로 가서 투항하는 일을 말하게 하였다.

조조는 크게 기뻐서 한수에게는 서량후, 양추에게는 서량태수, 그 밖의 사람들에게도 모두 관작을 봉해 줄 것을 허락하고, 약속을 정하되 불을 놓는 것을 군호를 삼아 함께 마초를 도모하기로 하였다.

양추가 절하여 하직하고 돌아와서 한수에게 이 일을 자세히 고하고

"오늘밤에 불을 놓고 내응하기로 약조를 하였습니다."

하고 말하니, 한수는 크게 기뻐하여 곧 군사들로 하여금 중군장 뒤에다 마른 나무를 쌓아 놓게 하고 다섯 장수들은 각각 칼을 잡고 영을 기다리게 하였는데, 이때 한수는 연석을 차려 놓은 다음에 마초를 속여서 청해다가 그 자리에서 도모해 보자고 의논까지 있었으나 마음에 주저하여 미처 결단을 내리지 못했다.

그러나 누가 알았으랴. 마초가 어느 틈에 그 자세한 내막을 탐지하고 곧 심복 장교 삼사 명을 데리고서 칼 들고 앞서 가며 방덕과 마대로 하여금 뒤따라 접응하러 오게 했을 줄이야.

마초가 가만히 한수의 장중으로 들어가 보니 다섯 장수들이 한수와 모여 앉아 밀담을 하는 모양인데, 양추의 음성으로

"일을 늦잡았다가는 아니 될 것이니 속히 결행하시는 것이 좋겠습니다."

하고 말하는 소리가 들렸다.

마초는 대로하여 칼을 휘두르며 바로 들어가

"이 도적놈들이 언감 나를 모해하려 드느냐."

하고 호통 쳤다. 모두들 깜짝 놀라는데 마초가 한수의 얼굴을 바라고 칼을 한 번 내리치니 한수가 엉겁결에 왼손을 들어서 막다가 팔이 썽둥 잘려져 나갔다. 다섯 장수들은 칼을 휘두르며 일제히 내달았다.

마초가 장막 밖으로 걸어 나가니 다섯 장수가 사방으로 둘러싸고 덤벼든다. 마초는 혼자서 보검을 휘둘러 다섯 장수를 상대로 싸웠다. 검광이 빛나는 곳에 선혈이 빗줄기처럼 뿌린다. 마완을 찍어 넘기고 양흥을 쳐서 거꾸러뜨리자 남은 세 장수들은 뿔뿔이 도망해 버렸다.

마초는 다시 장중으로 들어가서 한수를 죽이려 하였다. 그러나 이때 한수는 이미 좌우의 구원을 받아서 그 자리를 떠나 버렸는데 중군장 뒤에서 불이 일어나며 각 채의 군사들이 다 움직였다. 마초는 부리나케 말에 올랐다. 방덕과 마대가 또한 와서 혼전이 벌어졌다.

마초가 군사를 거느리고 짓쳐 나올 때 조조 군사가 사방에서 몰려드니 앞에는 허저요 뒤에는 서황이요 좌편은 하후연이요 우편은 조홍이다.

　서량 군사들이 저희끼리 치고 싸우는데 마초는 방덕과 마대를 찾다가 보이지 않아 마침내 백여 기를 이끌고 위교(渭橋)로 가서 길을 막고 있었다.

　그러자 날이 차차 밝아올 무렵에 문득 이감이 일군을 거느리고 다리 아래로 지나가는 것이 보였다. 마초는 창을 꼬나 잡고 말을 달려 그 뒤를 쫓았다. 이감이 창을 끌고 달아난다.

　이때 마침 우금이 마초의 등 뒤로부터 쫓아오면서 그를 겨누고 활을 쏘았는데 마초가 등 뒤에서 나는 시위 소리를 듣고 급히 피하니 화살은 그 앞을 달려가던 이감을 맞혀서 이감은 말에서 떨어져 죽어 버렸다.

　마초가 곧 말을 돌려 우금을 바라고 달려들자 우금은 말을 급히 몰아 달아나 버렸다. 마초는 다시 위교 위로 와서 군사들을 머물러 놓았다.

　그러자 조조의 군사가 앞뒤로 크게 몰려들며 호위군이 앞을 서서 마초를 겨누고 화살을 어지러이 쏘았다. 마초는 창을 둘러 화살을 막았다. 화살들이 모두 분분히 땅에 떨어진다.

　마초는 수하 마군으로 하여금 왕래 충돌하게 하였다. 그러나 조조의 군사들이 원체 두껍게 에우고 있어서 능히 뚫고 나가지들을 못한다.

　이것을 보자 마초는 다리 위에서 한 번 크게 호통 치며 말을 달려 하북으로 짓쳐 들어갔다. 수하 마군들은 모두 길을 끊겨 뒤에 떨어지고 말았다. 마초가 홀로 진중에서 좌충우돌하는 중에 어디서 오는지 모르게 날아 든 화살이 그의 타고 있는 말을 쏘아 맞혀서 말이 쓰러지며 마초도 땅에 쓰러졌다.

조조의 군사들이 와 몰려 들어온다. 바야흐로 위급한 순간에 홀연 서북편으로서 한 떼의 군마가 짓쳐 들어오니 곧 방덕과 마대다. 두 사람은 마초를 구해 내어 군중의 전마에다 태우자 몸을 돌쳐 혈로를 뚫고 서북편을 향해서 달아났다.

조조는 마초가 포위를 벗어나 달아났다는 말을 듣자 장수들에게 영을 전하여

"밤낮을 가리지 말고 그저 마초를 쫓아가 잡되 수급을 얻는 자는 천금상(千金賞)에 만호후(萬戶侯)요 사로잡는 자는 대장군을 봉하리라."

하였다.

모든 장수들이 영을 듣고 각기 공을 다투어 그대로 뒤를 쫓는다. 마초는 인마가 곤핍한 것도 이루 돌아보지 못하고 그대로 달아났다. 수하 마군들이 점점 흩어지고 보병으로서 쫓아오지 못한 자들은 대개 사로잡히고 말았다. 겨우 남은 삼십여 기를 거느리고 마초는 방덕과 마대로 더불어 농서 임조를 바라고 갔다.

조조는 몸소 뒤를 쫓아 안정까지 가서 마초가 이미 멀리 가 버린 것을 알고 그제야 군사를 거두어 장안으로 돌아왔다. 모든 장수들이 다 모였는데 한수는 왼팔이 잘려 병신의 신세가 되었다. 조조는 그에게 장안에서 쉬도록 하라고 일러서 서량후의 벼슬을 주고 양추와 후선도 다 열후를 봉해서 위구를 지키게 하였다.

조조가 영을 내려서 허도로 회군하려 하는데 양주참군 양부(楊

阜), 자를 의산(義山)이라고 하는 사람이 장안으로 조조를 뵈러 왔다. 조조가 온 연고를 물으니, 양부가 대답하여

"마초는 여포의 용맹을 가진 데다가 강족들이 깊이 심복하고 있으니 이제 승상께서 만약 승세해서 초멸하시지 않고 그대로 두시어 후일 기력을 양성하게 하시면 농상의 여러 고을은 국가의 소유가 아니오리다. 바라건대 승상께서는 아직 회군하지 마십시오."
한다.

그러나 조조가

"나도 본래 군사를 머물러 두어 치고는 싶으나 중원 일이 많고 남방도 아직 평정하지 못해서 오래 머물러 있을 형편이 못 되니 그대가 나를 위해서 잘 지키도록 하오."
하고 말하니 양부는 응낙하고 다시 위강(韋康)이란 사람을 그에게 천거하였다. 조조는 위강으로 양주자사를 삼아 양부와 함께 군사를 거느리고 기성에 둔쳐 마초를 방비하게 하였다.

양부는 떠나기에 임해서 다시 조조에게

"장안에다 반드시 많은 군사를 남겨 두셔서 후원을 삼도록 하십시오."
하고 청하고,

"내 이미 생각한 바가 있으니 그대는 안심하오."
하는 조조의 말에 그는 하직을 고하고 물러갔다.

수하 장수들은 모두 조조에게 물었다.

"처음에 적들이 동관을 점거하여 위북에 길이 비어 있었는데 승상께서는 하동으로 해서 풍익(馮翊)을 치려고는 아니 하시고 도리어 동관을 지키시며 시일을 천연하시다가 뒤에야 북쪽으로 건

너 가서서 영채를 세우고 굳게 지키셨으니 이것은 어쩐 까닭이오
니까."

조조가 말한다.

"처음에 도적들이 동관을 지키고 있을 때 만일 내가 당도하는
길로 바로 하동을 취하고 보면 적들이 반드시 영채를 나누어 모든
나루터를 지키고 말 것이니 그렇게만 되면 하서로는 건너갈 수가
없게 되오. 그래 내가 짐짓 대군을 다 동관 앞에 모아 놓아 적으
로 하여금 모조리 남쪽만 지키고 하서에는 아무 준비가 없게 한
것이니 그랬기에 서황과 주령이 강을 건널 수가 있었던 것이라,
그 뒤에 내가 군사를 거느리고 북쪽으로 건너가서 수레를 잇대어
놓고 목책을 세워서 용도를 만들며 빙성(氷城)을 쌓은 것은 도적들
로 하여금 우리를 약하게 보고 마음이 교만해져서 아무 준비가 없
게 하자는 것이었소. 그래 놓고서 내가 교묘하게 반간계를 쓰며
군사들의 힘을 길러서 일조에 적을 격파했으니 이것이 이른바 '갑
자기 천둥을 하면 미처 귀를 막을 사이가 없다'는 것이라 군사의
변화란 실로 한 길만이 아닌 것이오."

장수들은 다시 물었다.

"승상께서 매양 적이 군사를 더 데려왔다고 들으실 때마다 기
뻐하셨던 것은 또 웬 까닭입니까."

조조가 말한다.

"관중이 변방에서 멀어 만일에 도적들이 각기 요해처를 점거하
고 보면 일이 년이 걸리지 않고는 도저히 평정하지 못할 것인데
저희들이 모두 한곳에 모여 들었으니 수효는 비록 많으나 인심이
같지 않아서 이간하기가 쉽고 일거에 없애 버릴 수가 있는 까닭

에 내가 기뻐했던 것이오."

들고 나자 모든 장수들이 절을 하며

"승상의 신령 같으신 지모는 도저히 범인들의 미칠 바가 아닙니다."

하니, 조조는

"그러나 역시 그대들 문관·무장들의 힘이 크오."

하고 드디어 군사들에게 상을 후히 내렸다.

조조는 하후연을 남겨 두어 장안에 군사를 둔치게 하고 항복받은 군사들은 각 부에다 배치하였는데, 하후연이 풍익 고릉(高陵) 사람 하나를 천거하니 성은 장(張)이요 이름은 기(旣)요 자는 덕용(德容)이라 조조는 장기로 경조윤(京兆尹)을 삼아 하후연과 함께 장안을 지키게 하였다.

조조가 회군하여 허도로 돌아오니 헌제는 난가를 타고 몸소 성에서 나와 영접하고 그에게 칙지를 내려서 찬배(贊拜)[2]에 이름을 부르지 않고 입조에 추창(趨蹌)[3]하지 않으며 칼을 차고 신을 신고 전상(殿上)에 오르기를 옛적 한나라의 승상 소하의 고사와 같이하게 하였다.

이로부터 조조의 위엄과 명성이 중외에 크게 진동하니 이 소식이 전파하여 한중으로 들어가자 한녕태수 장노(張魯)는 크게 놀랐다.

원래 장노는 패국 풍(豊) 땅 사람이다.

---

2) 신하가 임금에게 조현(朝見)할 때 예를 행하는 절차에 창(唱)을 부르는 것.
3) 임금 앞을 지날 때 예의 절차에 맞추어 몸을 굽히고 빨리 가는 것.

그의 조부 장릉(張陵)이 서천 곡명산(鵠鳴山) 속에서 도서(道書)를 꾸며 내어 인심을 고혹(蠱惑)하매 사람들이 모두 그를 공경하였고, 장릉이 죽은 뒤에 그 아들 장형(張衡)이 대를 이어서 도를 행하였는데 백성 가운데서 도를 배우러 오는 자가 있으면 쌀 닷 말[五斗米]를 내게 하니 세상에서 '미적(米賊)'이라 불렀다.

장형이 죽자 장노가 다시 대를 물려받은 것인데, 장노가 한중에 자리 잡고 앉아서 자기의 호를 '사군(師君)'이라 하고 와서 도를 배우는 자는 모두 '귀졸(鬼卒)'이라 부르며, 그중에 우두머리 되는 자는 '제주(祭酒)'라 하고, 그중에서도 특히 무리들을 많이 거느린 자는 '치두대제주(治頭大祭酒)'라 일컫는데 전혀 성실하기를 힘쓰며 남을 속이는 것을 허락하지 않았다.

병에 걸린 사람이 있는 때에는 곧 단을 모으고 병자를 조용한 방 안에 넣어 스스로 자기의 죄과를 생각하게 해서 직접 그것을 자기 입으로 진술하게 한 연후에 그를 위해서 기도를 드리는데, 기도드리는 일을 주장해서 하는 사람을 '간령제주(姦令祭酒)'라 불렀다. 그 기도드리는 법은 병자의 성명을 쓰고 죄에 복종하는 뜻을 밝혀 글 세 통을 짓는데 이름은 '삼관수서(三官手書)'라, 한 통은 산꼭대기에 갖다 놓아 하늘에 아뢰고 한 통은 땅에다 묻어서 땅에 아뢰고 나머지 한 통은 물에다 넣어 수관(水官)에게 고하는 것이라 하였다. 이렇게 한 뒤에 병이 나으면 사례하는 뜻으로 쌀 닷 말을 바치게 한다.

또 의사(義舍)를 지어 그 안에 밥 지을 쌀과 불 땔 나무와 고기 반찬 등속을 다 갖추어 놓고 지나는 나그네들이 각각 자기에게 소용될 만큼 제 손으로 취해서 먹게 하되 많이 취하는 자는 천벌을 받는다 하였다. 그리고 경내에서 법을 범한 자가 있으면 반드시 세 번 용서해 주고 그래도 고치지 않아야 비로소 형벌을 시행하며, 또한 관장(官長)이란 것이 없이 모두가 제주의 관할에 속해 있는 것이다.

장노가 이렇게 해서 한중 지방을 웅거해 온 지가 이미 삼십 년인데 조정에서는 원체 멀리 떨어진 곳이라 평정할 수가 없어서 장노에게 진남 중랑장의 벼슬을 주어 한녕태수를 삼고 다만 공물만 바치게 하여 오던 터이다.

그러던 중에 조조가 서량병을 깨뜨려 그 위엄이 천하에 진동한다는 말을 듣고 장노는 마침내 여러 사람들을 모아 의논하되

"서량 마등이 비명에 죽고 마초가 새로 패했으니 조조가 필시 우리 한중을 침노할 것이라 내가 자칭 한녕왕(漢寧王)이 되어 군사를 거느리고 조조를 막을까 하는데 여러 사람들의 생각에는 어떠한고."

하니, 염포(閻圃)의 말이

"한천(漢川)의 백성이 호구가 십만이 넘사옵고 재물과 양식이 풍족하오며 사면이 험고하온바 이제 또 마초가 새로 패해서 서량 군사들이 자오곡(子午谷)으로부터 한중으로 들어온 자가 수만 명을 내리지 않사오니, 어리석은 소견에는 익주 유장이 암약하매 우선 서천 사십일주를 뺏어서 근본을 삼은 연후에 왕위에 오르셔도 늦을 것이 없을까 하옵니다."

한다.

장노는 크게 기뻐서 드디어 자기 아우 장위(張衛)와 기병할 일을 의논하게 되었는데, 어느 틈에 세작이 이것을 알아 가지고 서천

에 들어가서 보하였다.

원래 익주 유장의 자는 계옥(季玉)이니 곧 유언의 아들이요 한 노공왕(魯恭王)의 후예다. 장제 원화(元和) 연간에 노공왕이 경릉으로 옮겨와서 지자(支子)와 서자(庶子)들이 이곳에 살게 된 것이다.

뒤에 유언은 벼슬이 익주목(益州牧)에 이르렀으나 흥평 원년에 등창을 앓다가 죽으매 고을의 대리 조위(趙韙) 등이 함께 조정에 아뢰고 유장으로 익주목을 삼았는데 유장이 일찍이 장노의 어미와 아우를 죽인 일이 있는 까닭에 장노와 원수를 맺게 되어 유장은 방희(龐羲)로 파서태수(巴西太守)를 삼아서 장노를 막게 하였다.

때에 방희는 장노가 군사를 일으켜서 서천을 취하려 하는 것을 탐지하고 유장에게 보하였는데, 유장은 본래 위인이 나약한 터에 이 소식을 듣고 그만 마음에 걱정이 되어 급히 여러 관원들을 모아 놓고 의논하니, 문득 한 사람이 앙연히 앞으로 나서며

"주공은 아무 근심 마십시오. 제가 비록 재주는 없으나 한 번 혀끝을 놀려서 장노로 하여금 감히 서천을 바로보지 못하게 하오리다."
하고 말한다.

서천 모사가 나서서 인도하여
형주 호걸이 나오게 되는구나.

이 사람이 대체 누군고.

장영년은 도리어 양수를 힐난하고
방사원은 앞장서서 서촉을 취하려 하다

| 60 |

이때 유장에게 계책을 드리겠다고 나선 사람은 곧 익주의 별가니, 성은 장(張)이요 이름은 송(松)이요 자는 영년(永年)이다.

이 사람이 타고나기를 이마는 나오고 머리는 뾰족하고 코는 들리고 이는 뻐드러졌으며 오 척이 미처 못 되는 키에 목소리는 또 구리종을 울리는 것 같았다.

유장이 그에게

"별가는 대체 어떤 고견이 있기에, 장노의 화를 풀어 보겠다고 하오."

하고 물으니, 장송이

"제가 들으매 허도의 조조는 중원을 소탕하였고 여포와 원술·원소가 모두 그의 손에 멸망하였으며 또 근자에는 마초를 깨쳐서 천하에 적수가 없다고 합니다. 주공께서 진헌할 물종을 갖추어

주시면 제가 한 번 허도로 올라가 조조를 설복해서 저로 하여금
군사를 일으켜 한중을 취하고 장노를 도모하게 할 것이니 그렇게
되면 장노는 조조를 막기에 겨를이 없을 터인데 무슨 수로 감히
다시 우리 촉(蜀)을 엿볼 것이겠습니까."

하고 대답한다.

유장이 크게 기뻐하여 곧 황금 주옥과 능라 등속을 수습해서
진헌할 물화를 삼고 장송으로 사자를 삼아서 떠나게 하였는데,
이때 장송은 몰래 서천지리도본(西川地理圖本)을 그려서 행장 속에
다 감춘 다음 종자 두어 명만 데리고 허도를 향해서 길에 올랐다.

세작이 이것을 탐지해다 형주에 보하자 공명은 그 즉시 사람을
시켜서 허도로 들어가 소식을 알아 오게 하였다.

한편 장송은 허도에 당도하자 관역에 들어 여장을 푼 다음에
매일 상부에 가서 살다시피 하며 조조에게 한 번 뵈옵기를 청하
였다.

그러나 당시 조조는 마초를 깨뜨리고 돌아온 뒤로 그 마음이
더욱 방자해져서 매일 잔치를 하며 별로 밖에 나가는 일이 없이
나라 정사를 다 상부에 앉아서 처결하는 터라, 장송은 사흘이나
기다려서야 비로소 성명을 통할 수 있었는데 조조를 좌우에 모시
는 근시들은 또 뇌물부터 받아먹은 다음에야 겨우 그를 조조에게
인도하여 주었던 것이다.

조조는 당상에 앉아서 장송의 절을 받고 난 다음에 곧 한마디
물었다.

"그대의 주인 유장이 여러 해를 두고 공물을 올리지 않으니 그

어쩐 일인고."

장송이 대답한다.

"길이 원체 멀고 험한 데다 또 도적이 자주 나서 자연 공물을 바치러 오지 못하였소이다."

조조는 꾸짖었다.

"내가 중원을 다 평정하였는데 무슨 도적이 또 있다고 그러느냐."

장송은 대꾸하였다.

"남쪽에는 손권이 있고 북쪽에는 장노가 있으며 서쪽에는 유비가 있어서 군사가 적은 자도 역시 십여만이나 되니 어떻게 태평하다 하오리까."

조조는 장송의 인물이 추한 것을 보고 우선 마음에 오 푼쯤이나 좋아하지 않았는데, 다시 그가 그렇듯 말을 가려 하는 일 없이 함부로 내뱉는 것을 보고는 그만 화가 더럭 나서 드디어 소매를 떨치고 일어나 후당으로 들어가 버렸다.

좌우는 곧 장송을 책망하였다.

"그대가 사신으로 온 터에 어찌하여 예절을 모르고 말씀을 함부로 한단 말이오. 그래도 다행히 승상께서 그대를 모처럼 먼 데서 온 사람이라 하여 죄책을 내리시지 않았으니 어서 빨리 돌아가오."

그 말에 장송이 웃으며

"우리 서천에는 아첨하는 사람이 없다오."

하고 대꾸하는데, 이때 문득 계하에서 한 사람이 나서며

"너희 서천에는 아첨하는 사람이 없다고 말하니 그러면 우리 중원에는 아첨하는 사람이 있다는 말인가."

하고 꾸짖는다.

아! 적벽대전

장송이 바라보니 그 사람의 용모가 자못 단정하고 풍채가 심히 아름답다.

성명을 물으니 바로 태위 양표의 아들 양수(楊修)로서 자는 덕조(德祖)라 하며 승상 문하에서 부고(府庫)를 맡아 보는 주부(主簿)라 한다.

이 사람이 본래 박학다식하고 언변이 능하며 또 지혜가 남에게 뛰어났다.

장송은 그가 언변이 좋은 사람임을 알고 한 번 힐난해 볼 생각을 가졌는데, 양수 역시 스스로 자기의 재주를 믿어 천하의 선비들을 다 우습게 알고 있는 터라, 이때 장송이 하는 말 속에 뼈가 있고 은근히 남을 비하하는 뜻이 있음을 보고, 드디어 그를 끌고 바깥 서원(書院)으로 나왔다.

손과 주인이 서로 자리를 나누어 앉자

"촉도에서 오는 길이 험한데 멀리 오시느라 수고가 많으셨소."

하고 양수가 먼저 한마디 붙이니, 장송이 곧

"주공의 분부를 받들었으매 비록 부탕도화(赴湯蹈火)¹⁾라도 감히 사양할 바가 아니외다."

하고 응수한다.

양수는 다시 물었다.

"촉중의 풍토가 어떠하오."

장송이 대답한다.

"촉은 서군이니 옛 이름은 익주라 지세를 말하면 금강(錦江)은

---

1) 어떠한 곤란이나 위험도 피하지 않는 것.

험하고 검각(劍閣)은 웅장한데 주위가 이백팔 정(程)이요, 종횡은 삼만여 리로서 어디를 가나 닭 우는 소리, 개 짖는 소리가 서로 들리고 시정과 여염이 잇닿아 끊이지 않으며 밭은 기름지고 수목은 무성해서 큰물과 가뭄의 근심이 없고 나라는 가멸하고 백성은 살림이 넉넉하매 때로 풍류를 즐기고 토지 소산(所産)은 매양 산같이 쌓여 있어 참으로 천하에 이런 곳이 없을 것이오."

양수는 또 물었다.

"촉중 인물은 어떻소."

장송이 대답한다.

"문(文)에는 상여(相如)[2]의 부(賦)가 있고 무(武)에는 복파(伏波)[3]의 재주가 있으며 의술에는 중경(仲景)[4]의 능함이 있고 복서에는 군평(君平)[5]의 오묘함이 있어서 삼교구류(三敎九流)[6]에 '같은 무리에서 뛰어나고 한동아리 중에서 빼어난 사람'이 이루 셀 수가 없으니 어찌 이를 다 열거할 수 있으리까."

양수는 다시 물었다.

"방금 유계옥의 수하에 공과 같은 분이 대체 몇 명이나 되오."

장송은 대답하였다.

"문무를 겸전한 사람과 지용을 겸비한 자와 충의강개한 선비들이 그 수가 거의 백이나 될 것이니 나 같은 따위야 실로 거재두량

2) 서한 때의 문학가 사마상여(司馬相如)를 일컫는다.
3) 동한 때의 사람으로 광무제를 섬겨 혁혁한 전공을 세웠다. 복파장군(伏波將軍)으로 알려져 있다.
4) 동한의 유명한 의원 장기(張機)를 말한다. 중경은 장기의 자이다.
5) 서한의 복술가로 이름이 난 엄군평(嚴君平)을 일컫는다.
6) 삼교는 유교·불교·도교를 말하고, 구류는 유가류·도가류·음양가류·법가류·명가류·묵가류·종횡가류·잡가류·농가류(農家流)를 말한다.

아! 적벽대전

(車載斗量)[7]이라, 이루 셀 도리가 없소이다."

양수가 다시

"공은 그래 지금 무슨 벼슬에 계시오."

하고 물으니, 장송은

"내 외람되게도 별가의 직함을 띠기는 하였으나 본래 재주가 없어 제 소임을 능히 감당해 내지 못하는 형편이오."

하고 대답한 다음에, 곧 말을 이어

"그래 공은 지금 조정에서 무슨 벼슬을 하고 계시오."

하고 되물었다.

"나는 지금 승상부의 주부로 있소이다."

하고 양수가 대답하니, 장송이 듣고

"나는 전에 공이 잠영세족(簪纓世族)[8]이라고 들었는데 어찌하여 떳떳하게 묘당에 서서 천자를 보좌하지 못하고 구차스럽게 승상 문하에서 일개 아전으로 계시단 말이오."

하고 무안을 준다.

양수가 그 말을 듣고는 그만 만면에 부끄러워하는 빛을 띠면서도 오히려 유들유들하게

"내가 지금 비록 낮은 벼슬에 있기는 하지만 승상께서 군정전량(軍政錢糧)의 중한 직책을 맡기시매 이제 조만간 승상의 가르침을 많이 받아서 크게 발천(發闡)할 수 있겠기에 그냥 이 소임을 맡은 것이외다."

하고 대답하니, 장송이 웃으면서

---

7) 수레에 싣고, 되로 될 만치 많은 것.
8) 대대로 높은 벼슬을 한 집안.

"내가 들으매 승상이 문(文)에 있어서는 공맹의 도에 밝지 못하고 무(武)에 있어서는 손오의 기모에 달하지 못했으며 전혀 억지로 패도를 써서 높은 자리를 차지하고 있는 것이랍니다. 그런데 무슨 남을 가르칠 것이 있어서 명공을 발천시켜 드린단 말이오."

하니, 그 말을 듣자 양수는

"공이 멀리 변방에 계시니 어찌 우리 승상의 높으신 재주를 아시겠소. 내 시험 삼아 공에게 하나 보여 드릴 것이 있소."

하고 즉시 좌우에 명하여 책궤 속에서 책 한 권을 가져오라고 하여 장송에게 보였다.

장송이 받아서 그 표제를 보니 '맹덕신서(孟德新書)'라 씌어 있다. 그는 처음부터 끝까지 쭉 한 번 훑어보았다. 모두 십삼 편으로 되어 있는데 용병하는 요법(要法)을 서술해 놓은 것이다.

장송은 한 번 보고 나자 양수를 향하여

"그래 이것이 대체 무슨 책이란 말이오."

하고 한마디 묻고, 양수가 이에 대답하여

"이것은 바로 승상께서 널리 고금을 참작하시고 「손자 십삼편」을 본뜨셔서 지어 내신 책이오. 공은 승상이 재주가 없으시다 비웃지마는 이 책이야말로 가히 후세에 전할 만한 것이 아니겠소."

하고 말하자, 장송이

"이 글은 우리 촉 땅에서는 비록 삼척동자라도 다들 외우고 있는 것인데 '신서'라니 웬 말이오. 본래 이 책으로 말하면 전국시대에 무명씨가 지어 놓은 것을 조 승상이 훔쳐다가 자기의 저술처럼 하고 있는 것인데 그저 족하 같은 사람이나 속아 넘어가지 또 누가 속겠소."

하고 크게 웃는다.

그러나 양수가

"이것은 승상께서 비장(秘藏)하고 계신 것이라 비록 이처럼 책으로 매 놓았지만 아직 세상에 전하지는 않는 것인데, 공의 말이 촉 땅의 어린아이들도 다 줄줄 외고 있다 하니 대체 그게 무슨 말씀이오."

하니, 장송이 곧

"만일에 공이 믿지 않는다면 어디 내 시험 삼아 한 번 외워 보리다."

하고 말을 마치자 드디어 『맹덕신서』 전질을 처음부터 끝까지 쭉 한 번 내리 외는데 글자 한 자 틀리지 않았다.

양수는 깜짝 놀라

"공이 단지 한 번 본 것을 잊지 않고 있으니 참으로 천하의 기재요."

하고 풀이 죽어 탄복한다.

후세 사람이 그를 칭찬해서 지은 시가 있다.

고괴(古怪)하구나 그 얼굴, 청고(淸高)하구나 그 모양.
언변은 삼협의 물을 쏟듯 눈은 단번에 열 줄 글을 보네.
담도 크거니와 문장도 놀랍구나.
제자백가서를 한 번 보면 다 외누나.

이때 장송이 바로 하직하고 돌아가려 하니, 양수가 이를 만류하여

"공은 아직 관역에 나가 며칠 더 유하시오. 내 다시 한 번 승상께 품해서 천자께 뵙도록 해 드리리다."
하고 말한다.

장송은 그에게 사례하고 물러 나왔다.

양수는 그 길로 들어가서 조조를 보고 말하였다.

"아까 승상께서는 어찌하여 장송을 그처럼 홀대하셨습니까."

조조가 대답한다.

"언어가 불손하기에 내 짐짓 홀대한 것이오."

"승상께서 전에 예형 같은 사람은 오히려 용납해 주셨으면서 어찌하여 이제 장송은 받아 주시지 않으십니까."

"예형으로 말하면 그 문장이 당대에 널리 알려져 있음으로 해서 내 차마 죽이지 못했던 것이지만 장송이야 무엇이 능한 게 있다고 그런단 말이오."

"그가 원체 말이 청산유수로 구변이 거칠 바 없는 것은 다시 말씀할 나위도 없는 일이겠습니다마는, 아까 승상께서 찬하신 「맹덕신서」를 보여 주었더니 제가 단지 한 번 보았을 뿐으로 바로 그 자리에서 줄줄 내리 외는 것입니다. 이 같은 박문강기(博聞强記)는 실로 세상에 흔치 않다고 하겠는데 장송의 말인즉 그 글이 본래 전국시대에 어느 무명씨가 지은 것으로서 촉 땅에서는 어린 아이들까지 다 외우고 있다더군요."

그 말을 듣자 조조는

"그럼 혹시 옛사람이 내 뜻과 우연히 맞은 것이나 아닌지 모르겠군."
하고 즉시 그에게 분부하여 그 책을 갈가리 찢어서 불에 살라 버리게 하였다.

양수가 다시

"이 사람을 한 번 천자께 알현시켜서 천조의 기상을 보여 주시 도록 하시는 것이 어떠할까요."

하고 품하니, 조조는

"내가 내일 서교장(西敎場)으로 나가서 군사를 점검할 터이니 그 대는 먼저 그자를 데리고 와서 한 번 우리 군용의 장한 품을 보여 준 다음, 돌아가거든 내가 이제 강남에 내려갔다가 곧 서천을 취하러 가겠다고 말을 전하게 하오."

하고 분부하였다.

양수는 명을 받고 물러갔다.

그 이튿날이다.

양수는 장송을 데리고 서교장으로 갔다. 조조가 나와서 호위군 오만 명을 교장 안에 모아 놓고 점검한다.

과연 갑옷과 투구는 선명하고 전포들은 찬란하며 징소리 · 북소리는 천지를 진동하고 창검은 햇빛에 번쩍이는데 사면팔방으로 각각 대오를 나누니 오색 깃발은 바람에 나부끼고 사람과 말들은 금시에 하늘에라도 오를 듯한 기세다.

그러나 장송은 이 광경을 곁눈으로 흘겨볼 뿐이다.

한동안이 지나서다. 조조는 장송을 앞으로 불러 손으로 가리키며

"그대가 서천에서도 이러한 영웅들을 보았는가."

하고 물었다. 장송이 대꾸한다.

"우리 촉중에서는 이러한 병혁(兵革)은 본 일이 없고 오직 인의

로써 백성을 다스릴 뿐이외다."

조조는 낮빛을 변하고 그를 노려보았다.

그러나 장송은 전혀 두려워하는 빛이 없다.

양수가 연방 그에게 눈짓을 하는데 이때 조조는 다시 장송을 보고 말하였다.

"내가 천하의 쥐 같은 무리들을 마치 초개와 같이 보는 터이니, 대군이 한 번 이르는 곳에 싸워서 이기지 않는 법이 없고 쳐서 취하지 않는 법이 없으며 또 내게 순종하는 자는 살고 나를 거역하는 자는 죽는 줄을 그대는 알고 있는가."

장송이 대꾸한다.

"승상께서 군사를 몰고 가시는 곳마다 싸우면 반드시 이기시고 치면 반드시 취하시는 것을 이 사람도 잘 알고 있소이다. 저 옛날 복양에서 여포를 치실 때와 완성에서 장수와 싸우시던 날이며 적벽강에서는 주유를 보시고 화용도에서는 관운장을 만나셨으며 동관에서 수염 깎고 금포 버리시고 위수에서 배 뺏어 타고 화살 피하시고 하신 것이 이 모두 천하무적이라 할 것들이지요."

조조는 대로하여

"되지 못한 선비 놈이 어딜 감히 내 단처를 든단 말이냐."

하고 그는 즉시 좌우에게 호령하여 장송을 끌어내어다가 목을 베라 하였다.

이것을 보고 양수가 나서서 간하였다.

"장송의 죄가 비록 참함즉 합니다마는 제가 모처럼 촉 땅에서 공물을 바치러 온 터이오니 이제 만약 참하시고 보면 먼 데 사람들의 뜻을 잃지나 않을까 두렵습니다."

그래도 조조의 노기가 채 풀리지 않아 순욱이 또 나서서 간하였다.

그제야 조조는 비로소 그의 목숨을 붙여 주기로 하고 난장질을 해서 몰아내게 하였다.

장송은 관역으로 돌아오자 그 밤으로 성을 나섰다.

그는 바로 서천으로 돌아가려 하였으나, 문득 혼자 생각하기를 '나는 본래 서천 땅을 조조에게다 바치려고 마음먹었던 바인데 제가 이처럼 사람을 괄시할 줄이야 누가 알았으랴. 내가 당초에 떠나올 때 유장의 면전에서 큰소리를 해 놓고 오늘날 앙앙히 빈손으로 돌아가게 되니 서천 사람들이 모두 나를 비웃을 것이 아닌가. 형주 유현덕이 사람이 어질고 의로워서 그 이름이 멀리 퍼졌다는 말을 내가 들은 지 오래니 어디 그리로 길을 잡아서 이 사람을 한 번 만나 보고 내 주걸을 정해야겠다' 하고 마침내 말에 올라 종인들을 데리고서 형주 지경을 바라고 나갔다.

이윽고 영주 지경에 다다르니 한 떼의 군마가 있는데 약 오백여 기라, 우두머리 되는 일원 대장이 가벼운 몸차림으로 말을 걸려 앞으로 나오며

"거기 오시는 분이 혹시 장 별가가 아니시오니까."

하고 묻는다. 장송이

"예, 그렇소이다."

하고 대답하니, 그 장수가 곧 황망히 말에서 내려 예를 베풀며

"조운이 이곳에 등대한 지 오랩니다."

하고 말한다.

장송은 말에서 내려 답례하고 물었다.

"그러면 바로 상산 조자룡이 아니십니까."

조운은 이에 대답하여

"그렇습니다. 저의 주공 유현덕이 대부께서 먼 길을 오시느라 마상에서 신고하심을 민망히 생각하시고 특히 조운에게 약간의 주식을 받들어 올리라 분부가 계셨습니다."

하고 말하는데, 말이 끝나자 군사가 앞으로 나와 무릎을 꿇고 공손히 주식을 드린다.

조운은 정중하게 그에게 술을 권하였다.

장송은 혼자 속으로 '사람들이 모두 이르기를 유현덕이 마음이 관대하고 어질며 객을 사랑한다 하더니 이제 보매 과연 그러하구나' 하고 생각하며 드디어 조운과 더불어 몇 잔 술을 나눈 다음에 말에 올라 동행하였다.

이러구러 형주 지경에 다다르자 어느덧 하루해가 저물었다.

관역을 바라고 들어가는데 눈을 들어 보니 관역 문 밖에 백여 명의 사람들이 시립해 있다가 그가 오는 것을 보자 곧 북을 쳐서 영접하며 한 장수가 그의 말머리에 와서 예를 베풀고

"관모가 형님의 장령을 받들어 정성스럽게 역 뜰을 소쇄해 놓고 먼 길을 오신 대부께 하룻밤 편히 쉬어 가십시사고 여쭙니다."

하고 인사한다.

장송은 말에서 내려 관운장과 조운으로 더불어 관역 안으로 들어갔다.

피차 인사를 마치고 좌정하자 오래지 않아 연석이 배설되어 두 사람은 은근히 장송에게 술을 권하며 밤이 이슥할 때까지 마시다

가 비로소 자리를 파하고 세 사람은 하룻밤을 이곳에서 쉬었다.

이튿날 조반을 치르고 일행이 말 타고 앞으로 나가는데 사오 리를 못 다 가서 한 떼의 인마가 저편에서 마주 나오니, 이는 곧 현덕이 와룡과 봉추를 데리고 몸소 장송을 영접하러 오는 것이었다.

현덕이 멀리서 장송을 보자 곧 먼저 말에 내려서서 등대하고 있어서 장송도 황망히 말에서 내려 서로 보았다.

현덕이 말한다.

"이 사람이 대부의 높으신 성화를 듣자온 지는 오래건만 다만 운산(雲山)이 아득히 멀어 가르치심을 받지 못한 것이 한이었는데, 이제 성도로 돌아가신다는 말씀을 듣고 삼가 영접하러 나왔소이다. 만일에 물리치지 않으시고 형주에 들르셔서 잠시 쉬시며 이 사람으로 하여금 평소에 우러러 사모하던 정을 풀게 하여 주신다면 그만 다행이 없을까 보이다."

장송은 크게 기뻐하여 그와 말머리를 가지런히 하고 함께 성으로 들어갔다.

부중 당상에 올라가서 각각 예를 베풀고 손과 주인이 차서 따라 앉은 다음에 연석을 배설하고 손을 대접하는데, 서로 술을 마시는 동안 현덕은 다만 한담만 할 뿐이요 서천에 관한 이야기는 단 한 마디라 운도 떼지 않는다.

장송은 제 편에서 먼저 말을 건네었다.

"지금 황숙께서 형주를 지키고 계신데 이 밖에 고을을 또 몇이나 가지고 계십니까."

공명이 대답한다.

"형주는 곧 동오에서 잠시 빌린 땅이라 매양 사람이 와서 돌려

보내라는 통에 성화를 받아 오더니 이제 우리 주공께서 동오의 사위가 되신 까닭에 아직 그대로 몸을 붙이고 계신 터입니다."

장송이 듣고

"동오로 말하면 육군 팔십일주를 점거하여 백성이 강성하고 나라가 가멸한 터에 그래도 오히려 족한 줄을 모르는 것인가요."

하고 말하자, 방통이 또한 나서며

"우리 주공께서는 한나라의 황숙이 되시건만 도리어 고을들을 점거하시지 못하고 다른 자들은 실상 다 한나라의 도적들이건만 저의 강성한 것을 믿고서 함부로 토지를 점령하고 있는 까닭에 사리를 아는 이들은 모두 불평을 품고 있지요."

하고 말해서, 현덕이

"두 분은 그런 말씀을 마오. 내가 대체 무슨 덕이 있다고 감히 많이 바라리까."

하고 겸사하니, 장송이 다시

"그렇지 않습니다. 명공께서는 한실 종친이시오. 또 인의가 사해를 덮으셨으니 고을들을 점거하시는 것은 고사하고 바로 정통을 대신하셔서 천자의 위에 오르신다 해도 분수 밖의 일이라고는 말하지 못할 것입니다."

하고 말한다.

현덕은 공수하고서

"공의 말씀이 너무 지나치십니다. 유비에게 그것이 어디 당한 일이겠습니까."

하고 사례하였다.

이로부터 현덕은 장송을 유하게 하는데 연달아 사흘을 두고 연석을 베풀어 그를 대접하되 서천에 관한 일은 일언반구도 꺼내지 않았다. 장송이 하직을 고하고 떠나는 날 현덕이 십리 장정(長亭)에 술자리를 벌려 놓고 그를 전송하는데 현덕이 술잔을 들어서 장송에게 권하며 하는 말이

"대부께서 버리지 않으시고 사흘을 머물러 주시어 정회를 펴게 하시니 실로 감격하오이다. 그러나 오늘 마침내 떠나가시니 어느 때나 다시 가르치심을 받게 될지 기약이 없습니다그려."
하고 말을 마치자 곧 눈물이 줄을 지어 흐른다.

장송은 속으로 생각하기를 '현덕이 이처럼 마음이 관후하고 어질어서 선비를 사랑하니 내 어찌 저를 저버리겠는가. 차라리 이 사람을 달래서 서천을 취하게 하는 것이 좋을까 보다' 하고, 마침내 입을 열어

"저도 역시 명공을 조석으로 뫼시고 싶다 생각은 하면서도 아직 아무 방편이 없는 것이 한입니다. 그런데 제가 보기에 형주란 곳이 동쪽에는 손권이 있어서 항상 범처럼 넘겨다보고 북쪽에는 또 조조가 있어서 매양 고래같이 삼키려 드니 아무래도 오래 지키고 계실 땅이 아닌 것 같습니다."
하고 말하였다.

현덕이
"나도 그런 줄은 알고 있으나 다만 달리 몸 둘 곳이 없습니다그려."
하고 말하니, 장송이
"익주는 요해처로서 옥야천리라 백성은 많고 나라는 가멸한데 지모 있는 선비들이 황숙의 덕을 사모해 온 지 오래니 만약에 형

294

양의 무리를 거느리시고 한 번 멀리 달려 서쪽으로 나오시면 가히 패업을 이루시며 한실을 일으키실 수 있을 것입니다."

하고 일러 준다.

현덕은 한마디 하였다.

"그것은 유비에게는 실로 과분한 말씀입니다. 그리고 유계옥 역시 한실 종친으로서 그 은택이 촉중에 깔린 지 오래니 이제 다른 사람이 무슨 수로 그것을 흔들어 본단 말씀입니까."

장송이 다시 말한다.

"제가 결코 주인을 팔아서 영화를 구하려는 것이 아니라 이제 명공을 만나 뵈었기에 감히 간담(肝膽)을 피력하지 않을 수 없는 것입니다. 이제 유계옥이 비록 익주 땅을 가지고는 있다 하나 천성이 암약해서 능히 어질고 재주 있는 사람을 쓰지 못하며 더욱이 장노가 북쪽에 있어서 매양 침범할 생각을 품고 있는 까닭에 인심이 이산해서 모두들 영명한 주인을 마음에 그리고 있는 형편입니다. 제가 이번에 길을 나서기는 전혀 조조에게 귀순하기 위함이었는데 뜻밖에도 그 역적놈이 간웅의 본색을 드러내서 사람을 너무나 업신여기는 까닭에 특히 명공을 찾아뵌 것이니, 명공께서는 부디 먼저 서천을 취하셔서 근본을 삼으시고 다음에 북으로 한중을 도모하시며 다시 중원을 거두시어 천조를 바로잡으시고 이름을 청사에 전하신다면 그 공적이 실로 막대할 것입니다. 과연 명공께 서천을 취해 보실 뜻이 있으시다면, 제가 견마의 수고를 다해서 내응이 되어 드릴까 하는데 존의에 어떠하십니까."

현덕은 말하였다.

"공의 후의는 오직 감격할 따름이나 다만 유계옥이 유비와 동

종이라 이제 만약 그를 친다면 천하가 다 유비를 욕할 것이 두렵
소이다."

그러나 장송이 다시

"대장부가 처세하매 마땅히 노력하여 공명을 세워야 할 것이니
일 시작하기를 남보다 먼저 해야만 합니다. 이제 만약에 취하시
지 않았다가 다른 사람에게 빼앗기고 보면 그때 가서 후회하신대
도 때는 이미 늦습니다."

하고 굳이 권해서 현덕은 다시 한마디 하였다.

"내 들으매 촉땅의 길이 원체 험해서 천산만수(千山萬水)에 수레
는 바퀴를 가지런히 못하고 말은 고삐를 나란히 못한다고 하니
비록 취하려 하더라도 무슨 계교가 있겠습니까."

그 말을 듣자 장송은 드디어 소매 속으로부터 지도 하나를 꺼
내서 현덕에게 주며

"제가 명공의 성덕에 감격하여 감히 이 지도를 드리는 것이니
이 지도만 보신다면 촉중의 도로는 다 아실 수 있을 것입니다."

하고 말하였다.

현덕이 받아서 펴 보니 위에는 지리행정(地理行程)이 남김없이 그
려져 있는데 길의 멀고 가까운 것과 넓고 좁은 것이며 산과 강과
요해처들, 그리고 부고와 전량이 하나하나 명백하게 기입되어 있
는 것이다.

장송이 말한다.

"명공께서는 속히 도모하시는 것이 좋겠습니다. 저에게 서로 마
음을 허락한 친구들이 있으니 곧 법정(法汀)과 맹달(孟達)이라, 이
두 사람이 반드시 일을 도울 것이매 그들이 형주에 오는 때에는

진정을 털어 함께 의논하십시오."

현덕은 공수하고 그에게 사례하였다.

"청산은 늙지 않고 녹수는 길이 있으니 후일에 대사가 이루어
지면 내 반드시 그 은공을 후히 갚겠소이다."

장송은 이에 대답하여

"제가 밝은 주인을 만났으매 부득불 진정을 열어서 말씀했을 뿐
이니 어찌 감히 갚아 주시기를 바라겠습니까."

하고 말을 마치자 곧 하직을 고한다.

공명은 운장 등에게 분부하여 수십 리 밖까지 그를 배웅하고
돌아오게 하였다.

장송은 익주로 돌아가자 먼저 그의 친구 법정부터 찾아보았다.

법정의 자는 효직(孝直)이니 고부풍군(古扶風郡) 사람으로 현사 법
진(法眞)의 아들이다.

장송이 법정을 보고 먼저, 조조가 심히 오만하여 어진 선비들
을 업신여기니 다만 근심을 같이 나눌 수는 있을지언정 도저히
즐거움을 한 가지로 할 수는 없을 사람이라는 말을 자세히 한 다
음에

"그래 내가 익주를 유황숙에게 바치기로 작정하고 형의 의견을
들어 보러 온 것이오."

하고 말하니, 듣고 나자 법정은

"나도 유장이 무능한 것을 알고 있는 까닭에 이미 유황숙에게
마음을 둔 지가 오래요. 우리 마음이 서로 같은데 또 무엇을 의논
하리까."

張松　　장송

古怪形容異　고괴하여 생김새도 특이하고
淸高禮貌疎　고상하여 예절도 소홀히 했네
膽量魁西蜀　담력으로는 서촉에서 으뜸이고
文章貫太虛　문장은 천하의 제일이구나

하고 말하였다.

그러자 조금 지나서 맹달이 찾아왔다.

맹달의 자는 자경(子慶)이니 법정과 동향 사람이다.

맹달이 방으로 들어와서 법정이 마침 장송과 밀담을 하고 있는 것을 보자 대뜸

"내 이미 두 분의 심중을 알고 있소. 누구에게 익주를 바치자는 게 아니오."

하고 묻는다.

장송이

"과연 그러한데 대체 누구에게 바쳐야 마땅한가 어디 형이 한 번 말씀해 보오."

하니, 맹달이 곧

"유현덕이 아니면 아니 되오."

하고 대답한다. 세 사람은 함께 손뼉들을 치며 크게 웃었다.

법정은 장송을 보고

"형이 내일 유장을 보면 어떻게 하실 작정이오."

하고 물었다.

장송이

"내가 두 분을 사자로 천거할 터이니 공들은 부디 형주로 가 주시오."

하고 말한다. 두 사람은 이를 응낙하였다.

이튿날 장송이 유장을 들어가 보니 유장이

"보러 갔던 일은 그래 어찌나 되었소."

하고 묻는다.

장송이 이에 대답하여

"조조로 말씀하면 곧 한나라의 역적이라 제가 천하를 찬탈하려 하고 있으니 다시 말할 것이 있겠습니까. 이놈이 벌써부터 우리 서천을 뺏으려고 벼르고 있는 모양입니다."

하고 말하니, 유장이

"그럼 이 일을 장차 어떻게 했으면 좋겠소."

하고 다시 묻는다.

장송은 이에 대답하였다.

"제게 계책이 하나 있으니 주공께서 그대로만 하신다면 장노와 조조가 감히 경솔하게 서천을 범하지는 못할 것입니다."

유장이

"대체 어떤 계책이오."

하니, 장송이

"형주의 유황숙이 주공과 같은 한실 종친으로서 천성이 인자하고 관후하여 장자(長者)의 풍도가 있습니다. 적벽대전에서 군사를 다 죽인 뒤로 조조가 그의 이름만 들어도 그만 간담이 서늘해하는 형편이니 하물며 장노 따위겠습니까. 주공께서는 부디 그에게 사자를 보내셔서 좋은 정의를 맺으십시오. 그가 외원이 되어 준다면 가히 조조와 장노를 막을 수 있을 것입니다."

한다.

듣고 나자 유장은

"나 역시 그 생각을 한 지가 오래요. 그런데 누구를 사자로 보내면 좋겠소."

하고 묻고, 이 말에 장송이

"법정과 맹달이 아니고는 불가합니다."

하고 대답하자, 그는 즉시 두 사람을 불러 들여 먼저 글 한 통을 써서 법정에게 주고 곧 형주로 가서 정의를 통하게 하며 다음에 맹달을 시켜서 정병 오천을 거느리고 나가 현덕을 서천으로 맞아 들여서 구원을 받기로 하였다.

한창 이렇듯이 의논을 하고 있을 때 한 사람이 얼굴에 온통 땀을 흘리며 밖으로부터 뛰어 들어오더니

"주공께서 만약에 장송이의 하는 말을 들으시면 사십일 개 주군(州郡)이 곧 남의 손에 들어가고 마오리다."

하고 큰 소리로 외친다.

장송이 소스라쳐 놀라 그 사람을 보니 그는 바로 낭중 파서(巴西) 사람으로 성은 황(黃)이요 이름은 권(權)이요 자는 공형(公衡)이라, 이때 유장의 부중에서 주부 벼슬을 하고 있었다.

유장은 물었다.

"현덕은 나와 동종이라 그래 내가 그와 정의를 맺어서 구원을 받으려 하는 터에 그대는 어찌하여 그런 말을 하오."

황권이 아뢴다.

"유비를 이 사람이 잘 알고 있습니다마는, 그는 사람을 관후하게 대하며 유(柔)하되 능히 강(剛)한 것을 이기니 천하에 짝이 없는 영웅입니다. 그가 멀리는 인심을 얻고 가까이는 민망을 얻은 데다 또한 겸하여 제갈량과 방통의 지모가 있고, 관우 · 장비 · 조운 · 황충 · 위연의 우익을 가지고 있습니다. 이제 그를 촉중으로 불러 온다 하고 그를 한낱 부곡(部曲)[9]으로 대접하자니 유비가 그것을 달갑게 받을 리 만무한 일이요 그렇다고 객례로써 대접하자니 또

아! 적벽대전

한 한 나라에 두 주인을 용납할 수 없습니다. 이제 신의 말씀을 들으시면 서촉은 곧 태산처럼 편안하려니와 만약에 신의 말씀을 듣지 않으시면 주공께는 누란의 위태로움이 있사오리다. 장송이 이번에 형주를 지나 왔으매 필시 유비와 공모하였을 것이니 우선 장송을 참하시고 다음에 유비를 끊으신다면 서천에 그만 다행이 없을 것입니다."

"그럼 조조와 장노가 오면 어떻게 막자는 말이오."

하고 유장은 한마디 묻자, 그 말에 황권이

"지경을 굳게 닫고 해자를 깊이 파며 성을 높이 쌓아 놓고 앉아서 시절이 태평하기를 기다리는 것이 상책일까 합니다."

하고 대답하자,

"방금 적병이 지경을 범해서 그 위급하기가 이를 바 없는데 그저 시절이 태평하기를 기다리자고 하니 그런 완만한 수작이 어디 있노."

하고 유장은 드디어 황권의 말을 듣지 않고 법정을 떠나보내려 하였다.

이때 또 한 사람이 나서며

"아니 됩니다. 아니 됩니다."

하고 간한다.

유장이 보니 그는 곧 장전(帳前)의 종사관 왕루(王累)다. 왕루는 엎드려 땅에다 이마를 대고 아뢰었다.

"주공께서 이제 장송의 말을 들으려 하시니 이는 곧 화를 자초

---

9) 군대의 항오(行伍). 부하 군사.

하시는 것입니다."

그러나 유장은 말한다.

"그렇지 않소. 내가 유현덕과 좋은 정의를 맺는 것이 실상 장노를 막기 위함이오."

왕루는 다시 간하였다.

"장노가 지경을 범하는 것은 이를 병으로 치면 옴과 같은 것이지만 유비가 서천으로 들어오는 것은 곧 심복의 대환이외다. 하물며 유비로 하면 당세의 효웅으로서 앞서는 조조를 섬기다가 문득 그를 모해하려 들었고 뒤에는 손권을 따르다가 곧 형주를 앗아 버렸으니 그 마음보가 이러한데 어떻게 저와 함께 지내겠습니까. 이제 만약에 불러오셨다가는 서천은 그만입니다."

그래도 유장은 오히려

"다시 두 번 어지러운 말을 마라. 현덕은 곧 우리 종씨신데 그가 어찌 내 기업을 뺏으려 들 리가 있겠나."

하고 꾸짖은 다음에 곧 두 사람을 밖으로 끌어내게 하고 마침내 법정을 떠나보냈다.

법정은 익주를 떠나 바로 형주로 가서 현덕을 보고 참배하기를 마치자 곧 서신을 올렸다.

현덕이 받아서 봉한 것을 뜯어보니 서신의 사연은 대강 다음과 같은 것이었다.

족제(族弟) 유장은 두 번 절하와 글월을 현덕 종형 장군 휘하에 바치나이다.

303

종형 장군을 오래 우러러 오면서도 촉도가 기구하와 이제도록 공물을 올리지 못하였으니 참으로 황공무지로소이다.

유장이 듣자오매 '길흉에 서로 구하며 환난에 서로 돕는다' 하였으니 붕우 사이에도 오히려 그러하거든 하물며 종족이리까. 이제 장노가 북에 있어 미구에 군사를 일으켜 유장의 지경을 침노하려 하기로 마음에 불안하기 그지없사와 특히 사람을 시켜 삼가 글월을 받들어 균청(鈞聽)을 비는 바이오니, 만일에 동종의 정의를 생각하시며 수족의 의리를 온전히 하시려거든 즉일로 군사를 일으키시어 미친 도적을 소멸하시고 길이 순치가 되어 주신다면 후히 보답하올 길이 자연 있사오리다.

글로써 말씀을 다하지 못하옵고 오로지 거마만 기다리나이다.

현덕은 보고 나자 크게 기뻐하며 연석을 배설하여 법정을 대접하였다.

술이 몇 순배 돌자 현덕은 좌우를 물리치고 가만히 법정을 보고 말하였다.

"내 효직의 성화를 듣자온 지 오래고 장 별가도 공의 말씀을 많이 하시던데 이제 이처럼 만나서 가르치심을 받게 되니 가히 평생을 위로하겠소이다."

법정이 사례하고 말한다.

"촉중의 한낱 소리(小吏)를 그처럼 말씀하실 것이 있습니까. 들으매 말은 백락(伯樂)[10]을 보고 울며 사람은 지기를 만나서 죽는다

---

10) 춘추시대 진 목공 때의 사람으로 말을 잘 보았다고 전한다.

고 합니다. 장 별가가 전일에 말씀을 올렸다고 하는데 장군께서는 그 일에 생각이 있으십니까."

현덕은 대답하였다.

"유비 일신이 남의 땅에 몸을 붙이고 지내니 미상불 마음에 비감해서 탄식하지 않는 때가 없소이다. 뱁새도 오히려 한 가지를 남겨 깃을 치며 토끼도 몸을 숨길 세 굴을 마련해 놓는다 하거든 하물며 사람이겠습니까. 촉중의 그 풍족한 땅을 취하고 싶지 않은 것은 아니외다. 그러나 다만 유계옥이 유비와 동종이라 차마 도모할 수가 없습니다그려."

법정이 다시 말한다.

"익주는 천부지국(天府之國)[11]이라 난리를 평정할 수 있는 주인이 아니고는 다스리지 못할 곳입니다. 이제 유계옥이 능히 어진 사람을 쓰지 못하니 그 기업이 머지않아서 반드시 남에게 돌아가고 말 것입니다. 그러한 터에 오늘 저편에서 장군에게 드리려고 하니 이 기회를 놓치셔서는 아니 됩니다. 장군께서는 '토끼를 쫓는 데 걸음 잰 사람이 먼저 얻는다'는 말씀도 못 들으셨습니까. 장군께서 취하려 하시면 제가 신명을 바쳐서 도와 드리겠습니다."

현덕은 공수하여 사례하고 말하였다.

"두고 다시 의논하십시다."

이날 연석을 파하자 공명은 친히 법정을 객사까지 바래다주러 나가고, 현덕이 홀로 앉아 침음하는데, 방통이 들어와서

"마땅히 결단해야 할 일을 결단하지 못하는 자는 어리석은 사

11) 백성이 많고 땅이 기름진 나라.

람입니다. 주공께서 그렇듯 고명하시면서 어찌 이처럼 의심이 많으십니까."

하고 말한다. 현덕은 그에게 물었다.

"공의 생각에는 어떻게 하면 좋을 것 같소."

방통이 대답한다.

"형주는 동쪽에 손권이 있고, 북쪽에 조조가 있어서 뜻을 얻기가 어렵고, 익주로 말씀하면 호구가 백만이라 땅은 넓고 물산은 넉넉해서 가히 대업을 이룰 만한 곳인데 이제 다행하게도 장송과 법정이 안에서 돕겠다고 하니 이는 곧 하늘이 주신 바라 하겠습니다. 그런데 무엇 때문에 의심을 하시는 것입니까."

현덕은 말하였다.

"지금 나하고 수화상극인 것이 조조요. 조조가 급하게 하면 나는 너그럽게 하고 조조가 사납게 하면 나는 어질게 하고 조조가 간특하게 하면 나는 충성되게 해서 매사에 조조와 서로 반대가 되게 해야만 대사를 가히 이룰 수 있을 것이오. 그런데 만약에 조조만 이를 탐내서 신의를 천하에 잃는다면 이는 나로서 차마 못할 일이오."

듣고 나자 방통은 웃으며 말하였다.

"주공의 하시는 말씀이 비록 천리에 맞기는 합니다마는, 다만 어지러운 시절에 군사를 써서 서로 강한 것을 다투는 것이 한 길만이 아닌 것입니다. 만약 상리(常理)에만 구애하고 보면 촌보도 옮길 수 없을 것이니 마땅히 권도(權道)를 써야만 될 것이오. 또한 약한 나라를 아우르고 미개한 나라를 치며 역으로 취해서 순리로 지키는 것은 바로 탕무지도(湯武之道)[12]라, 만약 대사를 정한 후에

306

의(義)로써 보답하여 대국에 봉해 주신다면 무슨 신의에 저버릴 바가 있겠습니까. 오늘 취하지 않으시면 마침내는 다른 사람이 취할 뿐이니 주공은 부디 깊이 생각해 보십시오.”

현덕은 듣고 황연히 깨달아

“금석 같은 말씀을 마땅히 폐부에 새겨서 잊지 않으리다.”

하고 드디어 공명을 청해다가 군사를 일으켜 서천으로 갈 일을 의논하는데, 공명이

“형주는 중요한 곳이라 모름지기 군사를 나누어서 지켜야 할 것입니다.”

하고 말해서, 현덕이

“나는 방사원·황충·위연과 함께 서천으로 갈 테니, 군사는 관운장·장익덕·조자룡과 함께 형주를 지키도록 하오”

하니 공명이 응낙한다.

이리하여 공명은 형주를 통령하고, 관운장은 양양의 요로를 막아서 청니애구(靑泥隘口)를 지키고, 장비는 사군의 순강(巡江)을 맡고, 조운은 강릉에 군사를 둔치고 공안을 수비하기로 하였으며, 현덕은 황충으로 전군을 삼고 위연으로 후군을 삼고 자기는 유봉·관평과 더불어 중군이 되고 방통으로 군사를 삼아 마군·보군 합해서 오만을 거느리고 서천으로 떠나는데, 막 떠나려 할 때에 홀연 요화(廖化)가 군사들을 거느리고 와서 항복을 드려 현덕은 요화로 하여금 운장을 보좌해서 조조를 막게 하였다.

이해 동짓달에 현덕이 군사를 거느리고 서천을 향해서 나아가

---

12) 은나라 탕왕과 주나라 무왕이 취한 길.

는데 몇 정을 가지 않아서 맹달의 영접을 받았다.

맹달은 현덕을 만나 보고, 자기가 유익주의 영을 받아 군사 오천을 영솔하고 멀리 나와 영접하노라고 말한다.

현덕은 사람을 시켜서 익주로 들어가 먼저 유장에게 보하게 하였다.

유장이 그 길로 공문을 띄워 연도 주군에 일러서 형주 군사에게 전량을 공급하게 하고, 자기는 부성(涪城)으로 나가서 친히 현덕을 영접하려 하여 영을 내려 거마·장만(帳幔)과 정기(旌旗)·개갑(鎧甲)을 준비하되 반드시 선명하게 차리라 하니, 주부 황권이 들어와서 간한다.

"주공께서 이번에 가시면 반드시 유비의 해를 입으실 것입니다. 제가 오랫동안 주공의 녹을 먹어 오며 이제 주공께서 남의 간사한 계교에 빠지시는 것을 차마 그대로 보고 있을 수 없어 여쭙는 말씀이니 바라옵건대 세 번 생각하십시오."

이때 장송이 곁에서

"황권의 이 말씀은 바로 종족의 의리를 이간하고 도적의 위세를 조장하는 것이니 실로 주공께 아무 유익함이 없습니다."
하고 말해서, 유장은 곧

"내 이미 뜻을 결단했는데 어찌하여 내 뜻을 거스르느냐."
하고 황권을 꾸짖었다.

황권이 머리를 땅에 부딪쳐 피를 흘리며 앞으로 나와 입으로 유장의 옷자락을 물고 가지 말라고 한다.

유장이 대로해서 옷자락을 홱 잡아채며 일어서는데 황권이 그대로 문 채 놓지 않다가 앞니 두 개가 쑥 빠져 버렸다.

유장이 좌우를 호령해서 황권을 몰아내게 하니 황권은 마침내 통곡하며 돌아갔다.

유장이 떠나려 하는데 또 한 사람이 큰 소리로

"주공은 황공형의 충성된 말씀을 듣지 않으시고 죽을 땅으로 가시려 하십니까."

하고 외치며 섬돌 앞에 엎드려서 간한다.

유장이 보니 그는 건녕 유원(愈元) 사람으로 성은 이(李)요 이름은 회(恢)다.

그는 머리를 땅에 대고 간하였다.

"신이 듣건대 '임금에게는 바른말을 하는 신하가 있고 아비에게는 바른말을 하는 자식이 있다'고 합니다. 황공형의 충의의 말씀을 주공께서는 반드시 들으셔야만 하오리다. 만약에 유비를 서천으로 불러들이신다면 이는 바로 대문을 열고 호랑이를 맞아들이는 것이외다."

그러나 유장은 듣지 않았다.

"현덕은 우리 종형이신데 나를 해치실 리가 있나. 다시 말하는 자가 있으면 반드시 참하리라."

하고 좌우를 꾸짖어 이회를 몰아내게 하니 장송이 말한다.

"지금 촉중의 문관들은 저마다 처자만 돌보고 주공을 위해서는 힘을 다하려 아니 하며, 또 모든 장수들은 공을 믿고 교만해서 각기 두 마음을 품고 있으니 유황숙의 힘을 빌리지 않는다면 적은 밖에서 치고 백성은 안에서 칠 것이라 이는 반드시 패망하고 마는 길입니다."

유장은 듣고

"공의 모든 주선이 참으로 나를 위한 것이구려."

하고 말하였다.

이튿날 유장이 말에 올라 유교문(楡橋門)으로 나가는데, 사람이 보하되

"종사 왕루가 새끼로 제 몸을 얽고 성문 위에 거꾸로 매달려 있는데 한 손에는 간장(諫章)을 들고 또 한 손에는 칼을 쥐고서 하는 말이 '만일에 간하는 말씀을 들어주시지 않으면 제 손으로 달아맨 줄을 끊고 그대로 땅에 머리를 부딪쳐 죽어 버리겠노라' 한답니다."

하고 말한다.

유장이 왕루가 들고 있는 글을 받아 오라고 해서 보니, 그 내용은 대강 다음과 같은 것이다.

익주 종사 신 왕루는 피눈물을 뿌려 간절히 아뢰나이다.

신은 듣사오매 좋은 약이 입에는 쓰나 병에는 이롭고 충성된 말이 귀에는 거슬리나 행하는 데는 이롭다고 하옵니다.

옛적에 초 회왕(懷王)[13]이 굴원(屈原)의 말을 듣지 않고 무관(武關)에서 회맹하다가 진나라에 잡혀 마침내 돌아오지 못하는 바가 되었소이다. 이제 주공께서 경솔히 성도를 떠나시어 유비를 부성에서 맞으려 하시니 두려웁건대 가실 길은 있어도 돌아오

---

13) 전국 시대 초 위왕(威王)의 아들. 굴원(屈原)의 간하는 말을 듣지 않고 무관(武關)으로 진(秦) 소왕(昭王)과 회맹하러 갔다가 붙잡혀서 마침내 돌아오지 못하고 진나라에서 죽었다.

실 길은 없사올 듯하여이다.

　만약에 장송을 저자에 내어다가 목 베시고 유비와의 언약을 끊어 버리신다면 서촉 백성을 위해서도 이만 다행이 없겠삽고 주공의 기업을 위해서도 이만 다행이 없을까 하나이다.

　유장이 보고 나자 대로하여
"내 어진 사람과 서로 만나는 것이 마치 지란(芝蘭)[14]을 친히 하는 것 같은데 네 어찌하여 번번이 나를 업신여기느냐."
하고 꾸짖으니 왕루는 한 소리 크게 외치며 제 손으로 새끼를 끊어 땅에 머리를 부딪고 죽었다.

　후세 사람이 이를 탄식하여 지은 시가 있다.

　　성문에 거꾸로 달려 간장을 바쳤구나.
　　제 한 목숨 내어던져 유장에게 보답했네.
　　이 부러진 저 황권은 종내 항복하였거니
　　제 어이 왕루로 더불어 절개를 논할 거냐.

　이리하여 유장은 삼만 인마를 거느리고 현덕을 맞으러 부성으로 가는데 후군에는 군량과 돈과 비단을 그득 실은 수레가 천여 채였다.

　한편 현덕의 전군은 이미 점강(墊江)에 이르렀는데, 가는 곳마다 첫째는 서천에서 공급해 주는 것이 있고, 둘째는 현덕의 군령이

---

14) 굳은 절개의 아름다움을 비유해서 하는 말.

엄해서 한 가지 물건이라도 백성에게서 함부로 취하는 자는 목을 베기로 되어 있는 까닭에 추호도 범하는 바가 없다.

이로 말미암아 백성이 늙은이를 부축하며 어린 것의 손을 잡고 길이 미어지게 나와서 보며 분향 예배하니 현덕은 일일이 좋은 말로 위무하였다.

이때 법정은 방통을 보고 은밀하게 말하였다.

"근자에 장송이 이리로 밀서를 보내 왔는데, 부성에서 유장과 만날 때 곧 도모하는 것이 좋겠다고 했으니 이 기회를 놓쳐서는 아니 될까 보이다."

방통이 듣고

"공은 아직 이 말씀을 아무에게도 하지 마시오. 두 유씨가 서로 만났을 때 사정을 보아서 도모해야지 만일에 앞질러 이 말이 밖에 샜다가는 중도에 변이 일어나고 마리다."

하고 말한다. 법정은 입을 굳게 다물고 마침내 숨기고 아무에게도 말하지 않았다.

부성은 성도에서 상거가 삼백육십 리다.

유장이 먼저 당도해서 사람을 시켜 현덕을 영접하게 하였는데, 양편 군사가 모두 부강 가에 둔쳤다.

현덕이 성으로 들어와서 유장과 서로 보는데, 각기 형제간의 정을 펴고 예를 마치자 서로 눈물을 뿌려 가며 진정을 털어서 이야기하였다. 이윽고 연석을 파하자 두 사람은 각기 자기 영채로 돌아가서 쉬었다.

유장은 여러 관원들을 보고

"가소로운 황권·왕루의 무리들이야. 우리 종형의 마음을 모르고 그처럼 의심을 하다니, 내 오늘 보니 참으로 어질고 의로운 분이야. 내가 이분을 얻어서 외원을 삼았으니 다시 조조와 장노를 근심할 것이 무에 있나. 장송이 아니었다면 낭패를 볼 뻔하였지."

하고 마침내 입고 있던 녹포를 벗어서 황금 오백 냥과 함께 종인에게 주어, 성도로 가서 장송에게 상사(裳賜)하게 하니, 이때 그의 부하 장좌(將佐)의 유궤(劉橫)·냉포(冷苞)·장임(張任)·등현(鄧賢) 등 일반 문무 관원들이

"주공은 아직 기뻐 마십시오. 유비는 유한 중에 강한 것이 있어서 그 심사를 측량할 수 없으니 방비하시는 것이 마땅할까 보이다."

하고 말한다.

그러나 유장은 웃으며

"그대들은 웬 근심이 그렇게 많소. 우리 형님이 설마하니 두 마음을 품을까."

하고 듣지 않았다.

사람들은 모두 탄식하며 물러갔다.

한편 현덕이 영채로 돌아오니 방통이 들어와 그를 보고 말한다.

"주공은 오늘 석상에서 유계옥의 동정을 보셨습니까."

현덕은 대답하였다.

"계옥은 참으로 성실한 사람입니다."

방통이 말한다.

"계옥은 비록 좋은 사람입니다마는 그 신하의 유궤·장임 같은 자들이 모두 불평한 빛을 띠고 있으니 그중의 길흉을 알 길이 없습니다. 제 생각 같아서는 내일 연석을 베풀고 계옥을 청하되 방

장 뒤에다 도부수 백 명을 매복해 두고 주공께서 술잔을 던지시는 것으로 군호를 삼아 그 자리에서 죽이게 하시고 그 길로 곧장 성도로 밀고 들어가면 칼에 피도 묻히지 않고 화살 한 대도 허비하지 않고 가히 대사를 앉아서 정할 수가 있을 것입니다."

현덕이 말한다.

"계옥이 나의 동종으로서 나를 성심으로 대해 줄뿐더러 내가 촉중에 처음 들어와 아직 은혜와 신의가 서지 못했는데 만약에 이 일을 행하고 보면 위로 하늘이 용납하지 않으실 것이고 아래로 백성이 또한 원망할 것이라, 공의 이 계책은 비록 패자(覇者)라도 하려 들지 않을 일일까 하오."

방통이 다시 입을 열어

"이것은 제 계책이 아니라 법효직이 장송의 밀서를 받았는데 그 속에 일을 미루지 말고 속히 도모하도록 하라고 써 보냈더랍니다."

하고 말하는데, 그 말이 채 끝나지 않아서 법정이 또 들어와 보고

"이 일로 말씀하면 저희가 저 위해 하는 일이 아니라 천명에 순응하려는 것입니다."

하고 말한다.

현덕이

"유계옥은 내 동종이라 차마 취할 수가 없소그려."

하고 말하니, 법정이

"그것은 명공께서 잘못 생각하시는 것입니다. 만약에 그렇게 아니 하시면 장노가 본래 서촉과는 어미를 죽인 원수가 있는 터라 반드시 와서 치고 뺏을 것입니다. 명공께서 멀리 산천을 발섭

314

(撥涉)하시고 군사를 몰아 이미 이곳까지 오셨으니 앞으로 나가시면 공이 있으려니와 뒤로 물러나시면 아무 유익할 것이 없으리다. 만약에 종시 마음에 의심해서 뜻을 정하지 못하신 채 시일을 천연하고 보실 말이면 마침내 대사를 그르치고 말 것이요, 더구나 계책이 한 번 새나가는 날에는 도리어 다른 사람의 꾀하는 바가 되고 말 것이니, 아무래도 천명과 인심이 함께 돌아온 이때를 타서 출기불의(出其不意)로 일찍 기업을 세우시는 것이 실로 상책일까 하옵니다."
하고 말하고 방통이 또한 재삼 권한다.

주인은 몇 번이나 후덕하려 힘쓰건만
신하들은 외곬으로 권모만 쓰려 드네.

대체 현덕의 생각이 어떠한고.

(6권에 계속)